KB155208

이혼 후 처음

이혼 후 처음

이윤정 장편 소설

1

DAHYANG
ROMANCE STORY

for the first time
since the divorce

목차

1부

1부

1.
기억

'좋아하는 사람이 생겼어요.'

안개는 짙은 먹색에 가까웠다. 바닷가 쪽으로 향할수록 그 색은 점점 짙어졌다. 도하는 창문을 열고 하늘을 올려다봤다. 그 순간 불쾌한 짠 내가 코 안으로 들이쳤다. 창밖으로 손을 뻗자 눅눅한 습기가 진득하게 달라붙는 것만 같았다. 그가 가장 싫어하는 날씨였다.

"지독하네."

"네? 형님, 뭐라고 하셨습니까?"

운전석의 신입 매니저가 화들짝 놀라 물었다. 이 차 안은 늘 무음의 공간이어야 했다. 도하는 매니저를 처음 만난 날 그것 딱 한 가지만 당부했다. 화면에 비친 그는 잘 웃고 유려한 말들을 내놓지만 일상에서의 그는 표정 없는 냉혈한과도 같았다.

'뭐가 궁금해.'

도하는 백미러로 곁눈질하는 매니저를 노려보며 속으로 말을 삼켰다. 녀석은 군기가 더 바짝 들어 핸들을 두 손으로 꽉 붙잡았다. 우스운 행동에 이내 시시해진 도하는 창문을 닫았다. 그제야 짭짤한 공기가 사라져 살 것 같았다.

눈을 감고 다시 안대를 착용했다. 애초에 목적지는 없었다. 그저 바다로 가자는 말을 건넸을 뿐이었다. 매니저는 안절부절못하며 대표님께 혼난다는 말만 연신 반복했다. 그 대표님 월급도 내가 주는 건 모르는구나. 그런 말까지 꺼내 놓진 않았지만 도하는 성큼성큼 병원을 벗어났다.

가벼운 접촉 사고였다. 하지만 윤 대표는 그걸 심각한 기억 상실로 둔갑시켰다.

'너 지금 이미지가 어떤지 알지? 10년 만에 연기력 논란은 그렇다 쳐도, 불륜설은 나도 못 막는다. 이 방법밖에 없어. 그냥 몇 달 쉰다고 생각해. 그 뒤에 기억 돌아왔다고 하면 누가 뭐라고 할 거야?'

시나리오를 너무 많이 보아 온 양반이라 그런가. 소설을 아주 이상하게 쓰는 경향이 있었다. 도하는 그러거나 말거나 신경 쓰지 않았다. 어차피 이대로 배우 생활을 접어도 아쉬울 것 없었다. 돈은 이미 차고 넘쳐 오히려 귀찮아질 지경에 이르렀다.

'무기력증입니다.'

그를 상담한 정신과 의사는 그렇게 판명했다. 무기력. 그 단어를 인터넷 검색창에 쳐 넣어 보곤 도하는 잠깐 웃었다. 그게 왜 찾아온 건지 그도 알 수가 없었다.

어느 날부터 모든 게 시시해지긴 했다. 그나마 흥미를 가지고 있었던 연기도 더 이상 재밌지 않았다. 똑같은 신들의 연속. 시청자들이 좋아하는 장면들을 처바른 대본에 신물이 난 건 이미 오래전이었다.

'이혼해 주세요.'

그 여자. 그래, 그의 전 와이프가 그나마 지겨운 일상에서 색다른 감정을 일으켜 주었다. 있지도 않은 가십으로 소설을 쓴 기자 때문에 의도치 않게 스캔들이 터졌고, 그 영향이 조부의 회사에까지 미치자 우 회장은 가만히 있지 못했다. 당장 딴따라를 그만두고 회사를 물려받으라고 엄포를 놓았다. 그러지 않으면 호적에서 파 버리겠다고. 웃기지도 않은 협박보다 그런 조부의 앞에서 아무런 말도 하지 못하던, 처연한 자신의 아버지 때문에 아무나 붙잡아 해치우듯 결혼해 버렸다.

'톱배우 우도하, 미모의 일반인과 결혼. 상대는 미대를 나온 재원으로 현재 왕성한 창작 활동을 펼치고 있는 화가이며, 집안 또한 예술 사업으로 크게 이름이 알려진……'

결혼이 쉬웠으니 이혼의 말을 올리기도 쉬웠나. 도하는 뒤늦게 그녀의 말뜻을 생각했다. 그가 먼저 제안한 계약 결혼이었다. 쇼원도 부부로 1년만 살아 주면 깔끔하게 헤어져 주겠다고 했다. 처음 만난 날, 호텔 커피숍에서 다짜고짜 결론만 꺼냈다. 그제야 여자의 얼굴엔 혈색이 돌았고 흔쾌히 제안을 받아들였다.

뻔했다. 그녀 역시 얽히고설킨 집안의 굴레에서 벗어나지 못해 허수아비로 살아가고 있었겠지. 결혼하라는 지겨운 잔소리를 듣기 싫어 일을 저질렀던 것인지도 모르겠다. 더군다나 그 상대가 우도하 아닌가. 연예인의 아내라는 타이틀을 가지는 게 화가인 그녀로선 나쁠 것이 없었다. 그렇다면 왜 계약을 연장하자는 그 제안은 받아들이지 않았나.

'편해요, 고은 씨가. 난 계속 이렇게 살아도 좋을 것 같은데, 어때요?'

1주년 결혼기념일에 그는 고은에게 물었다. 고은은 곧장 표정이 어두워지며 들고 있던 와인 잔을 테이블 위에 내려놓았다. 늘 평온한 태도로 괜찮다는 말만 건네는 여자가 아니었던가. 도하는 오히려 자신이 뒤통수를 맞은 기분이었다. 그리고 다음 날 그녀가 그에게 건넨 말은 더 가관이었다.

'좋아하는 사람이 생겼어요.'

게다가 너무 쉽고 간단하게 말해 그의 속을 뒤틀리게 했다.

'그래요. 그럼, 어쩔 수 없죠.'

도하는 간단히 대답하고 이혼 서류에 사인해 주었다. 싫다는 사람을 억지로 붙잡고 싶지 않았다. 그리고 여자는 홀연히 떠나 버렸다. 1년을 같은 공간에서 생활했다는 것이 무색할 만큼 자신의 물건들을 모두 싹 비워 내고 그의 인생에서 사라졌다.

"형님, 형님. 주무세요?"

매니저가 그를 불렀다.

"……왜?"

도하는 안대를 한 채로 대답했다.

"여기가 강릉인데요. 어쩔까요? 더 돌아다닐까요?"

그가 천천히 안대를 벗었다. 차는 어느 해수욕장 주차장에 세워져 있었다. 바닷가로 가자고 말하자 매니저는 어디 바다를 말하느냐고 되물었다. 도하는 간단히 어느 지명을 말했다. 저절로 뱉어진 말이었다.

창문 밖으로 푸른 바다가 보였다. 날씨 때문인지 파도가 거셌다. 미친 듯이 날뛰는 모양새를 가만히 지켜보고 있던 도하는 옆자리에 놓아둔 서류 봉투를 들어 올렸다.

그 안에는 여자가 찍힌 사진들이 들어 있었다. 강릉 어딘가에 작은 공부방을 차렸단다. 이것을 병원 입원 중에 받아 들었을 때 처음엔 웃음을 터뜨렸고, 그다음엔 알 수 없는 화가 치밀어 올랐다. 무기력 상태가 아니었던가. 그런 그에게 오물을 뒤집어쓴 듯한 기분을 느끼게 한 것만으로 이유는 충분했다.

"너, 내려."

"네?"

도하는 지갑에서 블랙 카드 한 장을 꺼내 운전석으로 던졌다.

"택시 타고 올라가. 그건 필요할 때 쓰고. 대신, 윤 대표한테 입 다무는 거 잊지 말고. 알았지?"

뒷좌석에서 내린 그는 운전석 문을 열었다. 얼른 나오지 않고 뭐 하냐는 표정으로 매니저를 내려다봤다. 녀석은 곧 울음이라도 터뜨릴 것만 같은 눈빛이었다. 스물둘이라고 했나. 대학은 가지 않고 곧장 군대를 다녀온, 아무것도 모르는 생짜를 그에게 붙인 건 보나 마나 윤 대표의 머리에서 나온 아이디어였다. 나이가 어릴수록 부리기가 쉽다는 것이겠지. 도하의 사생활을 전달받기도 쉽고. 이유야 어쨌든, 그는 신경 쓰지 않았다. 윤 대표가 그의 사생활을 안다고 해도 달라질 건 없었다.

하지만 이번 일은 달랐다.

"형님, 이러시면 저 진짜 잘려요. 한 번만 봐주십시오."

처음 만난 날부터 '형님, 형님' 하며 친근하게 달라붙는 게 마음에 들지 않았는데 이런 순간에도 사람 부아를 치밀어 오르게 했다. 도하는 매니저의 뒷덜미를 붙잡았다.

"왜 내 로드가 한 달을 못 가나, 지금 알려 줘?"

재식은 놀라 도하를 올려다봤다. 서늘한 눈이 말없이 아래를 직시했다. 고압적인 시선이었다. 이 눈빛을 안다. 그는 연쇄 살인마 역으로 외국 유명 영화제에서 한국 최초로 남우주연상을 수상했다. 그의 연기력은 인종과 편견을 넘어서는 예술의 경지라고 모든 언론들이 앞다투어 기사를 쏟아 냈다.

윤 대표는 그날 회사의 주가가 급격하게 뛰는 걸 목도하고 거하게 취해선 도하를 끌어안기까지 했다.

'저리 치워요.'

그때 보인 눈빛도 지금과 똑같았다. 윤 대표가 제발 작품에서 빠져나오라고, 소름이 돋는다고 하자 도하는 단숨에 화사한 웃음을 지으며 표정을 전환시켰다.

그가 웃자 주위 사람들이 따라 웃었다. 그는 분위기를 휘어잡는 능력을 갖췄다. 그런 도하에게 자신 같은 매니저 하나쯤 처리하는 건 식은 죽 먹기일 것이다.

"아, 알겠습니다. 근데, 형님. 진짜 조심하셔야 해요. 병원에서 교통사고 후유증은 언제 나타날지 모르니까 당분간 안정을 취하라고……."

도하는 매니저를 끌어내다시피 차 밖으로 내놓고는 문을 닫아 버렸다. 곧장 그의 슈퍼 카가 굉음을 내며 주차장을 빠져나갔다. 특별히 업무용 밴이 아니라 자신의 차를 대기시키라고 한 것은 나름대로 이유가 있었다. 어딘가에서 몇 개월 모든 걸 잊고 쉬고 싶었다. 그게 전 와이프가 있다는 이름 모를 바닷가 마을이 될 줄은 몰랐지만.

알았다면 그는 이고은이란 여자와 결혼하지 않았을 것이다. 그의 말에 대부분 차분하게 웃다가 질 낮은 농담이라도 건네면 정색을 하던, 그러다 그가 다가서면 시선을 피하고 살려 달라는 것처럼 두 손을 움켜쥐어 아랫배에 불쾌한 감각이 떠돌게 하던, 그러니까 지금처럼 뿌연 안개를 떠올리게 하는 사람이었다.

도하는 불시에 찾아온 답답함에 창문을 열고 숨을 깊게 들이마셨다. 조수석에 가져다 놓은 사진들이 바람 때문에 펄럭거렸다. 그녀가 운영하고 있는 학원 주소가 찍힌 사진이 날아가기 전에 도하는 그것을 한 손으로 붙잡아 올렸다. 여자는 학원 앞에 서서 해맑게 웃고 있었다.

○ ● ○

비가 오려나. 청소를 하기 위해 통창을 연 고은은 밖으로 손을 뻗었다. 바닷가 마을이라 눅눅한 공기는 일상이었다. 처음엔 조금 적응하기 힘들었으나 이젠 그러려니 하게 되었다. 학원을 차리고 홍보 전단지를 뿌리며 회원들을 받느라 공기 따윈 신경 쓸 겨를이 없기도 했다.

시간은 참 무상하게 흘렀다. 벌써 강릉에 온 지도 3개월이 넘어가고 있었다. 어딘가에 정착하고 자리를 잡는 게 쉽지 않을 줄 알았는데 생각보다 빠르게 적응하는 자신에게 놀라는 중이었다. 고은은 창밖으로 보이는 바닷가를 잠시 감상하다가 웃차, 기합 소리를 일부러 내놓으며 몸을 움직였다.

"이고은, 나 좀 살려 줘라."

막 청소기를 돌리기 시작할 때였다. 열린 문 안으로 친구 미선이 다 죽어 가는 표정으로 들어섰다. 유치원 동창이라고 해야 하나. 암튼 고은은 어릴 적에 잠시 친할머니 집에서 지냈었고, 미선은 그때 옆집에 살았었다.

그 나이에 우정이랄 것도 우스워 그녀가 강릉에 내려오기 전까지 따로 연락한 적은 없었다. 전화번호도 모르는 사이였지만 우연히 읍내 마트에서 마주친 두 사람은 카페에 앉아 어제도 만난 절친처럼 한 시간 동안이나 수다를 떨었다.

미선은 대학을 다닐 때 말고는 강릉에서 벗어나 본 적이 없는 토박이였다. 공무원 시험에 합격해 취업도 이곳 주민 센터로 하게 되어 이 마을이라면 빠삭했다. 그래서 고은이 공부방을 차릴 때 그녀의 도움을 많이 받았다. 이젠 하루에 수십 번씩 통화를 하고 문자를 주고받는 사이가 되었다.

"왜? 또? 무슨 일인데?"

고은은 그다지 동요하지 않으며 대답했다. 미선은 감정에 좌지우지되는 편이라 무슨 일이든 남들보다 크게 반응했고 고은은 그와 정

반대였다. 그런 두 사람이 어떻게 잘 어울려 다니는지 미선의 어머니와 고은의 할머니는 신기해했지만 미선은 그래서 잘 맞는 것이라고 일침을 놓았다.

"일하기 싫어, 병에 걸렸어."

미선이 싱거운 소리를 내놓으며 테이블 위에 눕듯이 엎드려 버렸다. 주민 센터 일이란 지겨운 반복과의 싸움이라고 했다. 미선은 자신이 그 일의 속성과 맞지 않는 성격을 지녔다고 늘 하소연을 쏟아 냈지만, 어렵사리 합격한 공무원이란 직업을 그만두는 용기를 내는 것도 쉬운 건 아니었다.

"점심 먹고 들어가는 길이야?"

"……응."

고은이 친구의 짧은 일탈에 그러려니 하며 계속해서 청소기를 돌릴 때였다.

"배우 우도하…… 기억 상실…… 헐!"

엎드려서 핸드폰 기사를 무심히 읽던 미선이 번쩍 고개를 들었다. 그녀의 말을 듣게 된 고은도 윙윙 돌아가는 청소기 스틱을 붙잡은 채 가만히 서 있었다.

우도하.

오랜만에 듣게 된 이름이었다.

"아, 별일이…… 아하하."

미선이 고은을 의식하며 핸드폰을 주머니에 넣은 후 멋쩍게 웃었다. 고은은 가만히 서서 친구를 따라 웃어 주었다. 두 사람은 어색한 공기 안에서 잠시 눈빛만 주고받았다.

"……오늘 날씨가 흐리네."

말을 돌리려는 친구의 마음을 고은은 모르지 않았다. 자신이 아주 유명한 연예인과 결혼을 했고 이혼까지 한 사실을 미선은 이미 전부 알고 있었다. 이리도 가까운 사람에게 꼭꼭 감춘 비밀을 들킬 줄은 몰랐다.

그녀는 우도하의 팬클럽에도 가입한 골수팬이었기에 처음 그의 결혼 기사가 났을 땐 눈물까지 흘렸다고 했다. 그러다가 아주 은밀하게 나돌던 모자이크 없는 결혼사진을 보게 되었고 놀라 자빠질 뻔했단 말을 덧붙였다.

'네가 왜 거기서 나와.'

그거 아니냐고. 요즘 사람들이 하는 말로 미선은 고은에게 그때 당시의 상황을 설명했다.

'그러게'

고은은 잠시 쓴웃음을 보일 뿐이었다. 모두 지난 일이었다. 이제 그와 그녀는 모르는 사이나 마찬가지였다. 그러니 그에게 어떤 일이 벌어졌다고 해도 무감해야 하는데 잠시 머리가 멍해졌다. 기억 상실이라니. 고은은 자신이 어떤 표정을 지어야 할지 몰랐다.

"오늘 비 올 것 같다."

고은 역시 화제를 돌리며 표정을 숨겼다. 미선도 친구를 따라 계속해서 날씨 얘기를 늘어놓았다. 의도한 것은 아니지만 괜히 우도하 얘기를 꺼냈나 싶어 미안해지기도 했다. 이젠 아무렇지 않다고 했지만 미혼인 그녀로선 이해할 수 없는 감정이었다.

어느 날인가 퇴근 후 둘이서 맥주를 마시다가 묻기도 했다.

'정말 아무렇지도 않아?'

고은은 그렇다고 했다. 워낙 차분한 성격이니 그럴 수 있다고 여겼지만 한편으론 의문이 들었다. 상대가 우도하였다. 공식적인 이혼 사유는 성격 차이였지만 인터넷에 떠도는 루머의 내용은 달랐다.

오죽하면 이혼 후에 소속사 연습생과 하룻밤을 보냈다는 불륜설이 나돌았을까. 제대로 확인된 바 없었지만 그 기사를 본 뒤부터 미선도 우도하가 싫어지기 시작했다. 그녀의 어릴 적 친구가 엮인 일이었다. 미선은 그날부터 의식적으로 우도하에 대한 팬심을 내려놓으려 애썼다.

그때 고은이 강릉에 나타났다. 갑자기 서울 생활을 정리하고 이곳으로 내려온 게 마음이 쓰였다. 그때 받은 상처 때문인가. 미선은 추측만 할 뿐 선뜻 묻지 못했다.

"오늘은 8시에 마치지?"

"아, 어."

미선은 잠시 외근을 나왔다가 들른 것이라 얼른 사무실로 돌아가야 했다. 아무래도 오늘은 고은이 수업을 끝내는 시간에 맞춰 맥주라도 사 들고 와야지 생각했다. 고은이 좋아하는 할매 집 치킨을 포장해오는 것도 좋을 것 같다고 머릿속으로 계획하는데 누군가 학원 안으로 들어서는 게 보였다.

"아, 미선이 있었구나."

"오빠."

태진이 잠시 멈칫하며 손에 들고 있던 테이크아웃 커피와 쿠키 상자를 몸 뒤로 감추었다. 미선은 티 나는 사촌 오빠의 행동에 그저 웃음이 샜다. 어쩜 인연이라는 것이 진짜 있는가 싶게 미선의 사촌 오빠인 태진과 고은이 대학 시절 안면이 있는 사이란 걸 우연히 알게 되었다.

단체 미팅이었다고 한다. 태진은 고은이 마음에 들어 뒤늦게 지인을 통해 전화번호를 알아냈지만 그녀의 번호는 이미 바뀐 이후였다.

아쉽게 어긋난 인연이 이번엔 제대로 닿는 걸까. 태진도 부모가 정해 준 상대와 결혼해 한 번의 실패를 맛보았다. 약사인 그는 이혼한 직후 고향인 강릉으로 내려와 조그마한 약국을 차렸다. 큰아버지는 더 이상 청승을 떨지 말고 그가 새로운 인연을 만나길 원했다. 하지만 그는 수도승처럼 일만 했다. 그래서 여자에 대한 생각이 아예 없나 싶었는데 고은을 대하는 태도를 보니 그건 아닌 듯했다. 어쩌면 두 사람이 잘 어울릴 것 같다는 예감에 미선은 올라서는 입꼬리를 감추지 못했다.

"난 그럼 바빠서 간다."

눈치 없다는 소리를 듣기 전에 그녀는 얼른 학원을 빠져나갔다.

"어, 잘, 잘 가라."

태진은 사촌 동생을 향해 손을 흔들고는 멋쩍게 고은을 바라봤다. 어색한 침묵이 흐르자 고은은 가만히 웃었다. 그때도 이 모습을 보고 반했었지. 그는 요즘 20대 초반으로 되돌아간 것만 같은 기분이었다. 그렇게 찾던 과거의 짝사랑을 강릉에서 만나게 될 줄 누가 알았겠는가. 이혼을 하고 쓴맛만 느껴지던 삶이, 지금은 달콤한 꿀맛 같았다.

"이거, 너 좋아하는 거."

그는 망설임 없이 탁자 위에 사 온 쿠키와 커피를 올려놓았다. 고은이 난처한 표정을 지었지만 모른 척했다. 이렇게라도 하지 않으면 이젠 기회가 없을지도 몰랐다. 어릴 적에는 쉽지 않았던 직진이 한 번 넘어지고 나자 오히려 쉽게 이행되었다. 아마도 그가 진짜 고은을 마음에 담고 좋아했기 때문일 것이다.

"고마워요. 근데 이젠 진짜 사 오지 마세요."

고은이 정확하게 선을 그었다. 안다, 그녀가 지금 어떤 상태인지. 태진 역시 그랬다. 이혼을 하고 한동안은 아무도 만나고 싶지 않았다. 사람들이 건넨 말들이 다 자신을 향하는 것 같기도 했다. 잘못한 게 없는데 인생이 실패한 것만 같았다. 그래서 미친 듯이 일만 했고, 어느 순간이 지나자 그런 감정들이 사그라들었다.

고은도 지금 그 과정을 통과하고 있는 중일 것이다. 그는 기다려야 한다면 그럴 생각이었다.

"오늘 늦게까지 비 온다고 하더라."

태진은 모른 척 창밖을 바라보며 다른 말을 꺼냈다. 고은의 시선도 바닷가 쪽으로 향했다. 이런 날이면 고은의 기분이 조금 가라앉는다는 걸 그는 그녀를 몇 달 동안 지켜보면서 알아챘다. 태진이 옆을 바라봤다. 무슨 생각을 하는지 고은의 표정이 무겁게 가라앉아 있었다.

창문을 열고 딸깍, 담배에 불을 붙였다. 도하의 차는 학원에서 대각선 쪽에 주차되어 있었다. 그의 위치에선 학원 안이 자세히 보였지만 그쪽에선 건물에 가려 알아채지 못할 자리였다.

두 사람을 본 후 도하는 자신의 차 안을 뒤졌다. 담배가 있다는 것에 안도했다. 한동안은 금연을 했었다. 그에게 무엇을 억제하고 참아내는 건 쉬웠다. 배우라는 직업은 늘 다른 삶을 살아야 했고 수시로 변해야 했다. 몸무게 늘렸다가 뺐다가, 담배를 입에 물었다가 피울 줄 모르는 척을 했다가, 그렇게 나를 지우고 사는 삶이 매력적이라 그는 배우가 되었다.

비수기일 때도 완벽하게 관리를 하는 편이었다. 어떤 것을 더하고 덜어야 할지 모르니 다 비운 채 어느 방향으로 향해도 어색하지 않도록.

"후……."

그가 학원 안의 두 사람을 보며 담배 연기를 길게 내뿜었다. 좋아하는 사람이 있다는 말이 거짓이 아니었던 건가. 그의 입가에 오랜만에 맛본 담배 맛처럼 쓴 웃음이 스쳤다.

아니라는 확신이 있었음에도 모르는 일이었다. '이고은'이라는 여자에 대해 전부를 파악했다고 여겼지만 보기 좋게 뒤통수를 맞았다. 순진한 얼굴은 그저 가식이었나. 그를 바라보던 눈빛은, 그 안에 담겼던…….

도하는 감정을 지우듯 눈을 감았다 떴다. 그 순간, 남자가 학원을 빠져나와 골목 사이로 사라졌다. 이제 학원엔 그녀 혼자였다. 무슨 생각을 하는지 그녀는 바닷가를 바라보며 서 있었다.

'멍하게 있을 시간도 있고 좋네.'

도하는 자신과 있을 때보다 더 편해 보이는 고은의 모습을 보자 기분이 묘해졌다. 모든 걸 결혼 전과 다를 바 없이 맞춰 주었다. 그가 요구한 건 단 하나도 없었다. 오죽하면 잠자리까지 패스했을까. 처음엔 그게 당연하다 생각했고, 어느 순간부터는 우습게도 아쉬움이 들었다.

부부란 합법적으로 욕정을 풀 수 있는 관계였다. 짐승 새끼처럼 늘

발기해 있진 않았지만 한 번씩 고은이 스스로를 감추듯 전신을 꽁꽁 싸맨 잠옷이라도 입고 곁을 지나칠 때면 그는 어두운 식탁에 앉아 잠시 숨을 골라야 했다.

욕망의 덧없음을 알았기에 그저 샤워 도중 사정해 버리면 그만이었다. 들끓던 피는 언제 그랬냐는 것처럼 한순간에 가라앉았다. 이런 잠깐의 욕구를 참지 못하고 아무 여자나 만나 봤자 돌아오는 건 귀찮은 뒤처리뿐이었다.

이혼 이후 터진 불륜설 역시 있지도 않은 상황을 짜 맞춘 억지 스캔들이었다. 악수 한 번 나눈 사이를 애틋한 연인 관계로 둔갑시킬 수 있는 곳이 연예계였고, 대중들은 그런 추잡한 가십에 열과 성을 다해서 반응했다. 도하는 배우 생활을 시작한 이후부터 단 한 번도 여자와 몸을 섞지 않았다. 이미지 관리라기보다는 의미 없는 감정 소모가 싫어서였다.

쓴 담배는 두 번도 물지 못한 채 바닥으로 떨어졌다. 차 문을 열고 꺼진 담배를 발로 다시 한번 비벼 껐다. 그러곤 문을 그대로 열어 둔 채 모자와 선글라스, 마스크를 착용하고 후드까지 뒤집어썼다. 외출할 때마다 하던 행동이라 동작이 빨랐다.

차에서 내려 문을 닫은 그는 담배꽁초를 주워 올린 후 자동차 문을 잠갔다. 학원이 있는 쪽으로 시선을 한 번 준 뒤 근처의 조그마한 카페로 걸음을 옮겼다. 커피숍이라고 이름을 붙이기도 뭐한 작은 공방이었다.

그가 문을 열고 들어서자 카운터에 앉아 꾸벅꾸벅 졸던 주인이 벌떡 자리에서 일어났다. 그는 아이스커피를 주문한 후 화장실로 향했다. 좁은 공간 안에 키가 큰 도하가 들어서자 빈틈이 없을 정도였다. 그는 천천히 손을 씻고 차 안에서 챙겨 온 가글로 입 안을 헹궈 냈다.

배우 일을 하는 사람치고 결벽증이 없는 이는 드물 것이다. 특히나 도하는 그 정도가 심한 편이었다. 아직도 입 안에 맴도는 쓴 니코틴의 잔해가 모조리 빠져나가도록 그는 입을 여러 번 헹궈 냈다. 비로소 만족한 순간 고개를 들어 거울 속 자신의 모습을 바라봤다.

'좀 아파 보이려나.'

그는 자신의 얼굴을 한 번 쓸어 낸 후 다시 마스크를 착용했다. 그라는 걸 알아볼 수 있는 단서는 진한 눈매뿐이었다. 그의 팬들은 이 눈만 보고도 그임을 알아챘다. 그래서 피곤할 때가 많았다. 눈까지 가리고 다닐 순 없으니. 배우가 되고 나선 남들처럼 사는 건 포기해야만 했다.

그가 화장실에서 나와 카운터로 향하자 주인이 얼른 아이스커피를 내밀었다. 보통 사람들과는 달리 낯설고 의뭉스러운 그의 행색을 관찰하는 것 같았지만 곧 다른 일로 시선을 돌렸다. 도하는 포장한 커피 두 잔을 들고 카페를 빠져나갔다.

눈앞에 학원이 보였다. 한 걸음씩 다가설 때마다 후드 위에 걸친

라이더 재킷으로 떨어지는 빗방울의 개수가 늘어났다. 차 안에 우산이 있었지만 다시 돌아가서 가져올 생각은 들지 않았다. 오히려 비까지 맞는다면 더 불쌍해 보일지도 모른다는 생각이 들었다. 그가 학원 앞에 거의 다가섰을 즈음 빗줄기는 더욱 굵어졌다. 막 통창의 문을 닫으려던 고은과 시선이 마주친 건 그가 학원 처마 밑으로 뛰어들었을 때였다. 고은은 놀란 눈으로 그를 응시할 뿐이었다.

"당신이 이고은입니까?"

도하가 그녀를 내려다보며 물었다.

2.
낯선 채로

 고은은 그의 물음을 잠시 이해하지 못했다. 우도하가 강릉에 나타났다는 것도. 그녀가 얼음이 된 채 서 있자 도하는 싱긋 웃더니 성큼 학원 안으로 들어섰다.

 "비가 갑자기 많이 오네요."

 그는 젖어 있는 후드를 벗었다. 선글라스까지 내리자 고은은 진짜 우도하가 자신의 앞에 있다는 것을 실감했다. 그가 '기억 상실' 상태라던 미선의 말이 뒤늦게 그녀의 머릿속을 스쳐 갔다. 그녀를 알아보지 못한다고 해서 문제 될 것이 있나, 그 생각부터 들었다.

 "여긴…… 무슨 일이에요?"

 "당신이 이고은이냐고 먼저 물었는데."

 그녀와 시선을 맞추던 그는 들고 있던 커피를 테이블에 내려놓고 소파에 자리를 잡고 앉았다. 마치 어제도 여기에 와서 그녀와 이야기를 나눈 것처럼 그의 행동은 거리낌이 없었다. 원래 이런 남자였다. 처음 하는 일도 실수 없이 유려하게 해냈다.

배우라는 직업이 정말 잘 어울리는 사람이었다. 그래서 그녀와 쇼윈도 결혼 생활을 하는 데도 불편함 같은 건 없어 보였다. 애초에 그렇게 합의하고 시작한 관계였지만 고은은 모든 게 낯설고 어려웠다. 그가 마련한 거대한 빌라부터가 마치 그녀를 집어삼키는 것만 같았다.

어머니의 재혼으로 부족함 없는 삶을 살았다. 집의 크기를 비교하자면 그녀가 살았던 새아버지의 집이 더 큰 편이었다. 하지만 그 집에서 고은이 편하게 쉴 수 있는 곳은 그녀의 방 안뿐이었다. 게다가 그곳에서도 때때로 숨이 막히는 것처럼 힘들었다.

늘 뻔뻔하게 주인 행세를 하지 못하는 그녀에게 어머니는 당당해지라고 다그쳤다. 그녀의 그런 태도가 새아버지의 신경을 거슬리게 하고, 그의 자식들에게 더 많은 기회를 주게 만드는 것이라고. 네가 가질 수 있는 건데 가져 보라고. 세상을 다 산 사람같이 행동하던 네 아버지처럼, 왜 욕심 같은 건 부리지 않느냐고. 고은은 어머니가 그럴 때마다 조금씩 절벽으로 밀리는 듯한 기분이었다.

아버지도 이랬을까. 어머니가 밀고 밀어서 끝내는 그 바다 아래로 뛰어내린 것일까. 고은은 도하를 보다가 아버지를 떠올리고 말았다.

아득한 두통이 밀려왔다. 그녀가 그를 등지고 서서 숨을 고르자 뒤쪽에서 걱정스런 도하의 목소리가 들렸다.

"괜찮아요? 어디 불편해요?"

그가 일어서는 소리에 고은은 다시 돌아섰다.

"괜찮아요."

"……."

도하가 선 채로 그녀를 바라봤다.

"제가 이고은이에요."

고은은 그의 시선을 피하며 도하의 맞은편에 앉았다. 감정을 다스리기 위해선 무슨 행동이든 해야 했다. 그녀는 도하가 사 온 커피를 지나쳐 태진이 두고 간 커피를 집었다. 카페인이 몸속으로 들어가자 조금은 이성적인 상태가 되었다.

"내가 나쁜 짓을 많이 했나 봐요."

다시 자리에 앉은 도하가 입꼬리를 반쯤 올린 채 말을 꺼냈다. 말뜻을 이해하지 못한 고은이 그와 눈을 맞췄다.

"이렇게 불편해하는 걸 보니……. 괜히, 미안한 마음이 드네요."

무슨 말이 하고 싶은 걸까. 도대체 그가 찾아온 목적은 뭘까. 고은은 이제 머릿속으로만 생각하기 싫었다. 그녀에게는 해야 할 일이 있었다. 아직 청소도 끝내지 못했다. 매일 똑같은 루틴을 반복하며 하루를 보내야 마음이 평온하게 안정되었다. 그걸 방해하는 모든 것이 싫었다. 그래서 우도하란 남자의 곁을 도망치듯 떠난 것인지도 모르겠다.

"나쁘게 헤어진 건 아니라고 해서······. 그래서 찾아왔어요."

도하는 고은의 표정을 읽어 낸 것처럼 곧장 찾아온 이유를 풀어냈다.

"나한테 사고가 좀 있었어요. 기억이 사라졌다는데. 그게······ 당신이랑 결혼하고 이혼할 때까지의 일만, 딱 잘라 낸 것처럼 머릿속에서 삭제됐어요. 너무 이상하지 않아요?"

오히려 그가 그녀에게 물었다.

"그래서요?"

도하는 감정 없이 되묻는 고은을 빤히 바라봤다. 잠시 시선이 얽혔다. 도하는 고은이 어떻게 나올지 여러 가지 시나리오를 써 봤다. 그 중 가장 최악이 지금처럼 흔들림 없이 되묻는 것이었다. 그래서 어쩌란 말이냐고. 당신의 기억 속에 내가 없는 게 나랑 무슨 상관이냐고. 다시 속이 비틀리는 기분이었다. 이 물음, 시선 때문에.

"그래요. 이혼한 전남편 다시 만나는 게 뭐 좋겠어요. 나쁘게 헤어진 건 아니라고 했지만, 아, 이건 내가 윤 대표한테 물어보니 그렇게 말해 줬어요. 그 사람 눈에는 그렇게 보였나 봐요. 당신이랑 내가 진짜 어떻게 헤어졌는지는 난 지금 모르는 상태니까."

"······."

고은은 대답 없이 앞에 놓인 커피 컵을 움켜쥐기만 했다.

"그래서 더 알고 싶더라고."

"……"

도하가 떠도는 고은의 시선을 붙잡았다. 그리고 놓치지 않고 말했다.

"우리가 왜 헤어졌는지."

"굳이 알 필요가 있을까요?"

고은이 피하지 않고 말을 건넸다. 손은 컵을 움켜쥐고 있으면서도 말투는 흔들림이 없었다. 도하는 그게 신기했다. 이렇게 서툴면서, 왜 감정을 억누르려 하는 것인지. 그 이유가 무엇인지 이제는 좀 궁금해져 버렸다.

"굳이 몰라야 할 필요도 없잖아요."

말 잘하는 남자를 이길 방법은 없다는 걸 안다. 우도하가 얼마나 끈질기고 인내심이 강한 사람인지는 그의 습관들만 봐도 알 수 있었다. 정말 배우는 아무나 하는 게 아니었다. 그는 먹는 것부터 운동 시간, 수면 패턴까지 조절하며 로봇처럼 생활했다. 그런 완벽함과 프로 정신 때문에 사람들이 우도하에게 더 열광한다는 것도 안다. 그걸 얼마 전까지 바로 곁에서 두 눈으로 직접 목격한 사람이 그녀였다.

"나쁘게 헤어지지 않았어요. 윤 대표님 말처럼."

고은은 답을 건네고는 곧장 자리에서 일어났다. 그의 얼굴에선 잠시 웃음기가 사라졌다. 그 말을 듣고 싶어서 찾아온 게 아니란 것도 알지만 그녀는 더 이상 해 줄 말이 없었다. 뭘 얼마나 마주하고 말을 나눴다고. 헤어지는 것도 간결했다. 그녀에게 다른 사람이 생겼다고 말했고, 그는 받아들였다.

"수업 준비를 해야 해서요."

다시 청소기를 붙잡으며 고은이 도하에게 말을 건넸다.

"꺼지란 말도 참 예의 있게 하는군요, 당신은."

도하가 웃으며 자리에서 일어났다. 그는 자신이 한 모금 마신 아이스커피와 그녀의 몫으로 사 온 커피의 뚜껑을 연 채 학원 한쪽에 마련한 개수대로 향했다. 고은은 그의 행동에 놀라 저지하지 못했다. 도하는 익숙한 장소인 것처럼 두 개의 컵에 담긴 커피를 모조리 쏟아부었다. 그러고는 돌아서서 변명하듯 입꼬리를 올렸다.

"뒷정리를 깔끔하게 하는 편이라."

그는 분리수거 통에 일회용 컵을 던져 넣고는 자리로 돌아와 선글라스와 마스크를 썼다. 후드까지 걸치자 고은은 심장을 조이던 압박감이 조금은 느슨해지는 것 같았다. 이제 가 버릴 테니까. 그것만 기다리고 있는 고은의 앞으로 도하가 다가왔다.

"집이 어디예요?"

"……."

고은은 곧장 대답하지 못했다.

"당신 집에서 며칠 신세 좀 질게요. 서울에 있을 수가 없어서 그래요. 집 앞에는 기자들이 깔렸고, 병원에서도 간호사들이 얼마나 몰래 사진들을 찍는지. 호텔을 잡아서 지내도 마찬가지일 거 같아요. 내가 누군지 다 아는 사람들이 아무렇게나 떠드는 말들, 이젠 좀 지쳐서 그래요. ……쉬고 싶어요."

어디까지가 진짜이고 어떤 게 가짜인지 그녀는 가려낼 수가 없었다. 연기자는 그녀가 아니라 그였고, 우도하는 작정하고 그녀를 찾아왔다. 마치 이곳이 아니면 안 된다는 것처럼. 그녀가 밀어내면 기다릴까.

고은은 잠시 다른 위험한 생각에 빠져들었다. 그는 이미 그녀의 집이 어딘지 알고 있을 것이다. 학원만 알아보진 않았겠지. 그러면서도 친절하게 그녀의 의사를 물었다.

"할머니랑 같이 살아요."

이건 생각 못 한 걸까. 도하의 눈빛이 잠시 채도를 바꿨다.

"그래도 괜찮으면 지내세요. 어차피 3층짜리 빌라니까."

고은은 탁자 위에 놓여 있는 메모지에 주소를 적었다. 친절히 비어 있는 2층의 도어 록 비밀번호까지 남겼다. 종이를 찢어 건네자 그는 잠시 헛웃음을 지었다. 그녀가 소리를 지르며 꺼지라고 할 줄 알았는가. 자신의 예상과 다른 고은의 행동에 조금은 놀란 것 같았다.

종이를 받아 든 그가 그것을 내려다봤다.

"할머님한테는 뭐라고 말씀드려요?"

그가 고개도 들지 않은 채 물었다.

"네?"

"나를 알아보시지 않겠어요?"

"……."

그가 다시 시선을 맞추며 얄밉게 웃었다.

"당신이 누군지 모르세요, 할머니는."

고은의 대답에 도하는 뜻을 모르겠다는 표정을 지었다.

"결혼한 것도 모르셨어요. 돌아가신 친아버지 쪽이라서. 암튼 신경 안 쓰셔도 돼요."

친절한 설명까지. 이렇게 그를 미묘하게 화가 나도록 만드는 여자도 없을 것이다. 도하는 그러느냐며 기억 상실에 걸린 주인공처럼 고개를 끄덕이고는 덤덤하게 돌아섰다.

비가 세차게 왔지만 그는 우산도 없이 빗속으로 뛰어 들어갔다. 고은은 뒤늦게 우산꽂이에 있는 우산을 들어 올리다 행동을 멈췄다. 그러고는 멀어지는 우도하의 뒷모습을 가만히 바라봤다. 웃음이 났다.

아직까지도 이러니. 무슨 미련이 남아서…….

고은은 더 이상 생각하지 않고 몸을 돌렸다. 이젠 정말 청소를 시작해야 할 시간이었다. 그때 후다닥 소리가 들리고 곧이어 거친 숨소리가 울렸다. 고은이 돌아보자 도하가 빗물을 뚝뚝 떨어뜨리며 서 있었다.

"근데……, 할머님이 뭘 좋아하시죠?"

그가 진지하게 묻고는 해맑게 웃었다. 고은은 가슴 끝에서부터 통증이 퍼지는 것만 같았다.

"……."

"고은 씨."

"……바, 바나나요."

더듬거리며 말을 내놓자 도하는 알겠다며 고개를 끄덕였다. 그러고는 다시 학원을 빠져나가려다 우산꽂이를 발견했다. 그가 우산 좀 빌린다는 말을 하려 뒤돌아보기 전에 고은이 먼저 '쓰세요'란 말을 남겼다.

별일 아니라는 듯 그녀는 돌아서 청소기 쪽으로 갔다. 윙, 모터가 돌아가는 소리가 시끄럽게 들렸다. 몇 번 바닥을 훑어가다가 그녀는 참지 못하고 고개를 돌렸다. 당연하게도 도하는 이미 사라지고 없었다. 고은은 그제야 작은 한숨을 내쉬었다.

○ ● ○

— 짐, 짐이요?

"그래. 대충 속옷이랑 입을 옷들. 해외 촬영 갈 때 쓰던 가방에 담아서 4시까지 강릉 터미널로 보내. 4시야. 늦지 말고."

도하가 제 말만 꺼내 놓고 종료 버튼을 누르려는데 익숙한 목소리가 거칠게 튀어나왔다.

— 야! 너 이 새끼 어디야!

윤 대표였다. 이미 예상은 했던 터라 도하는 당황하지 않고 핸드폰을 다시 귀에 가져다 댔다. 도하가 전화를 끊지 않았다는 걸 안 윤 대표는 한바탕 잔소리를 쏟아 냈다. 회사 주식부터 자신의 대출 문제까지. 그가 들을 필요도 없는 말들을 협박이랍시고 꺼내 놓더니 갑자기 도하의 이름을 간절한 목소리로 불렀다. 불쌍한 사람. 도하는 잠시 동정심이 들기도 했다.

— 우도하. 너 진짜 왜 그러냐? 내가 이렇게 빌게. 지금 무릎 꿇었어. 못 믿겠어? 재식아, 야, 이거 네 폰으로 찍어 봐. 아, 이게 네 폰이냐? 그럼 내 폰으로. 자자.

원맨쇼의 레퍼토리라도 바꾸든지. 막 생겼던 동점심이 한순간에 사라지는 기분을 맛보게 하는 것도 윤 대표의 능력이라면 능력이었다. 자신이 함부로 입을 놀린 대가를 치르는 것뿐인데 왜 이렇게 억울해할까.

— 도하야. 응? 나 한 번만 봐주라.

"쉬라면서요? 그래서 쉬는 건데 왜 그래요?"

그는 고저 없는 목소리로 물었다.

— 야! 쉬랬지, 사라지랬어! 그리고 우리 일에 쉬는 게 어디 있어!

몇 개월 쉰다고 말해 놓고 그 시간 동안 시나리오 보고 개인 방송 영상도 만들어 놓고 해야 할 거 아니야! 몸 관리, 식단 관리, 제대로 안 하면 어떻게 되는지 몰라?

"그런 건 감방에서도 할 수 있으니까 걱정 마요."

— 감…… 이 새끼가, 진짜? 너 정말 어디야! 그럼, 있는 곳이라도 알려 줘. 강릉 어딘데? 그러니까 강릉에는 왜 간 건데? 그리고 진짜 강릉에 있는 거 맞아? 거기서 짐 받고 다른 데로 튀려는 거지?

윤 대표의 머릿속이라면 그런 시나리오가 나올 만도 했다. 늘 사람을 의심부터 하며 믿지 않았다. 연예계가 원래 그런 곳이었으니 이해는 되지만 한 번씩 그조차 믿지 않고 사생활을 캐내려 할 때면 짜증과 환멸이 일었다.

그에게 계약서를 들이민 수많은 사람들 중 윤 대표를 선택한 것은 그나마 가장 선량해 보여서였다. 뒤가 구린 느낌이 없어서 도장을 찍은 것인데 윤 대표도 나이를 먹고 돈맛을 보니 어쩔 수 없는 것 같았다. 지금 소속사가 도하가 아니면 제대로 굴러가지 않으니 당연한 일이겠지만.

"기억 찾고 갈게요."

"뭐?"

그의 말에 윤 대표는 말문이 막힌 것 같았다.

"그리고 이 핸드폰은 꺼 놓고 새 핸드폰 살 거니까 위치 추적 하지 마세요. 쓸데없는 짓이니까."

"야!"

띠라라. 종료 버튼을 누른 도하는 기계를 조수석에 던졌다. 그리고 핸드폰 옆에 덩그러니 놓인 종이쪽지를 바라봤다. 고은이 단정한 필체로 또박또박 적어 준 글자가 물에 젖어 주소의 끝부분이 흐려져 있었다. 그게 뭐라고 이상했다. 도하는 핸들에 얼굴을 기댄 채 잠시 그 종이만 내려다봤다.

'그래도 괜찮으면 지내세요.'

거절할 줄 알았는데 여자는 흔쾌히 그에게 곁을 주었다. 같은 빌라라. 도하의 입가엔 어이없는 미소가 어렸다. 뭐가 뭔지 알 수 없는 기분이 좀처럼 사라지지 않았다. 오랜만에 고은을 마주하니 정말 기억이 삭제되기라도 한 것처럼 과거로 시간을 되돌리고 싶은 마음이 들었다. 그조차도 그가 해 놓은 말들이 거짓인지 진실인지 구분하기가 모호했다.

도하는 고개를 들어 눈앞에 펼쳐진 바닷가를 바라봤다. 고은은 매일 이 바다를 바라보며 살고 있는 걸까. 왜. 그 좋은 프라이빗 고급 빌라를 두고. 그가 뭘 어떻게 한다고. 참 알 수 없는 여자였다.

짙은 안개처럼 아리송하기도 하고, 거센 파도처럼 그의 머릿속으로 밀려들어 오기도 하며, 때론 수줍은 복숭아처럼 웃는 그녀가 도하는 재밌었다. 궁금했다. 그것으로 이유는 충분하지 않은가. 그는 다른 생각은 하고 싶지 않았다.

차에 시동을 켜고 주소지를 내비에 입력했다. 학원에서 가까운 곳
이었다. 동네는 손바닥 안처럼 좁았다. 이런 곳에서 답답함을 느끼지
않고 살고 있는 고은이 신기할 따름이었다. 그는 액셀을 세차게 밟아
차를 출발시켰다.

"누구라고?"

노인은 도하를 보자마자 얼굴을 찡그리며 경계했다. 노인은 정말
그를 알아보지 못했다. 어떻게 연예인 우도하를 모를 수가 있는가, 마
스크까지 벗은 멀쩡한 모습인데도.

도하는 잠시 생각하다 재빠르게 대답했다.

"고은이 친굽니다, 어르신."

"누구?"

아무래도 소리가 잘 들리지 않는 것 같았다. 도하는 가까이 다가서
조금 큰 목소리로 자신을 밝혔다. 그제야 노인은 말을 알아듣고는 현
관문의 이중 홀더를 풀고 그가 들어오도록 했다.

도하는 우선 신발을 벗고 노인 앞에 과일 바구니를 내밀었다. 일부
러 강릉 시내까지 나가 여러 마트를 돌아서 사 온 것이었다. 굳이 이
런 수고까지 할 필요는 없으나 어쩐지 그러고만 싶었다. 노인은 과
일 바구니를 생전 처음 마주한 사람처럼 놀란 눈을 해 보였다.

"이게……."

"과일 좋아하신다고 들었습니다. 특별히 바나나가 많아요."

바나나란 말에 노인이 고개를 들어 도하를 바라봤다. 그를 자세히 살펴보는 눈 안에는 어떤 의구심도 없었다. 요즘같이 티브이가 없는 곳을 찾기가 더 힘든 세상에 그를 모른다는 게 신기했지만 아무래도 그런 쪽으로 관심이 없는 것 같았다.

슬쩍 둘러본 노인의 공간은 단출하기 그지없었다. 티브이 대신에 큰 전축 하나만 소파 앞에 덩그러니 놓여 있었다. 그곳에선 라디오 디제이의 목소리가 자장가처럼 흘러나왔다. 소파 위에는 노인이 하던 뜨개질거리가 담긴 바구니가 놓여 있었다. 참 심심한 삶이었다.

"커피가 없는데, 보리차라도 줄까요?"

"아, 네. 감사합니다. 그리고 말 편하게 하십시오."

도하는 노인하게 깍듯하게 인사를 건네고는 해맑게 웃었다. 그의 붙임성에 노인도 조금은 경계를 푼 듯 입가가 올라섰다. 아무래도 큰 과일 바구니를 사 온 게 점수를 따는 데 한몫한 것 같았다. 당분간 이곳에서 지내려면 노인과 친해져서 나쁠 건 없었다.

"누가 온다고 문자는 받았는데. 친구인 줄은 몰랐지."

"아…… 네."

"그래서 우리 고은이랑 같은 대학을 나왔어?"

친구라고 했더니 당연히 대학 친구인 줄 아는 것 같았다. 도하는 대충 고개를 끄덕이곤 노인이 건넨 보리차를 원샷했다. 처음 맛보는 구수함이었다. 성격이 예민한 편이긴 하지만 그렇다고 특별히 음식을 가리진 않았다. 그게 신기하다며 윤 대표는 도하의 식성에 대해 의아한 기색을 드러내곤 했는데 도하는 그런 윤 대표가 더 이상했다.

딱히 좋은 것도 싫은 것도 없었다. 그러니 무언가를 가릴 필요도 없었다. 먹는 것에 까다로워 봤자 얻는 건 입맛을 만족시키는 행복뿐이었다. 식욕에 대한 본능이 강하지 않은 편이었기에 대충 배만 채우면 되었다. 그래서 식단을 관리하는 것도 어렵지 않았다.

"걔가 친구를 집에 데려오고 그럴 애가 아닌데. 많이 친했나 봐?"

노인은 하던 일을 마저 하려는 듯 소파에 앉아 뜨개질 바구니를 다리 위에 올려놓았다. 도하는 노인의 맞은편에 방석을 깔고 앉았다. 대충 핑계를 대고 고은이 말한 위층 빈 공간으로 사라져도 되겠지만 어차피 할 일도 없었다. 그는 노인의 옆에 있는 게 나쁘지 않았다.

"제가…… 좋아했습니다."

불쑥 말을 꺼내 놓고 그는 수줍게 웃었다. 노인은 놀란 듯 뜨개질하던 손을 멈췄다. 손녀딸이 누구와 결혼을 했고, 결국엔 이혼까지 해 버렸다는 걸 구체적으로 알지 못한다고 했다. 그만큼 왕래가 없었다는 것이다. 도하는 뒤늦게 새어머니가 했던 말이 떠올랐다.

'어머니가 재혼했단다. 아버지는 화가였는데 빛을 보진 못하고 죽었다나 봐. 아무튼 새아버지가 예술 재단 이사장이라니 나한테도 도움이 될 것 같은

데, 어떠니?'

처음 새어머니가 고은의 사진을 들고 그의 방 안으로 들어섰을 때 도하는 어느 여자든 상관이 없다고 생각했다. 어차피 집안에서 정해 준 사람과 대충 살다가 헤어질 작정이었다. 그가 그런 관계를 맺을 것 이란 걸 도하의 부모님도 알고 있었다. 그러니 그들에게 이득이 되는 여자를 내밀겠지.

고은은 외모도 나쁘지 않았다. 연예계에서 화려한 여자들만 상대 하니 고은처럼 수수한 이목구비가 오히려 매력적으로 보이기도 했다. 같은 공간에서 지낼 텐데 아예 얼굴을 보지 않을 순 없었다.

그렇게 홀로 결정하고 만난 고은은 정말 평범한 여인이었다. 그가 무슨 말을 하든 반응이 없었다. 모두가 눈만 마주쳐도 꺅꺅 소리치는 톱스타 우도하인데. 그녀의 행동은 색달랐다. 오히려 불편해 보이기 까지 한 표정에 도하는 기분이 상하기보단 흥미를 느꼈다.

여자에게 결혼 조건을 말하자 흔쾌히 고개를 끄덕였고 결혼식은 일사천리로 진행되었다. 아마도 그녀는 새아버지의 집에서 탈출하고 싶었던 것 같았다. 그리고 그게 성공하자 이젠 도하에게서 벗어나고 싶어 했다. 그렇게 그를 벗어나 도착한 종착점이 이곳이란 말인가. 손 녀사위의 얼굴도 모르는 친할머니의 곁으로 돌아가 동네 아이들에게 공부를 가르치며 늙어 가는 삶. 그로서는 도무지 이해하지 못할 서사 였다.

"좋아서…… 여기까지 찾아온 게야?"

노인의 물음에 도하는 짧게 대답하고 웃었다.

"옛날 일입니다."

"흠……."

한발 빼 버리는 도하의 태도가 마음에 들지 않는다는 것처럼 노인은 이내 뜨개질거리로 시선을 옮겼다. 집 안에는 어색한 침묵이 감돌았다. 그저 작은 소음처럼 라디오 디제이의 발랄한 목소리만 공기 속을 떠다녔다.

"계속 여기 앉아 있을 건 아니지?"

불편하단 말을 노인은 그렇게 표현했다. 도하는 알아들었다는 듯 싱긋 웃으며 벌떡 몸을 일으켰다. 남들보다 키가 큰 탓에 그가 일어서면 사람들은 놀라서 천장까지 시선을 올릴 때가 많았다. 노인도 다르지 않았다. 눈에서 키가 크다는 말이 튀어나올 것만 같았다.

"그럼, 전 위층으로 올라가겠습니다."

현관 쪽으로 움직인 도하가 신발을 신자 노인이 그의 쪽으로 다가와 섰다.

"비밀번호는 아는가?"

"아, 네. 고은 씨, 아니, 고은이가…… 알려 줬습니다."

"얼마나…… 있다 갈 거야?"

그가 문을 열려고 하자 노인이 붙잡듯 물었다.

"얼마나 있을까요?"

도하는 오히려 되물었다. 그러고는 싱겁게 웃었다.

"너무 잘생겼어."

"……네?"

그가 돌아서려 하자 노인이 혼잣말을 덧붙였다.

"그래서 안 돼. 잘 있다 가요. 불편한 거 있으면 고은이한테 말하고."

먼저 몸을 돌린 노인이 다시 소파로 가서 자리를 잡았다. 도하는 그런 노인의 모습을 잠시 지켜보았다. 안 된다는 말이 왜 마음에 걸리는지. 그 이유가 단지 잘생긴 얼굴 때문만은 아닐 텐데. 하지만 더는 말을 붙일 수가 없었다. 노인은 단단히 빗장을 걸어 잠근 것처럼 그에게 다시는 시선을 주지 않았다.

2층 공간은 비어 있는 상태라고 했지만 아주 지내지 못할 정도는 아니었다. 하지만 도하가 자주 묵는 호텔이나 그의 고급 빌라와 비교하자면 열악한 환경이었다. 거실로 들어서면 곧장 주방이 나왔고 안방과 작은방 하나, 좁은 화장실이 전부였다. 이리저리 집 안을 둘러보다 도하는 닫혀 있던 작은방 문을 열었다.

안에는 그림을 그리는 도구들이 버려진 짐처럼 놓여 있었다. 몇 개의 이젤에는 그리다가 만 듯한 바닷가 풍경의 스케치가 남아 있는 상태였다.

그림은 아예 관둬 버린 건가. 두 사람이 같이 살던 빌라 안의 인테리어 중 가장 크게 신경 쓴 것이 고은의 개인 작업실이었다. 집에서도 그림을 그릴 수 있도록 해 주겠다고 약속했다. 고은은 그 방에서 많은 시간을 보냈다. 도하는 이상하게도 그 사실이 뿌듯했다. 자신이 그녀에게 최선을 다했다고 생각했으니까. 마음이 복잡하게 얽혀 들었다.

"야옹."

그때 어디선가 고양이 소리가 들렸다. 도하는 자신이 잘못 들었나 생각했지만 그는 남들보다 청력이 좋은 편이었다. 분명 주변에서 들려온 소리였다. 몸을 일으켜 방 안을 벗어나자 다시 한번 울음소리가 흘러나왔다. 아무래도 베란다 쪽인 것 같았다.

문이 열린 베란다 안으로 들어서자마자 도하는 조그마한 고양이와 대치하듯 마주했다. 녀석의 너머에 자리한 캣 타워를 발견하자 그는 헛웃음이 터졌다. 동물 키우는 취미가 있었던가. 어쩐지 고은과 어울리지 않는다는 생각이 들었다. 그러자 고양이의 공간이 비어 있는 2층에 있다는 사실이 조금은 의아했다. 본인은 3층에 살면서 고양이만 2층에 두진 않을 텐데. 어쩐지 녀석도 그녀에게 버려진 것만 같아 도하는 동병상련의 마음이 들었다.

"안녕."

그가 다가서자 녀석은 후다닥 캣 타워 위로 도망치듯 올라섰다. 그를 경계하듯 내려다보는 눈 속에 작은 떨림이 일었다. 뭔가 원하는 게 있어서 울었던 걸까. 추리하며 주변을 살피자 그릇에 물이 없었다.

도하는 다시 집 안으로 들어가 냉장고 문을 열었다. 보이는 것이라 곤 생수병 하나가 전부였다. 그것을 꺼내 걸음을 옮기던 그가 잠시 멈 칫했다. 너무 차가운 물은 안 되지 않을까. 정수된 생수인데 괜찮을 까. 그렇다면 수돗물을 줘야 하나. 갑자기 여러 가지 질문들이 머릿속 을 스쳐 갔다.

익숙하게 바지 주머니를 뒤져 핸드폰을 찾으려다 자신에게 그것이 지금 없다는 걸 뒤늦게 인지했다. 윤 대표와 통화 이후 전원을 꺼 둔 채 차 안 어딘가 던져두었다. 다시 켤 생각은 없었다. 도하는 이리저 리 고민하다가 냉장고 뒤쪽에서 생수 박스를 발견했다. 거기서 페트 병 하나를 꺼내 들고서 다시 베란다로 향했다. 그릇에 물을 부어 주고 조금 물러서자 캣 타워에서 내려와 있던 고양이가 슬금슬금 그쪽으로 다가갔다. 맛있게 물을 먹는 모습을 보자 도하는 어쩐지 뿌듯해졌다.

"……뭐 하냐."

그는 베란다 문턱에 앉아 혼잣말을 했다. 그 자신에게 하는 소리였 다. 고은을 찾아오지 않았다면 절대 했을 리 없는 행동이었다. 맡은 배역 중에 개를 키우는 역할도 있었지만 그는 알레르기가 있다는 핑 계를 대고 동물들을 가까이하지 않았다. 이유는 그저 귀찮아서였다. 아무 거리낌 없이 달려들어 핥고 치대는 모습에 거부감부터 들었다.

그런 우도하가 고양이에게 물을 주고 있다니. 정말 윤 대표의 말대로 결혼과 이혼을 겪은 이후 자신은 예전의 우도하가 아니었다. 그는 스스로가 달라진 게 없다고 여겼지만 주위 사람들의 말은 그렇지 않았다. 그런 이유로 윤 대표는 처음부터 결혼을 반대했다.

하지만 집안의 일이었다. 할아버지인 우 회장이 스캔들을 빌미로 도하를 회사로 끌어들이려 했다. 그 모든 상황을 옆에서 지켜본 그의 아버지는 어떤 말도 하지 않았다. 늘 부모의 그늘 아래에서 살아온 남자였다. 도하도 그걸 알았기에 바라는 것이 없었다.

그가 연기자가 되겠다고 했을 때도 아버지는 자신의 의견 따윈 내놓지 않았다. 할아버지께 여쭤보겠다는 말만 할 뿐이었다. 그러거나 말거나 도하는 첫 작품으로 신인상과 남우주연상을 동시에 수상했다. 그 덕분에 우 회장의 반대는 조금 누그러졌다. 회사의 이미지에도 도움이 될 것이란 새어머니의 입김도 컸다.

하지만 그것은 시간이 흐를수록 바래질 수밖에 없었다. 그의 이미지가 실추되면 할아버지의 회사도 타격을 입었다. 반듯하고 안정적인 이미지를 만들어야 했고, 그 돌파구가 정략결혼이었다. 모든 이해관계가 맞아떨어진 결혼 이후 그의 선택은 자유로워졌다.

더 이상 본가의 간섭도 없었고 결혼 생활도 깔끔했다. 하지만 예상과 달리 고은의 거부로 계약 결혼이 돌연 이혼으로 이어지자 우 회장은 불같이 화를 냈다. 제멋대로인 그에게 실망감을 감출 수 없다며 도하를 놓아 버렸다. 차라리 그에겐 잘된 일이었다.

하지만 이혼 딱지를 붙인 채 연예계 일을 이어 가기란 쉽지 않았다. 돌싱 이미지로 받아 낼 수 있는 시나리오는 한정적이었다. 그리고 그 안에서 확실한 성공을 거둬야만 계속해서 그의 입지를 다질 수 있었다.

윤 대표는 이혼 후 첫 작품 선정에 아주 큰 공을 들였다. 하지만 모든 것에 무기력해져 버린 도하는 생애 처음으로 연기력 논란을 일으키며 사람들의 입방아에 오르내렸다. 악플을 읽어 내려가며 부들부들 떠는 윤 대표와 달리 도하는 아무런 감정의 동요도 일어나지 않았다. 어쩌면 그는 이런 상황을 바랐는지도 모르겠다.

탕탕탕.

갑자기 문을 두드리는 소리에 도하는 생각에서 빠져나왔다. 누구지. 그가 여기 있는 걸 아는 사람은 고은과 그녀의 할머니뿐이었다. 그는 자리에서 일어나 현관문을 열었다. 노인이 귀찮은 표정으로 서 있었다.

"전화도 없어?"

무슨 말이냐고 묻기도 전에 노인은 그에게 핸드폰을 건넸다. 슬쩍 화면을 내려다보자 손녀라는 글자가 찍혀 있었다. 알 수 없는 흥분이 일었다.

"응, 고은아."

— ……

그가 대뜸 반말을 해서인지 고은은 답이 없었다. 당황했으리라. 도하는 아무렇지 않은 눈빛으로 앞의 노인에게 빙글 웃어 주며 말을 덧붙였다.

"여기 좋네. 동아리 애들도 오고 싶어 하겠어."

— 아……

대학 때 친구인 것처럼 자연스럽게 말하자 고은은 어느 정도 상황을 이해한 것 같았다. 할머니가 그의 곁에 있다는 것도 인지한 듯 보였다.

— 예전에 저장한 번호로 전화했는데 핸드폰이 꺼져 있어서요.

고은은 우선 할머니를 귀찮게 한 이유부터 설명했다. 도하는 눈앞의 노인과 자꾸만 시선이 마주쳤다. 그가 피하지 않고 바라보자 노인은 그제야 뒷짐을 지고 자신의 신발을 이리저리 살폈다. 핸드폰을 다시 받아 가기 위해 서 있는 것이겠지만 그들의 통화를 엿듣고 싶은 마음도 있는 것 같았다.

"조용히 있고 싶어서."

— ……

고은은 또 잠시 말이 없었다.

"무슨 일인데?"

— 아, 고양이가 있다는 말을 못 했어요. 그때…… 알레르기가 있

다고 한 것 같아서.

그걸 기억해 이리 급하게 전화까지 했단 말인가. 참 그녀다웠다. 도하는 헛웃음이 나면서도 이 상황이 싫지 않았다. 아니, 고은의 배려와 선함이 좋았다. 그녀가 이런 사람이라 마음에 들어 했던 게 다시금 떠올랐다.

더럽고 이기적인 행동과 표현이 난무하는 촬영 현장에서 돌아와 고은을 마주하면 오물을 뒤집어쓴 듯한 불쾌감이 모두 씻겨 내려가는 것 같았다. 저녁을 먹지 않았다고 하면 그녀는 밥상을 차려 주기도 했다. 간단한 음식들이었지만 맛있었다. 늘 차 안에서 먹던 식은 김밥과 햄버거에 지칠 대로 지쳐 있는 상태였으니까.

톱스타의 일상이라고 하면 대부분의 사람들은 프라이빗한 레스토랑에서 여유롭게 스테이크나 썰고 있을 줄 알지만 그런 여유도 시간 많고 돈 많은 한물간 배우들에게나 가능했다.

지루한 대기 시간과 끝도 없이 이어지는 스케줄을 감당해 내고 나면 모든 게 귀찮아졌다. 세탁기 안에 들어가 탈탈 탈수되기 직전 같은 몸을 이끌고 집으로 돌아가면 그대로 침대에 직행해야만 했다. 영혼 없이 반복되는 그의 일상에 불쑥 끼어든 것이 고은이었다.

— 여보세요? ……도하 씨?

그가 답이 없자 고은이 그의 이름을 불렀다. 오랜만에 들어 본 낮은 부름이 이토록 가슴을 찌르르, 울리게 할 줄은 몰랐다.

'도하 씨.'

그녀는 항상 그의 이름부터 부르고서 자신의 용건을 꺼냈다. 상황이나 감정에 따라 그 음의 높낮이가 달라지기도 했는데 도하는 고은의 그런 습관이 귀엽게 느껴졌다.

"고양이는 괜찮은 것 같아. 아직은 아무렇지 않아."

그가 말하자 고은은 다행이라는 것처럼 작은 한숨을 쉬었다.

— 콩이가 귀찮게 하는 타입은 아니에요.

"이름이 콩이야?"

— 네. 그전에 살던 분이 키우던 고양이에요.

"버리고 갔나 보지?"

그가 단도직입적으로 묻자 고은은 대답이 없었다. 남이 키우다 버리고 간 고양이조차 곧장 입양 보내지 못하면서. 그는 어떻게 떠난 걸까. 그게 도하는 늘 의문이었다. 언제나 주도권은 그에게 있는 줄 알았던 관계였다. 더 같이 살자는 말에 뒤도 돌아보지 않고 떠나던 고은은 그가 1년 동안 알아 온 그녀와 전혀 다른 사람 같았다.

— 암튼 콩이는 제가 저녁쯤 데려갈게요.

시끄러운 소음들 사이에서 그녀의 목소리가 다급하게 흘러나왔다. 도하가 핸드폰을 들고 있다는 것도 잊은 듯 그녀는 아이들에게 여러 가지를 지시했다. 그래, 3단 외우고 있어. 지훈아, 받아쓰기해야 해. 그러다 아직 전화가 끊어지지 않았다는 걸 안 고은이 불쑥 미안하다는 말을 건네고는 통화를 종료시키려 했다.

"오늘은 언제 와?"

타이밍을 놓치지 않고 도하가 물었다.

— …….

고은에게선 답이 없었다. 아이들의 떠드는 소리만 BGM처럼 들려왔다.

"기다리고 있을게."

도하가 먼저 말을 건넸다.

— ……그러지 마세요. 언제 갈지 몰라요.

띠리릭. 전화는 급하게 끊어졌다. 어쩐지 거절당한 듯해 멍하게 핸드폰을 내려다보고 있는데, 노인이 그걸 바로 가로채 가져갔다.

"아직도 좋아하는 거 맞구먼."

노인은 완벽히 추리를 끝낸 것처럼 본인의 말만 꺼내 놓고 계단을 내려갔다. 도하는 한동안 그 자리에 서 있다가 갑자기 웃음을 터뜨렸다. 어쩐지 두 여자가 닮은 것 같았다.

3.
내가 잘못했어

"5번이요!"

"……응?"

잠시 멍하게 있던 고은은 눈앞의 아이를 내려다봤다. 이제 초등학교 1학년이 된 녀석은 받아쓰기를 하며 긴장한 눈을 초롱초롱 밝히고 있었다. 고은은 단번에 밝은 웃음을 지으며 다음 번호의 단어를 불러 주었다. 녀석은 또다시 또박또박 한 자씩 서툴게 적기 시작했다.

처음엔 강릉에 내려와 미술 학원을 개원할 생각이었다. 배운 게 미술이고 잘 가르칠 수 있는 것도 그것뿐이었다. 하지만 수요가 그만큼 있지 않을 것이란 미선의 충고를 듣고 나서 그녀는 종합 학원을 개원했다. 말이 학원이지 단순한 공부방이었다. 부모가 아이에게 미술을 가르쳐 달라고 하면 거기에 맞춰 주었고, 아이의 공부를 봐 달라고 하면 받아쓰기며 구구단까지 외우게 해 줬다. 대학 때 잠시 했던 학원 아르바이트가 이렇게 유용하게 쓰일 줄은 몰랐다.

그 알바도 어머니 몰래 하느라 쉽지 않았다. 결국엔 동선을 들켜 버렸고 어머니는 그녀에게 청승이라 말했다. 돈이라면 차고 넘치는데 무슨 짓이냐고, 따져 묻는 어머니를 고은은 말없이 올려다봤다. 가슴 속의 말들을 내뱉을 수 없었다.

그 돈이 우리 것이냐고. 이 집에 내 것이 있느냐고. 엄마도 새아버지에게 기생하며 살아가는 거 아니냐고. 서늘하게 눈빛을 가라앉히자 오히려 어머니 정화가 그녀의 시선을 피했다.

'하여튼 닮았어. 닮아도 어째…… 꼭 그런 것만……'

말을 끝맺지 못한 어머니는 곧 사라졌다. 고은은 일순간 더욱 큰 외로움을 느꼈다. 내가 널 버리지 않았다는 것만으로도 감사하라는 눈빛을 보일 때면 아버지가 스스로 뛰어내린 바다를 생각했다. 어머니가 하는 건 그녀를 책임지는 게 아니라 스스로를 합리화하는 거라는 걸 왜 모를까. 딸인 고은이 자신에게 감사해하지 않음에 억울해했다. 내가 네게 얼마나 고마운 사람인지 언젠가는 알게 될 것이라고.

그 순간이 정략결혼을 강요하던 때라는 걸 어머니는 모를 것이다. 고은조차도 자신이 어머니 곁을 떠날 수 있을 때가 돼서야 비로소 감사한 마음이 들었다는 걸 뒤늦게 깨달았다. 본인이 얼마나 자유를 갈망하던 사람인지 우도하란 남자의 제안 앞에서 직면할 수 있었다.

서로에게 역할이나 관계를 강요하지 않는 계약 결혼. 쇼윈도 부부. 그가 그런 말을 꺼냈을 때 고은은 오히려 도하에게 고마웠다. 그가 연예인이든 재벌 집 장남이든 아무 상관이 없었다. 지옥 같은 새아버지의 집에서 탈출할 수 있는 기회만 만들어진다면 어떤 것이든 받아들일 준비가 되었다.

그렇게 결혼하고 한동안은 악몽을 꾸지 않았다. 편안하게 잠들 수 있었다. 하지만 그것도 한 달을 가지 못했다. 어쩌다 마주치는 남편. 서로가 그어 놓은 선을 절대 넘지 않으며 친구도 부부도 남남도 아닌 채 도하와 이상한 관계를 형성하던 고은은 자신이 점점 그의 귀가를 기다리고, 제 방 침대 위에서 그의 발자국 소리를 주시하고 있다는 걸 깨달았다.

무서웠다. 처음엔 철저한 이해관계로만 연을 맺은 새아버지처럼 그를 받아들이는 줄 알았다. 하지만 그가 웃을 때마다 심장이 저리고 간지러웠다. 처음 느껴 보는 감정에 그녀는 혼란스러웠다. 설마, 그를 좋아하기라도 하는 걸까. 뭘 얼마나 봤다고. 그 남자는 세상 모든 여자들의 이상형이었다. 그녀 또한 그런 감정으로 도하를 바라보는 거라 생각하며 스스로의 마음을 무시했다.

하지만 마음은 숨길 수 있는 게 아니었다. 그가 해외 스케줄 때문에 집에 없는 날이면 고은은 우울했다. 그런 자신이 싫었다. 그가 보낸 문자를 캡처해 놓고 매일 한 번씩 들여다보는 스스로가 섬뜩했다.

마주 보지 않는 집착의 끝은 결국 파국이라는 걸 직접 눈으로 보고 배웠다. 이 관계에서 상처받을 사람은 그녀뿐이란 것도 잘 알았다. 그래서 그녀는 노력했다, 더 이상은 욕심부리지 않으려고. 누군가를 사랑하는 것만큼 어리석은 짓은 없다고, 자신을 채찍질했다.

"선생님."

"……응?"

어느새 그녀의 앞에는 오늘의 마지막 회원인 중학생 현아가 앉아 있었다.

"무슨 일 있으세요?"

고은은 뒤늦게 문제집의 답안지를 집어 올리며 아무렇지 않게 대답했다.

"왜, 그래 보여?"

"네, 아주 많이요. 무슨 일인데요? 남자 문제예요?"

현아는 샤프까지 놓고 고은의 대답을 기대했다. 요즘 애들은 빨라서인지 초등학교 고학년들 중에서도 이성에 눈뜬 애들이 제법 있었다. 현아도 그편에 속했다. 초등학교 6학년 때 한 살 오빠인 중학생 남자 친구를 처음 사귀었는데, 그 녀석과 커플링까지 맞춰 꼈다는 자랑을 하기도 했다. 고은이 이 동네에 오기 전의 일이니 사실 확인은 할 수 없었지만 그저 허세를 떨기 위한 거짓말은 아닌 것 같아 보였다.

"아주 큰 문제가 있긴 하지."

고은이 그녀의 반응에 장단을 맞춰 대답해 주었다.

"뭐요? 뭔데요?"

현아는 안달 난 표정으로 재촉했다.

"우리 현아가 이번 중간고사에서 평균 50점 이상 맞지 않으면 어머님이 학원을 다 끊어 버리겠다고 하셨으니 선생님은 이제 어떡하나, 그런 생각."

고은의 한숨에 현아는 뭐냐며 책상을 탕탕 내리쳤다. 토라져 입가를 삐쭉이는 걸 숨기지 못했다. 고은은 그런 현아가 귀여워 입가에 엷은 미소가 지어졌다.

유치원생부터 초등학생까지, 예체능을 포함하여 전반적인 학습 상태를 봐주는 교습소이다 보니 고학년은 잘 없었다. 하지만 현아는 뒤늦게 공부방에 들어왔다. 어머니만 계시는 한 부모 가정으로 집안 사정이 좋지 않았다. 가장 역할을 해야 하는 어머니는 밖에서 일할 때가 많았으니 그녀는 어릴 때부터 학습적으로 겉돌았다. 학교 공부만으로는 한계가 있었고, 현아는 그곳에서 집중하지 못하는 타입이었다.

공부 성적은 엉덩이 싸움이었고, 학습 태도에서 갈렸다. 그것을 어릴 때부터 키우지 못한 녀석들은 점점 학년이 올라갈수록 포기해 버리는 경우가 많았다. 현아도 그중 하나였다. 하지만 그녀의 어머니는 포기하지 않았다. 그래도 최소한은 배워야 한다는 주의였다.

그래서 현아와 타협해 고은에게 맡기게 되었다. 다른 학원보다 금액이 싼 편이었고 여러 과목을 두루 배울 수 있었다. 그리고 현아가 마음을 붙이는 선생님이 한 명쯤은 있었으면 한다고 했다.

처음에 고은은 거절하려 했지만 현아 어머니의 절박한 손길에 결국 수락하고 말았다. 그리고 막상 현아를 마주하니 또 다른 의욕이 생기기도 했다. 가르친 만큼 조금씩 성적이 오르자 현아도 공부에 조금은 흥미를 느끼기 시작했다. 하지만 그 무섭다는 중학교 2학년이 아닌가.

공부보다 다른 것에 더 관심이 많은 소녀는 고은의 앞에만 앉으면 이런저런 수다를 늘어놓곤 했다. 오늘도 그 일의 연장선이었지만 고은은 현아를 나무랄 수가 없었다. 자신 역시 그녀에게 집중하지 못해 미안해졌다.

"72쪽까지만 풀려고 했는데 75쪽까지 해야겠다."

"아, 쌤!"

현아가 포효하듯 탄성을 내놓았다. 고은은 현아의 반응에 은근히 희열을 느꼈다. 그녀의 마감 시간이 조금 더 늦어진다고 해도 오늘은 현아를 좀 더 봐주고 정리하는 게 맞다는 생각이 들었다.

돈을 따지고 이 일을 시작했다면 한 달 만에 그만두었을 것이다. 신경 쓸 것도 많았고 아이들은 물론 그 부모까지 상대하는 것은 생각보다 더 많은 감정을 소모하게 했다. 하지만 보람이 있었다. 학교에서 성적을 잘 받아 오거나 그림에 소질을 보이는 아이들에겐 더 많은 걸 알려 주고 싶은 마음이 들었다.

언제나 자신의 꿈은 화가뿐이라 생각했었는데, 강릉에 온 이후 그게 허황된 뜬구름 같다는 생각이 들었다. 붓을 잡을 시간 자체가 없었다. 학원을 정리하고 집에 들어가면 곧장 침대에 쓰러져 잠들기 바빴다.

그리고 할머니 앞에선 그림을 그리고 싶지 않았다. 화가였던 아버지를 잃은 할머니에게 미술은 아픈 행위였다. 할머니 소식을 듣고 강릉에 내려온 고은이 미대를 졸업한 뒤 그림을 그리고 있다는 말을 했을 때 할머니는 표정을 숨기지 못했다.

'그래, 그래. 하고 싶으면 해야지. 암암.'

늘 괜찮다며 고은의 등을 쓸어 내 주어도 그 마음이 어떤지 다 알고 있었다. 그래서 고은은 현재의 삶에 만족했다. 지금은 그림이 아니라 할머니가 그녀에게 가장 큰 버팀목이었다.

"다 끝났어?"

현아를 보내고 뒷정리를 하고 있는데, 입맛을 당기는 기름 냄새가 학원 안으로 흘러들어 왔다. 그녀가 좋아하는 가게의 치킨을 포장해 온 미선이 문 앞에 서 있었다. 고은은 배에서 꼬르륵 소리가 나는 걸 들킬 수밖에 없었다. 미선과 함께 테이블에 자리를 잡고 앉았다.

"빨리 먹자."

"어어."

그때서야 고은은 불쑥 도하가 떠올랐다. 기다리겠다는 말. 그저 장난이겠지만 그 말이 무엇이라고 자꾸만 시계를 내려다보게 되었다. 일부러 현아를 붙들면서 시간을 보낸 건 이렇게 도하를 의식하는 자신을 모른 척하고 싶었기 때문인지도 몰랐다.

하지만 막상 맛있는 음식을 보고 나자 빌라에 홀로 있을 도하가 안쓰러워지고 말았다. 고은이 쉽사리 젓가락을 움직이지 못하고 있는데 미선의 핸드폰이 울렸다. 그녀의 어머니였다. 미선의 미간이 살짝 구겨지는 걸 보니 좋지 않은 일 같았다.

"상한 걸 드셨나 봐. 강릉 응급실 좀 가자네. 아빠도 출장 가서 안 계신데, 꼭 이럴 때 그러신다. 아무래도 오늘은 일찍 들어가 봐야겠다."

"그래. 난 신경 쓰지 말고 얼른 가 봐."

미선을 보낸 고은은 펼쳐진 치킨 박스와 홀로 마주했다. 이걸 혼자서 먹고 가는 것도 청승인 듯해 그녀는 치킨을 다시 포장해 가방과 함께 챙기고 학원을 빠져나왔다. 집까지는 걸어 다닐 수 있는 거리라 고은은 일부러 차를 가지고 다니지 않았다.

할머니 때문에 급한 일이 생기거나 아이들을 픽업할 때만 작은 경차를 몰았다. 그녀의 지금 상태로 차를 사는 건 무리였지만 꼭 필요한 것이라 생각해서 지출했다.

도하에게 위자료를 받는 것도 웃겼다. 깔끔한 합의 이혼을 원한 건 그녀였다. 어쩌면 먼저 헤어짐을 말했으니 오히려 그녀 쪽에서 그가 원하는 것을 건네야 했을지도 모른다. 하지만 도하는 처음 약속한 대로 깨끗하게 마무리해 주었고, 모든 게 정리되고 나자 그녀의 수중에 남은 건 작품을 준비하는 동안 화실에서 과외를 하며 벌었던 돈이 전부였다. 그것을 학원 차리는 데 모두 쓰고 나자 정말 말 그대로 빈털 터리가 되었다. 하지만 그게 싫지는 않았다. 왠지 이제야 진짜 제대로 된 그녀의 삶을 살아갈 수 있을 것 같았다.

고은은 빠른 걸음으로 금방 빌라 앞에 도착했다. 할머니가 사는 1층 은 이미 불이 꺼져 있었다. 2층을 올려다보자 거기도 불빛은 보이지 않 았다. 벌써 잠든 것일까. 그럴 리는 없었다. 그녀가 같이 살아 본바 도 하는 야행성이었다. 그렇다면 잠깐 어디에 나갔나. 빌라 근처에 그의 것으로 보이는 낯선 차는 없었다.

고은은 자신의 손에 들린 치킨 봉투를 잠시 내려다봤다. 애초에 이 것을 같이 먹는 것도 웃겼다. 그녀는 단념하듯 계단을 올라갔다. 2층 에서 3층으로 이어지는 층계를 오르는데 작은 고양이 소리가 들렸다.

"아, 콩이."

뒤늦게 고양이를 데려와야 한다는 생각이 들었다. 2층 세입자가 콩이를 두고 간단한 짐만 챙겨 새벽에 야반도주하듯 사라져 버렸을 때 할머니와 고은 두 사람 모두 허탈해했다. 대학교를 휴학했다던 여학생은 바닷가 근처에서 살아 보고 싶어서 강릉으로 내려왔다고 했다.

그녀는 고은과 할머니를 잘 따랐다. 자신은 외로움이 많아 반려동물을 꼭 키워야 한다고 해서 어렵사리 허락했다. 하지만 월세는 작은 보증금을 넘어설 만큼 밀렸고 끝내 콩이는 버려졌다.

유기 동물 센터에 신고를 하자 당장은 자리가 없다고 했다. 입양자가 나타날 때까지 임시 보호를 해 줄 수 있냐는 말에 고은은 알레르기 때문에 키울 수 없다고 사정을 설명했다. 결국 2층에 두면서 밥과 배변 처리만 해 주기로 하고 당분간은 콩이를 데리고 있기로 했다.

그런데 도하가 나타나 버렸다. 그와 콩이를 같이 두는 것도 이상했다. 그는 잠시 머무를 테니 자신이 알레르기를 참으며 당분간 고양이를 데리고 있는 게 가장 최선의 선택 같았다. 고은은 2층 비밀번호를 누르고 안으로 들어섰다. 아무렇게나 신발을 벗고 들어서던 그녀는 숨을 멈췄다. 없는 줄 알았던 도하가 거실에 누워 잠들어 있었다.

"끅."

고은은 갑자기 딸꾹질이 나 황급히 입을 틀어막았다. 가만히 숨을 고르는데 콩이의 목소리가 여러 번 새어 나왔다. 그런 와중에도 도하는 한 팔로 눈을 가린 채 여전히 잠들어 있었다. 피곤했던 걸까. 고은은 조심히 짐을 내려놓고 베란다로 걸음을 옮겼다.

그녀는 콩이를 금방 데려갈 생각이었다. 하지만 캣 타워 위의 콩이는 내려올 마음이 없는지 그녀를 알아보고서도 움직이지 않았다. 언제나 그녀가 오면 반갑게 달려들던 녀석이었다. 고은이 사정하듯 콩이를 바라보자 녀석이 또 한 번 '야옹' 하고 울었다. 고은은 잠들어 있는 도하를 한 번 살핀 후 안 된다는 표시로 검지를 입가에 가져다 댔다. 콩이는 그 말을 알아들은 것처럼 가만히 있었다. 고은이 고마워 웃는데 느낌이 이상했다. 고개를 돌리자 눈을 뜬 도하가 어둠 속에서 그녀를 바라보고 있었다.

"뭐 해요, 거기서."

잠이 깬 목소리로 도하가 물었다.

"아……."

뭐라고 변명을 해야 하는데 고은은 금방 생각이 나지 않았다.

"콩이 친군가 했네."

"네?"

"도둑고양이처럼 그러고 있길래."

고은은 화르륵 얼굴이 붉어졌다. 도하가 웃으며 자리에서 일어났다. 거실엔 소파조차 없었다. 그런데도 그는 맨바닥에서 잠든 게 아니라 마사지라도 받은 것처럼 개운하게 기지개를 켰다. 어둠 속이라 몰랐던 익숙한 캐리어가 그의 등 뒤로 보였다. 정말 이곳에서 지낼 작정인가. 고은은 몇 초 동안 오만 가지 생각이 머릿속을 스쳐 가는 것만 같았다.

"치킨 사 왔어요?"

도하는 거실의 불을 켜고 고은의 짐 쪽을 바라봤다.

"나랑 같이 먹으려고?"

"아, 아뇨. 친구랑 먹으려다가 사정이 생겨서……."

고은은 급하게 변명하는 자신이 우스워 말을 하다가 멈췄다. 도하는 이미 치킨 박스를 봉투에서 꺼내 식탁 위에 올려놓았다. 배가 고픈 표정이었다. 아무것도 먹지 않은 걸까. 그래. 생각해 보면 서울처럼 빠르게 배달 음식을 시켜 먹을 수 있는 동네도 아니었다.

"저녁 안 먹었어요?"

고은이 식탁 쪽으로 다가서며 물었다.

"고은 씨는요?"

그녀는 작게 고개를 끄덕였다. 분위기는 두 사람이 편안하게 식탁에 마주 앉도록 흘러갔다. 결혼 생활을 할 때도 자주 있던 상황이었다. 고은은 도하가 일을 마치고 들어오면 저녁을 먹었느냐며 그저 지나가는 말로 물었고 그럴 때마다 그는 제대로 된 끼니를 먹지 못했다고 불쌍한 표정을 지었다.

그럼 고은은 아무리 늦은 시간이라도 음식을 차렸다. 집안일을 봐주는 아주머니를 고용했지만 고은은 웬만하면 자신이 해결하려 하는 편이었다. 도하는 그럴 필요가 없다고 했지만 그래야만 그녀가 이 집에 존재하는 이유가 생겼다.

"어쩐지 자주 이랬을 같은데."

도하가 불쑥 말을 꺼냈다.

"기억은 나지 않지만요."

그가 흐릿하게 웃으며 치킨 한 조각을 집었다. 고은은 맞은편의 도하를 바라봤다. 정말 그녀와의 추억을 모두 잊은 걸까. 그렇다면 왜 그런 것인지 그녀도 궁금했다. 어째서 그녀와의 시간들만 기억 속에서 지워진 채 그를 여기까지 찾아오도록 만들었을까.

"진짜…… 아무 기억이 없어요?"

고은이 조심스럽게 물었다. 그녀의 질문에 도하는 잠시 한숨을 내쉬고는 어깨를 으쓱였다. 눈빛에는 거짓이 없었다. 고은이 보기엔 그랬다. 그리고 뭐 하러 그런 거짓말을 하겠나. 이미 헤어진 여자인데. 도하는 그녀가 다른 사람이 있다고 말했을 때 눈 하나 깜짝하지 않았다. 오히려 잘됐으면 좋겠다고 말하며 축복해 주듯 웃었다. 고은은 그날을 잊을 수가 없었다.

"헤어진 이유는 별게 없다고 했으니, 만난 건 어땠어요?"

도하가 고은에게 시선을 맞추며 물었다.

"그것도, 딱히……."

고은의 입장에선 그랬다. 남들처럼 맞선 자리에서 만났고, 순식간에 결혼을 결정했다. 서로가 원하는 게 맞아서 맺는 계약 같은 것이었으니까. 고은은 그것을 도하에게 어떻게 설명해야 할지 몰랐다.

"내가 고은 씨를 많이 좋아했구나."

도하가 결론을 내리듯 추리했다. 그 말에 고은은 잠시 심장이 두근 거렸다. 그렇다고 해 버리면 이 사람은 어떤 반응을 보일까. 당신이 날 사랑했다고 하면 우리는……. 고은은 두 손을 식탁 아래로 내려 치마를 움켜쥐었다.

"그랬으면 헤어지지 않았겠죠?"

고은이 부정하며 간단히 웃었다.

"……."

"그냥…… 부모님들 소개로 만났는데, 서로가 원하는 게 맞았어 요. 그래서 결혼도 빨랐고, 헤어질 때도 깔끔했어요. 솔직히 도하 씨 가 특별히 기억해야 할 추억 같은 거…… 없어요."

당신이 이곳을 찾아온 건 헛수고라는 말을 해 줘야만 했다. 그녀가 그를 붙잡고 있는 것은 아니었지만 그는 어차피 돌아갈 사람이었다. 그녀만 잊은 것이라면 '기억 상실' 상태인 건 큰 의미가 없었다.

"계약 결혼 같은 건가."

도하가 혼잣말을 했다. 치킨은 한 조각만 먹고선 더 이상 입에 대 지 않았다. 그는 식은 음식을 좋아하지 않았다. 고은은 이제 그만 자 리에서 일어나야 한다는 걸 의식하며 타이밍을 잡으려 했다. 그때 고 은의 주머니에서 핸드폰이 울렸다. 이걸 핑계로 나서면 되겠다 생각 하며 몸을 일으킬 때였다.

"편하게 받아요, 여기서."

도하가 먼저 선수를 쳤다. 고은은 그를 내려다봤다. 그는 여느 때처럼 미소를 보였다. 이 웃음을 알고 있었다. 그녀가 그를 의식할 때마다 건네 오던 잔인한 배려심. 그를 신경 쓰는 그녀 자신에 대한 부끄러움은 당연하게 감내해야 하는 슬픈 외로움이기도 했다.

그때의 감정이 떠오르자 고은은 다시 자리에 앉을 수밖에 없었다. 왜 이곳에서까지 그의 눈치를 보고 있는지. 그런 스스로가 싫었다. 변하고 싶었다. 아무렇지 않음을 당당히 보여 주고 싶기도 했다.

핸드폰을 확인하자 태진의 이름이 찍혀 있었다. 그는 취미 생활로 일주일에 한 번 강릉 시내로 나가 도예를 배우고 돌아왔다. 그리고 그때마다 고은에게 전화를 걸어 이것저것을 물었다. 미대를 나왔으니 네가 나보다 더 많이 알지 않느냐고. 그런 행동들이 전부 그녀에 대한 호감에서 비롯된 거라는 걸 모르지 않았다. 몇 번은 전화를 받지 않으며 거절의 뜻을 표현했지만 태진은 괘념치 않았다. 그가 그냥 좋은 친구로 지내보자고 말한 뒤에야 그녀는 마음속 부담감을 조금 덜 수 있었다.

왜 그렇게 철벽을 치냐고. 미선은 술을 마실 때면 고은에게 충고하곤 했다. 만나 보고 아니면 바이바이 하면 되지 않느냐고. 자신의 사촌 오빠란 것은 전혀 신경 쓰지 말라고 했다. 어차피 좋은 관계도 아니라고 너스레를 떨며 그녀를 웃게 만들어 버렸다.

"네, 오빠."

고은은 통화 버튼을 누르고 대답했다. 오빠란 말이 나오자 도하는
잠시 입꼬리를 올렸다. 그런 그를 신경 쓰고 싶지 않아 고은은 통화에
집중했다. 태진은 오늘 배운 도예 수업에 대해 여느 날처럼 장황하게
풀어 냈다. 그리고 오늘 완성한 것이 있으니 너에게 보여 주고 싶은데
잠시 집 앞으로 가도 되겠느냐고 물었다.

"너무 늦었어요. 다음에 보여 주세요."

태진에게선 곧장 단념한 목소리가 흘러나왔다. 그는 그녀가 부담
스러워하는 행동은 되도록 하지 않으려 노력하는 편이었다. 그게 고
마웠다. 고은은 태진과 통화를 끝내고 핸드폰을 주머니에 넣었다. 이
젠 정말 일어나야 할 때였다.

"그럼, 쉬세요."

그녀가 현관으로 향하자 도하는 배웅하려는 듯 그녀의 뒤를 따라
왔다. 이런 무심한 다정함이 차곡차곡 쌓여 그녀의 가슴을 간지럽혔
고, 끝내는 심장을 아프게 했다. 이 남자에게만은 왜 이리도 속절없이
흔들리는가. 고은은 뒤돌아 도하를 바라봤다.

둘은 말없이 서로를 바라보기만 했다. 고은은 그의 집요한 시선을
참아 내지 못하고 고개를 돌렸다. 가방을 챙겨 얼른 현관을 빠져나왔
다. 3층 계단을 오르며 그녀는 자조 섞인 웃음을 내놓았다.

아무렇지 않게. 그게 될 리 없었다. 무슨 억지를 부리든 그를 여기

서 내보내야겠단 생각만 들었다. 더 이상의 책임도 의무도 그녀에게는 없었으니까.

고은이 빠져나간 현관 벽에 기대선 채 잠시 생각에 잠겨 있던 도하는 차갑게 표정을 지웠다. '오빠'라고 했던가. 남자를 그렇게 불렀다. 따지고 보면 그도 고은보다 두 살이 위였다. 유치한 감정이었다. 하지만 그렇게 불쑥 치솟은 소유욕은 그를 허무하게 만들었다.

도하는 잠시 두통이 찾아와 머리를 문지르다 고양이의 울음소리에 뒤를 돌아봤다. 털 달린 동물이 이럴 땐 고맙기도 했다. 성큼성큼 베란다로 걸음을 옮긴 그는 콩이를 한 손에 감아쥐었다. 그리고 문 입구에 놓인 고양이 가방 안에 녀석을 집어넣고 들어 올렸다. 야옹야옹. 울어 대는 목소리가 불쌍하기도 했지만 지금은 어쩔 수가 없었다.

그는 현관을 빠져나가 3층 계단을 올라갔다. 창문 너머에서 작은 불빛이 새어 들어오고 있었다. 그의 차는 짐을 꺼낸 뒤 일부러 이곳에서 떨어진 장소에 주차해 두었다. 고은의 할머니가 그의 차를 보면 수상하게 생각할 것 같기도 했고, 불쌍한 포지션을 취하기엔 그의 슈퍼카가 감정의 몰입을 방해한다는 생각이 들어서였다.

텅 빈 빌라 주차장엔 고은이 모는 것으로 보이는 경차 한 대만 세워져 있었다. 그와 헤어진 후 더 잘 사는 것도 싫었지만 이렇게 시골 촌구석에 처박혀 돈에 허덕이는 삶을 살길 바라지도 않았다.

당장이라도 위자료 명목으로 그가 여윳돈을 입금해 줄 수도 있었지만 한편으론 고은에게 모자란 것이 있는 게 더 낫겠다는 생각이 들기도 했다. 가진 것이 없어야 절박해지는 법이니까.

도하는 콩이를 잠시 내려놓고 빌라 주차장 안으로 들어오는 차 한 대를 어둠 속에서 내려다봤다. 차종은 나름대로 이름 있는 외제 차였다. 서울에서나 흔히 볼 수 있지 이런 동네에선 찾아보기 힘든 종류였다. 남자는 잠시 차 안에서 빠져나와 빌라 쪽을 바라봤다.

거절당해 놓고도 미련하게 주변을 머뭇거렸다. 남자를 훔쳐보며 도하는 자신도 그와 다를 바가 없다는 것을 깨닫고 말았다.

'대단하네, 이고은.'

그런 말이 저절로 나왔다. 이 남자 때문에 헤어지잔 말을 한 건가. 하지만 그렇다기엔 남자 혼자 짝사랑하는 게 너무도 눈에 보였다. 진실이 무엇인지 더욱더 알고 싶어졌다. 도하는 참을 수 없는 흥미를 느꼈다. 그는 다시 콩이를 들고 3층 계단을 마저 올랐다. 남자가 이쪽을 바라보는 게 느껴졌다. 그는 3층의 초인종을 눌렀다. 조금 시간이 흐른 뒤 당황한 듯한 고은의 목소리가 흘러나왔다.

"누구세요?"

"나예요."

그녀가 문을 반쯤 열었다. 고은의 할머니가 그랬던 것처럼 걸쇠를 걸어 둔 상태였다. 그게 감정의 불씨를 더욱더 당겼다. 그는 콩이를 고은의 눈앞으로 들어 올렸다. 그녀는 뒤늦게 그의 행동을 이해하곤 문을 열었다.

"두고 가세요."

그녀는 현관 중문을 꼭 닫은 채 그 앞에 서 있었다. 조금 전 2층 식탁에서 치킨을 사이에 두고 마주 앉았을 때와는 전혀 다른 눈빛이었다. 무엇이 문제일까. 아니, 뭐가 그리도 싫은 걸까.

"나 한 가지 더 궁금한 게 있는데."

도하가 콩이를 가방 안에서 꺼내며 물었다. 고은은 그를 내려다볼 뿐이었다. 콩이는 집 안으로 들어가지 못해 현관 중문을 긁어 댔다. 어쩔 수 없이 고은은 문을 살짝 열어 주었다. 그리고 성큼 다가온 도하와 마주해야 했다. 그녀는 놀라 조금 뒷걸음질 쳤다. 고은의 등이 중문에 닿았다.

"그럼 잠은 잤어요?"

도하가 고은을 가까이에서 내려다보며 물었다. 둘의 시선이 저절로 엉켰다.

"……."

"같이 잤을 거 아니에요?"

"그런 적 없어요."

고은은 차갑게 말했다. 그럴 일을 할 만큼 자신이 어리석지 않다는 것처럼.

"안 잤다고?"

그가 의심스러운 눈초리로 그녀를 바라봤다.

"그렇게 하기로 하고 결혼했어요."

"내가 그럴 새끼가 아닌데?"

그는 오히려 자신을 의심했다. 고은은 그것에 대해서 더 할 말이 없었다. 그 부분은 도하가 먼저 제안했다. 아니, 그가 그러지 않았다면 그녀는 우도하란 남자와 결혼하지 않았을 것이다.

"믿을 수가 있어야지."

"무슨, 소리예요?"

고은의 눈이 커졌다.

"당신이 거짓말할 수도 있다는 생각?"

그때 도하의 얼굴이 아래로 내려왔다.

고은은 눈을 질끈 감고 고개를 돌렸다. 심장이 터질 것만 같았다. 그런 자신이 싫어지는 순간, 도하에게서 낮은 웃음이 흘러나왔다. 1년을 한집에서 같이 살았으면서도 이렇게 가까운 거리에서 서로의 체향을 느꼈던 적은 없었다. 늘 거리를 유지했다. 그래야 한다고 생각하고 시작한 결혼이었다.

그걸 어긴다면 당장이라도 이 결혼이 없던 일이 되는 것처럼, 두 사람은 한 치의 어긋남도 없이 지킬 것을 지켜 냈다. 그리고 그 결말은 이혼이었다. 도하는 눈을 감고 자신을 경멸하듯 고개를 돌려 버린

한 여자를 내려다봤다.

심장 어딘가에서 통증이 일었다. 누군가 자신을 이토록 싫어한 적이 있었던가. 이유 없는 트집으로 가상의 공간에서 그를 쫓아다니는 악플러들 빼고는 대부분의 사람들이 그를 좋아해 주었다. 사랑한다는 말도 서슴없이 했다. 사랑이란 게 뭔지 알고들 떠드는지.

어느 잡지 인터뷰에서 한 기자가 사전에 조율하지 않은 질문을 던진 적이 있었다. 아픈 사랑을 해 본 적이 있느냐고. 도하가 대답 없이 기자를 바라보자 그는 다시 물었다. 그럼 사랑을 해 본 적 있냐고. 주변 스태프들은 모두 손으로 입을 가리고 비웃었다. 우도하가 모태 솔로일 리 있겠냐는 것이었다. 그랬다면 그런 연기가 나올 수 없는 것 아니냐고.

마침 인터뷰 장소에 와 있던 윤 대표가 기자의 질문을 잘 마무리했다. 그리고 사무실로 돌아간 도하는 살얼음 같은 미소를 띠며 다시는 그 기자 새끼 얼굴 보는 일 없게 만들어 달라는 부탁을 했었다. 그게 부탁이 아니란 건 윤 대표도 잘 알았다. 알겠다고, 미안하다고, 자신이 다 잘못했다는 말까지 듣고 나서야 도하는 차분하게 다음 작품의 대본을 넘겼다.

"안 잡아먹으니까 눈 떠요."

도하가 한 발 뒤로 물러나며 고은을 안심시켰다.

"……."

74

눈을 뜬 고은은 말없이 앞의 도하를 바라봤다. 그는 상처받은 눈을 하고선 웃고 있었다. 고개를 돌린 그가 고양이 가방을 집어 들어 중문 앞에 내려놓았다. 잘 자라는 말을 다정하게 건네고 뒤돌아서는 그를 고은은 끝내 모른 척할 수가 없었다.

"제대로 된 이불이 없을 거예요. ……가져가세요."

중문을 열고 그녀가 안으로 들어섰다. 그때 거실에 있던 콩이가 도하를 바라보며 문 쪽으로 다가왔다. 고작 하루 함께 있었는데 그새 그를 친근하게 여기는 것 같았다. 그는 중문 안으로 들어가지 않은 채 콩이의 정수리 쪽을 차분한 손길로 쓰다듬어 주었다. 이래야 고양이들이 좋아한다는 대본의 내용을 숙지했던 게 갑자기 떠올랐다. 넘쳐나는 대본들을 속독으로 읽고 빠르게 외운 후 작품이 끝나면 머릿속에서 모조리 빼내 버리는 게 그가 일하는 패턴이었다. 그래서 기억에 남아 있는 게 오히려 신기할 정도였다.

"야옹."

콩이가 기분 좋은 소리를 내자 이불을 들고 오던 고은이 그 앞에 멈춰 서선 이상하다는 눈으로 도하를 내려다봤다. 주인이 버렸다는 걸 알았기 때문인지 콩이는 고은에게도 곁을 내주는 데 꽤 오랜 시간이 걸렸다. 원래 고양이들 습성이 개인적이고 강아지들처럼 꼬리를 흔드는 동물이 아니라며 신경 쓰지 말라던 할머니의 말이 그땐 위로가 되었다.

"도하 씨를 잘 따르네요."

고은이 신기해하자 도하가 몸을 일으키며 말했다.

"외톨이들은 서로를 알아보는 법이죠."

그는 간단하게 말하곤 고은의 손에서 이불을 가져갔다.

"에취!"

그때 고은이 연거푸 재채기를 했다. 도하는 어쩔 수 없이 그녀를 바라봤다. 털 알레르기가 있으면서 고집스럽게 콩이를 데려가려고 하는 이유는 무엇 때문인지. 그는 정말 고은을 알다가도 모르겠다는 생각이 들었다.

"알레르기 맞네. 이러면서 뭘 데리고 있어요."

그는 다시 콩이를 고양이 가방 안에 넣었다. 콩이는 지금 너희들 장난하느냐는 듯한 눈빛으로 도하를 사납게 바라봤다. 그러거나 말거나 도하는 한 손에는 고양이 가방을, 다른 손에는 이불 가방을 들었다. 그러곤 돌아서려다 말고 다시 그녀를 바라보았다. 고은은 무슨 문제가 있느냐는 눈빛이었다.

"콩이 맡아 주는 대신, 나랑 산책할래요?"

"……네?"

"바닷가를 걷고 싶은데 어디가 어딘지 잘 몰라서요. 뭐, 고은 씨 피곤한 거면 괜찮아요. 걷다 보면 나오겠죠. 아니면 핸드폰 지도를 보든지. 아, 나한테 지금 핸드폰이 없죠. 암튼 신경 쓰지 말고 쉬어요."

도하가 싱긋 웃고는 반쯤 열린 문을 박차고 나갔다. 고은은 그 자리에서 선 채 잠시 어이없는 웃음을 터뜨렸다. 콩이는 원래 2층에서 살았고, 그곳에 군식구로 들어온 것은 다름 아닌 도하였다. 마치 자신이 콩이를 봐주는 큰일을 해 줄 테니 그녀에게 그 답례를 하라는 것만 같았다.

"하……."

침실로 향하던 고은은 어쩔 수 없이 발길을 돌려 옷방으로 들어섰다. 잠옷을 벗고 후드 티와 트레이닝복 바지를 대충 챙겨 입었다. 자신이 지금 하고 있는 짓이 우습기도 했지만 그를 무시할 수가 없었다. 그것이 그녀의 딜레마였다.

"밤엔 추워요. 왜 이렇게 목을 다 내놓고."

고은이 빌라 입구로 나가자 도하는 이미 그 앞에 대기하고 있었다. 마치 그녀가 내려올 것이란 확신이 있었던 사람처럼. 뻔뻔한 그의 태도에 황당한 웃음이 터지려는데 도하가 그녀와 마주 섰다.

그는 그녀보다 거의 30센티나 더 컸다. 이렇게 붙어 있으니 그녀는 마치 어린아이가 된 것만 같았다. 게다가 남자는 다정하게 그녀의 머리에 후드 티의 모자를 씌워 주고는 목 안으로 바람이 들어가지 않도록 끈을 꽉 졸라매 예쁘게 리본까지 묶어 주었다.

"우도하 씨."

적당히 하란 말을 꺼내려고 하는데 도하가 그녀에게 시선을 고정한 채 내려다봤다. 입가엔 감출 수 없는 미소가 머금어져 있었다. 이렇게 잘 웃는 편이었나. 그래, 티브이에선 그랬지. 하지만 제대로 들여다볼 기회는 흔치 않았다.

그는 자신의 방에 들어가 버리면 나오는 일이 잘 없었다. 옛날 같으면 몇십 명은 거뜬히 살 수 있는 큰 빌라였으니 그 안에 필요한 것은 다 있었다. 그의 방 테라스를 나서면 개인용 풀장까지 갖춰져 있었다.

한번은 그가 수영하는 모습을 그녀의 방 베란다에서 몰래 훔쳐보았다. 탄탄하게 다져진 몸과 유려한 수영 실력은 이미 티브이에서 본 적 있었지만 그녀 혼자만 감상할 수 있었던 그 순간엔 그 모습이 어쩐지 다르게 느껴지기도 했다. 그녀는 그의 아내였지만 그에 대해서 아는 것이 너무 없었다.

스토커라도 된 것마냥 그를 훔쳐보았던 그날 밤, 고은은 잠을 설쳤다. 도하는 아침 일찍 일어나 해외 스케줄을 떠나고 없었다. 혼자 남은 집에서 그녀는 멍하니 수영장만 내려다봤다. 멍청하고 우스웠다. 그때의 고은은 자신이 도하를 다른 감정으로 생각한다고 짐작조차 하지 못했었다.

"또 무슨 생각을 하는데?"

"네?"

"내 생각인가?"

그가 능글맞게 웃었다. 고은은 아니라며 그를 지나쳐 앞서 걸어 나 갔다. 밤에서 새벽으로 넘어가는 바닷가의 공기를 마시는 건 오랜만 이었다. 어촌 마을이라 짠 내음은 어쩔 수 없이 감내해야 하는 것이었 는데 고은은 그게 싫었었다. 하지만 어쩐지 오늘만은 참아 낼 수 있을 것 같았다.

"손은 잡았겠죠?"

도하가 바닷가 입구에서 물었다. 고은이 아니라며 고개를 저으려 는 순간, 그가 그녀의 손을 붙잡았다.

"그럼 지금부터 잡지 뭐."

그는 멋대로 그녀의 손을 끌어가 자신의 주머니에 집어넣었다. 도 하의 손은 따뜻했다. 늘 손발이 차서 여름에도 수면 양말을 신고 자야 하는 그녀와는 다르게. 고은은 얼떨결에 도하에게 손을 붙잡힌 채 걷 게 되었다.

"도하 씨."

"아파 보니 그래요. 내가 너무 바보같이 살았구나, 반성이 드네 요."

도하가 뒷모습만 보인 채 이러는 이유를 설명했다.

"당신한테 미안하기도 하고."

고은은 혼란스러웠다. 우리가 이제 와서 이러는 게 무슨 의미가 있는지. 당신이 잃어버린 기억을 찾고 싶다면 진실만을 알아야 했다. 우리가 함께 살았던 그 1년 동안 이런 시간들은 없었다.

"이미 그러기로 하고 결혼한 거예요. 미안해하실 것 없어요."

고은이 말을 덧붙였다. 그때 도하가 뒤를 돌아봤다. 고은은 걸음이 저절로 멈춰졌다.

"내가 많이 불편하게 했어요?"

그가 진지하게 물었다.

"아뇨."

고은은 짧게 대답했다.

"그런데 왜 이러지? 난 도무지 이해가 안 되네요. 아무리 계약 결혼이라고 해도 같이 살았잖아요. 잠은 자지 않았다고 하지만 밥은 먹었을 거 아니에요? 내가 혹시 말도 못 붙이게 엄청 싸가지 없이 굴었어요?"

그가 본인이 더 기분 나쁘다는 것처럼 물었다.

"아니, 그런 적 없어요. 잘해 줬어요."

진짜였다. 고은은 있는 그대로를 말했다.

"그럼 뭐가 문제일까요?"

도하가 갑자기 그녀 쪽으로 걸음을 옮겼다.

"어디서부터 잘못됐던 걸까요?"

"……."

고은은 미처 뒷걸음질 치지 못했다. 그와 그녀 사이는 좀 전 현관
문 앞에서처럼 가까웠다. 고은은 아까와는 달리 그의 시선을 피하지
않았다. 도하는 애틋한 눈빛으로 그녀를 내려다봤다. 그의 손이 올라
서고 그녀의 뺨을 어루만질 때도 고은은 멈춰 달라고 말하지 못했다.

"고은 씨."

"……."

"……울어요?"

울고 있던 걸까. 고은은 자신이 그런 줄도 몰라 그의 손을 밀쳐 냈
다. 그녀가 돌아서 걷자 도하는 뒤따라와 그녀를 돌려세우곤 품에 안
았다. 고은은 지금 무슨 일이 일어나고 있는지 파악하지 못한 채 그의
심장 소리를 듣고만 있었다.

"내가 잘못했어."

"……."

"다 내 잘못이야. 그러니까 울지 마요."

도하가 그녀의 등을 쓸어 냈다. 고은은 주체할 수 없이 눈물이 터
져 버렸다. 그의 품이 이리도 쉽게 그녀에게 위로가 될 줄 몰랐다. 남
남이 되어 다시 나타난 남자가 그녀에게 잘못했다고 빌었다. 고은은
아버지를 휩쓸어 간 바다 앞에서 울어 본 적이 없었다. 눈물이 마른
것만 같았다. 그런 인생을 살았다. 도하 앞에서 우는 자신이 도무지

이해되지 않았다.

"울보였어요?"

도하가 품에서 고은을 떼어 내곤 눈가를 닦아 주었다. 그러곤 그녀의 뺨을 다시 다정하게 쓸어 냈다. 그의 얼굴이 천천히 아래로 내려와 그녀의 입술 가까이로 다가섰다. 고은은 뜨겁게 닿는 입술을 이번만큼은 밀칠 수가 없었다.

고은이 거부하지 않자 도하는 곧장 한 팔로 그녀의 허리를 단단히 휘감았다. 큰 손으로 턱을 움켜쥔 채 깊게 입술을 묻었다. 고은의 입술은 예상보다 더 몰캉하고 부드러웠다. 맛있는 사탕이라도 음미하는 것처럼 그는 고은의 아랫입술부터 차근차근 빨았다. 축축한 타액이 엉키고 도하의 몸엔 더욱더 묵직한 힘이 들어갔다.

츕츕. 장난스런 키스에도 고은은 전신을 긴장한 채로 떨었다. 입술을 빨며 내려다본 목덜미가 빨갛게 달아올랐다. 그 목에 입술을 박고 핥아 대고 싶은 욕구를 참아 내기가 힘들었다. 도하는 다시 입술에 집중했다. 혀를 넣기도 전인데 고은은 끙끙대며 신음을 내놓았다.

설마 첫 키스일까. 그런 망상을 하면서도 그가 처음이라면 기분이 좋을 것 같기도 했다. 그녀가 다른 놈과 혀를 섞었다는 게 상상되지 않았다. 그녀의 근처에서 멍청하게 맴돌기만 하는 남자와 그런 짓을 했을 리 없었다. 온전히 그에게 매달린 채 얼굴을 붉히고 있는 여자가 몸으로 거짓말을 할 리는 없을 테니까.

"하아……. 잠……깐."

입술만 겹쳤는데도 고은은 버거워했다. 그를 밀어 내고 숨을 몰아쉬었다. 도하는 그런 그녀를 배려해 주었다. 저절로 올라간 손이 그녀의 목 쪽을 훑어 내리게 되었다. 놀라 움찔거린 고은이 그를 올려다보는데 그 눈이 야릇하게 풀어져 있어 도하의 욕정을 자극했다.

그런 상상을 한 적이 있었다. 고은과 키스하면 어떨까. 그의 뒤를 훔쳐보던 그녀가 도하의 갑작스런 장난에 정색을 하고 자신의 방 안으로 대피했을 때, 그는 아랫도리 쪽으로 뻐근하게 피가 몰리는 것을 느껴야만 했다.

지금이라도 저 문을 열고 들어가 그녀를 침대에 가두고 입을 맞춰 버릴까. 그러면 울겠지. 울면서도 피하지 못하겠지. 아니면 따귀를 때리려나. 그러고선 며칠이고 그와 눈을 마주치지 않으려 하겠지.

도하는 여러 개의 가상 시나리오를 썼었다. 이건 일종의 직업병이었다. 그는 시나리오를 받으면 머릿속으로 시뮬레이션부터 해 보는 버릇이 있었다. 고은과의 관계에서도 그 습관이 발현되었다.

"괜찮아요?"

도하가 다정하게 물었다. 고은은 작게 고개를 끄덕이고 웃었다. 그녀가 그에게서 멀어지려 몸을 움직이자 도하는 무슨 짓이냐며 그녀를 다시 붙잡아 품 안에 가뒀다.

"아직 안 끝났는데?"

고은은 놀라 주변을 살폈다. 아무리 새벽 바닷가라지만 누군가 볼 수 있는 뻥 뚫린 장소였다. 그리고 도하는 누구나 단번에 알아보는 톱스타였다. 여기서 이러고 있어서 좋을 건 없다는 말이었다.

"그만하고 싶어요."

그녀가 차분한 말투로 말하며 그를 밀어 냈다. 도하에게선 허무한 웃음이 터졌다. 연기자도 아니면서 온도가 자주 바뀌는 여자였다. 지금처럼 냉정해진 고은을 볼 때면 도하는 그녀를 망치고 싶다는 불순한 감정이 치솟았다.

아무래도 성격의 문제겠지. 그는 자신이 멀쩡한 놈으로 살 수 없다는 걸 어릴 적부터 깨달았다. 친어머니의 죽음, 아버지의 무관심, 할아버지의 강압적인 교육 방식이 그를 지금의 모습으로 키워 냈을지도 모른다.

하지만 그는 이런 자신이 싫지 않았다. 남들이 말하는 좋은 사람이 되고 싶은 생각 따위 없었다. 연기는 그저 다른 인간이 될 수 있는 합법적인 놀이였기에 지속했을 뿐, 거기에서 큰 꿈을 찾을 생각은 애초부터 하지 않았다.

그가 데뷔작으로 각종 영화제에서 상을 휩쓸었을 때 윤 대표는 세상을 다 가진 것처럼 기뻐했다.

'너한테 이제 다른 세상이 열릴 거야.'

흥분한 그가 했던 말이 아직도 잊히지 않았다. 세상은 그렇게 쉽게 바뀌는 게 아니라고 충고해 주는 것도 귀찮았다. 그에게 윤 대표는 그 말을 꺼내는 시간조차 아까운 그런 존재였다. 어쩌면 그의 무기력은 태어날 때부터 앓았던 병이었을까.

"너무 늦었어요. 돌아가요."

그를 두고 돌아서는 지금 눈앞의 여자 때문이 아니라.

도하는 갑자기 기분이 시궁창에 처박히는 것만 같았다. 고은을 돌려세워 끌어안고 다시 입을 맞추고 싶었다. 그녀를 안고 있을 때만큼은 그조차도 감당이 되지 않는 자신을 떠올리지 않았으니까.

"같이 가요."

도하가 고은을 뒤따랐다. 그리고 익숙하게 그녀의 손을 붙잡았다. 고은은 잡힌 손을 잠시 내려다볼 뿐 풀어내진 않았다. 키스 같은 건 하지 않은 것처럼 그녀의 얼굴은 다시 무표정한 상태로 되돌아가 있었다. 도하는 자꾸만 그녀를 바라보게 되었다.

○ ● ○

아침까지 뒤척이다 일어난 고은은 습관적으로 샤워를 하고 머리를 말렸다. 화장을 하기 위해 거울 앞에 앉자 입술 끝이 조금 부풀어 오른 게 보였다. 어제 바닷가에서 도하가 깊게 빨았던 자국인 걸까. 고은은 그곳에 손을 가져다 댔다.

85

'내가 잘못했어.'

'다 내 잘못이야. 그러니까 울지 마요.'

그녀를 품에 안고서 도하가 건네던 말이 떠올랐다. 그녀와의 기억 따윈 남아 있지 않다는 남자가 마치 어제의 일을 사과하는 것처럼 그녀를 달랬다. 그가 잘못한 것은 없었다. 두 사람의 이혼 사유는 그녀에게 다른 남자가 생겼다는 것이었다. 진실이 무엇이든 배신을 한 사람은 그녀였다. 정말 그는 기억하지 못하는 걸까. 그래서 고은을 안고 무턱대고 잘못을 빌었을까. 그의 애틋한 눈빛에 고은은 그녀답지 않게 눈물을 보이고 말았다.

"후……."

고은은 깊게 한숨을 내쉬었다. 모든 게 뒤죽박죽이었다. 그가 건넨 말이 진심인지 아닌지도 모른다. 그는 어떤 말이든 달게 내뱉을 수 있는 사람이었고, 그 상대가 고은이 아니었어도 분명히 그랬을 것이다.

그와 입맞춤을 하며 고은은 오히려 생각이 환기되었다. 이 남자가 진짜 원하는 것이 뭘까. 그에게 눈조차 맞추지 않는 여자. 헤어진 이유도 분명치 않았고, 자꾸만 그를 멀리하니 알아내고 싶었는지도 몰랐다. 그것은 단순한 정복욕일 수도 있었다. 그녀가 아는 도하의 성격이라면 충분히 그러고도 남았다.

고은은 가슴 안이 사늘하게 가라앉았다. 화장대에 놓인 핸드폰이 진동했다. 전화를 걸어 온 사람은 어젯밤에도 부재중을 남긴 태진이었다. 무슨 일이 있느냐는 걱정 섞인 문자도 들어와 있었다. 고은은 망설이다가 핸드폰을 들고 통화 버튼을 눌렀다.

"네, 오빠."

— 아, 이제 통화가 되는구나. 난 무슨 일이 있는 줄 알았지.

"피곤했나 봐요. 일찍 자 버렸어요."

그는 고은의 말에 미안하다는 사과부터 했다. 괜히 호들갑을 떤 것 같다고. 이상하게 기분이 좋지 않고 꿈자리까지 사나웠다며 그는 이 집착에 대해 나름의 이유를 댔다. 고은은 흐리게 웃을 뿐이었다.

"저, 출근 준비를 해야 하는데."

— 아, 그래. 미안. 그럼 혹시 몇 시에 나와? 내가 어제 강릉 시내에 간 김에 너 좋아하는 케이크 사 왔는데. 이거, 시간 지나면 상할 것 같기도 해서. 케이크 갖다주면서 어제 만든 그릇도 전해 주고.

이렇게 부담스럽게 다가오는 편이 아니었는데. 어쩐지 태진의 태도가 이전과 다른 느낌이 들기도 했다.

"네. 점심때 가져다주세요."

고은은 짧게 대답했다.

— 그래. 갈 때 연락할게.

전화는 곧장 끊어졌다. 고은은 핸드폰을 내려놓고 다시 화장할 준비를 했다. 선크림만 대충 바르고 립스틱을 입술에 바르는데 벨이 울렸다. 이 시간에 누군가 찾아온 적은 없었다. 고은은 가방을 챙겨 들고 현관문 앞에 섰다.

"누구세요?"

"나예요."

도하의 목소리가 들렸다. 고은은 천천히 문을 열었다. 그는 어젯밤의 일은 의식조차 하지 않는 것처럼 화사하게 웃고 있었다. 단정한 면바지와 케이블 니트를 입은 그는 뒤로 보이는 바닷가와 아주 잘 어울려 화보에서 걸어 나온 것 같기도 했다.

"무슨 일이에요?"

고은이 간단하게 물었다.

"할머니가 아점 만들어 주겠다고 하셔서요. 같이 먹어요."

그녀를 부르러 일부러 올라온 걸까. 고은은 시선을 내려 손목시계를 확인했다. 밥을 먹을 시간 정도는 남아 있었다. 그녀는 평소 점심시간 전에 출근하는 편이었고, 할머니는 그 시간에 맞춰 아침 겸 점심을 만들어 놓곤 했다. 그 자리에 도하가 당연한 듯이 끼겠다는 것이었다.

이 남자는 뭐든지 이렇게나 쉬운 걸까. 고은은 이젠 그의 성격을 잘 알고 있다고 여기면서도 한 번씩 놀랄 수밖에 없었다.

기억을 찾을 수 있도록 잠시 그녀 곁에 있어도 되겠냐기에 허락해 주었다. 이유는 단순했다. 우리에겐 아무 일도 일어나지 않았다는 것을 증명해 보이고 싶었으니까.

하지만 도하가 그녀의 심장 안으로 한 발씩 다가올 때마다 그녀는 그와 함께 살았던 공간에서의 감정이 떠올라 두려웠다.

"점심 약속이 있어요."

고은은 그의 시선을 피하며 대답했다. 문을 잠그고 계단을 걸어 내려갔다. 도하가 그녀의 뒤를 따르며 당연한 것처럼 물었다.

"누굴 만나는데?"

고은이 걸음을 멈추고 그를 뒤돌아봤다.

"도하 씨."

그녀가 가라앉은 목소리로 그를 불렀다.

"난 고은 씨가 그렇게 부를 때마다 심장이 철렁해요."

푸념하듯 말한 그가 잠시 뒤 뭔가 이상하다고 생각했는지 갑자기 표정을 숨겼다. 고은은 그 감정의 변화를 놓치지 않았다. 본론을 꺼내기 전 그의 이름부터 부르는 건 그녀의 버릇이었다. 그걸 알고 그가 이런 말을 꺼낸 것이라면 그의 기억 속에서 그녀가 완전히 사라진 게 아니다. 그를 의심하듯 한참 동안 바라보자 도하는 시선을 피하지 않고 그녀를 직시했다.

"얼굴 뚫리겠는데?"

그의 말이 어쩐지 서늘했다.

"언제 돌아가실 거예요?"

그녀가 냉정하게 입을 열었다. 어제는 키스를 받아 주더니 오늘은 언제 꺼지냐고 말했다. 도하는 황당한 웃음이 흘렀다. 누가 시키지도 않았는데 아침 일찍 일어나 콩이의 밥을 주고, 운동을 한 뒤 고은의 할머니에게 문안 인사까지 드렸다. 식사를 같이 하자는 말에 감사하다고 말하고는 2층으로 올라와 샤워를 하고 캐리어 속에서 가장 마음에 드는 옷을 골라 입었다.

"당신이랑 살았던 기억을 되찾으면?"

도하가 웃으며 대답했다. 뻔뻔한 그의 태도가 고은을 허무하게 웃음 짓도록 만들었다. 그녀는 그의 말에 대꾸도 하지 않은 채 다시 계단을 내려갔다. 도대체 뭐가 문제야. 도하는 신경질적으로 머리를 쓸어 올렸다. 고은이 빌라 마당 쪽으로 걸어가는 게 보였다. 도하는 그 모습을 보며 한참을 서 있었다.

4.
얼마 안 걸려요

고은은 학원에 도착하자마자 불도 켜지 않은 채 책상에 앉아 핸드폰부터 꺼냈다. 다행히 도하의 소속사 대표인 한수의 전화번호를 삭제하지 않은 상태였다. 그는 도하가 자신의 와이프가 될 사람이라고 그녀를 처음 소개했을 때부터 연예인의 아내가 얼마나 고달픈 위치인지에 대해서 장황한 충고들을 늘어놓았다.

도하는 그 옆에 못마땅한 표정으로 앉아 있었다. 고은은 그런 말들을 듣는 것 또한 그녀가 도하와의 결혼을 선택함으로써 감당해야 할 부분이라 여겼다. 윤 대표의 첫인상은 좋지도 나쁘지도 않았다. 그는 소속사 연예인인 도하에게 애정을 갖고 있는 것처럼 보였지만 이윤을 따질 때면 정색하며 회사의 입장을 철저하게 피력했다.

그들의 결혼이 가지고 올 플러스와 마이너스를 이미 계산기로 모두 두드려 본 후에 나온 사람 같았다. 고은은 그가 끊임없이 내놓는 무례한 걱정과 오지랖을 묵묵히 듣고 넘길 뿐이었다. 그러자 윤 대표는 식사가 마무리될 즈음, 차분한 고은이 아주 마음에 든다는 표정으로 돌아갔다.

하지만 이혼할 때는 달랐다. 그녀에게 이기적이라는 악담을 내놓았다. 지금 계약돼 있는 광고들이 있으니 시기를 따져 이혼 서류 작업을 조율하면 안 되겠느냐며 그녀를 따로 찾아와 반은 겁박하듯 말했다. 그때도 고은은 흔들림이 없었다. 원래부터 기간을 정하고 치른 계약 결혼이라며 물러서지 않았다. 윤 대표는 카페를 나서기 전 고은에게 마지막으로 따져 물었었다.

'진짜 그 자식한테 아무 감정도 없어요? 그래도 1년을 같이 살았는데.'

피도 눈물도 없는 여자라는 걸 도하가 처음부터 알았어야 했다며 그는 끝까지 그녀 탓을 했다. 그러고는 따로 연락을 주고받은 적은 없었다. 이제는 지워야 할 전화번호였다. 정리하지 못한 채 지금까지 가지고 있는 그녀가 이상한 걸지도 몰랐다.

고은은 숨을 고른 후 통화 버튼을 눌렀다. 전화는 한 번 만에 연결되지 않았다. 지금은 전화를 받을 수 없다는 안내 음성이 흐르자 고은에게선 허탈한 웃음이 흘렀다. 이제 와서 윤 대표가 그녀의 전화를 받아 줄 의무는 없었다. 핸드폰에 뜬 그녀의 이름을 보자마자 무시해 버렸는지도 모른다. 고은은 정신을 차리듯 몸을 일으켰다. 불을 켠 후

겉옷을 벗고 청소를 시작했다. 마무리 단계가 되어서 열어 놓은 창문을 닫으려는데 책상 위에 놓아둔 핸드폰이 울렸다. 화면을 내려다보자 윤 대표의 이름이 찍혀 있었다. 고은은 자리를 잡고 앉아 통화 버튼을 눌렀다.

"네, 대표님. 이고은입니다."

— 아, 고은 씨! 무슨 일이에요? 내가 지금 회의 때문에 잠깐 상암에 왔다가⋯⋯. 부재중 뜬 거 보고 깜짝 놀라서 긴가민가했어요. 혹시나 잘못 누른 걸 수도 있으니까.

그는 예상과 달리 호쾌한 목소리로 그녀를 받아 주었다.

"아뇨. 제가 걸었어요. 안 바쁘시면 통화할 수 있을까 해서요."

— 그럼요, 그럼요. 바빠도 고은 씨 전화면 받아야죠. 어떻게, 잘 지내죠?

윤 대표는 차 안에 도착한 듯 시끄러운 소음이 사라지고 내비게이션이 켜지는 소리가 들렸다.

"아, 전 잘 지내요. ⋯⋯대표님은요?"

고은도 인사치레 같은 말을 물을 수밖에 없었다.

— 아, 나야 언제나 잘 있지. 뭐, 요새는⋯⋯. 아니다, 고은 씨한테 이런 얘기 해서 뭐 합니까. 암튼 묻고 싶은 게 있어서 전화한 거예요?

"네. 도하 씨⋯⋯ 사고 소식을 기사로 봤거든요."

— …….

그녀의 말에 윤 대표는 잠시 답이 없었다. 그녀가 그 기사를 보지 못했을 거라 생각해 놀란 건 아닐 것이다. 지나가는 초등학생도 우도하의 '기억 상실' 사고를 아는 디지털 세상이었다. 그런데 그 기사를 봤다고 해도 이제 고은은 아무런 관계가 없다고 여겼을 텐데, 그녀가 전화까지 걸어 와 그 사실을 확인하니 조금 의아해진 것 같았다.

"대표님."

— 아, 그 녀석 걱정돼서 나한테 전화한 거예요? 난, 또. 몸은 진짜 괜찮아요. 큰 사고도 아니었고. 알잖아요. 기자들 부풀려서 소설 쓰는 거. 좀 과장되게 기사가 나간 것도 있고, 암튼 도하는 잘 있으니까 크게 걱정할 필요 없어요. 근데 진짜 그것 때문에 전화한 거예요?

윤 대표가 놀라 묻자 고은은 할 말을 고르기가 쉽지 않았다. 그는 쉬고 싶은 마음에 핸드폰까지 꺼 뒀다고 했다. 윤 대표와 상의하지 않고 독단적으로 그런 행동을 했을 리 없다고 생각했는데, 그녀의 전화를 받은 윤 대표는 많이 놀란 기색이었다. 도하가 이곳에 있는 걸 알지 못하는 것 같았다.

"워낙 기사가 크게 나서요. 도하 씨한테 전화해 보니까 핸드폰이 꺼져 있더라고요. 그래서 윤 대표님한테 걸어 본 거예요."

그가 믿을지는 모르겠지만 고은은 어쩔 수 없이 둘러대야만 했다.

— 오, 고은 씨가 그 녀석을 이 정도로 걱정하는 줄 몰랐네요. 내가 도하 만나면 꼭 전해 줄게요.

"도하 씨가 기억을 잃었다고 하는데 상태가 어느 정도예요?"

고은은 윤 대표에게 정확한 진단을 듣고 싶었다. 그의 말대로 기자들이 써 내려간 기사는 대부분 부풀려지고 작위적인 내용이 많았다. 고은도 도하와 살면서 그가 한 행동들이 대중에게 어떻게 전해지는지 지켜봤기에 그 기사들을 무턱대고 믿을 순 없었다.

— 아, 상태? 그러니까, 보자……. 내가 거짓말하는 거 같아서 좀 그랬는데 실은 그 자식, 지금 어디 가서 좀 쉬고 있어요. 한 번도 휴가 달란 말을 한 적이 없었던 녀석인데 이번엔 그러더라고. 많이…… 안 좋단 거겠죠?

"……그래요."

고은은 윤 대표의 말에 작게 대꾸했다.

— 암튼 내가 이런 말 해도 될지는 모르겠지만 고은 씨랑 헤어지고…… 우리 도하 많이 힘들어했어요. 그래서 이혼 후 첫 작품 찍을 때도 논란이 많았고. 암튼 난 두 사람이 안쓰러워. 여러 가지로 잘 맞았는데. 혹시 고은 씨, 아직 미련이 남은 거면 내가 둘 화해하도록 자리 만들어 볼 테니까…….

"고은아."

윤 대표의 말이 끝나기 전에 학원 안으로 태진이 걸어 들어왔다.

고은은 일이 바빠 다시 전화드리겠다고 말한 뒤 핸드폰을 책상에 내려놓았다. 태진은 곧장 그녀에게로 다가와 케이크를 건네고 자신이 만든 도자기를 꺼내 놓았다. 고은은 잘 만들었다는 말을 의미 없이 내놓는 순간에도 윤 대표가 건넨 말을 떠올렸다.

― 고은 씨랑 헤어지고…… 우리 도하 많이 힘들어했어요.

태진이 사 온 케이크를 삼키며 맛있다고 웃어 주었다. 태진은 네가 좋아해 줘서 다행이라고 말하며 수줍게 웃어 보였다. 고은은 그런 태진을 바라보며 생각했다. 이렇듯 좋아하는 마음은 숨길 수 있는 게 아니라고. 그럴 수 있다고 생각한 자신이 바보 같았다고.

함께 걸었던 바닷가에서 그의 웃음을 훔쳐보던 시선. 그가 다가와 거리를 좁힐 때마다 뛰던 심장. 결국엔 그의 품에 안겨 울음을 터뜨리고, 그의 입술을 받아들이며 푹푹 꺼져 가는 가슴을 어쩌지 못하던 자신. 그 모든 걸 우도하란 남자가 몰랐을 리 없었다.

○ ● ○

"뭐라고 하던가요?"

― 말해 주기 전에 너 있는 곳이나 불어.

고은이 집을 나서자마자 도하는 곧장 자신의 차로 향했다. 차 안에 처박아 둔 핸드폰을 꺼내 켠 후 부재중 목록 젤 위쪽에 떠 있는 윤 대표의 번호를 클릭했다.

한수는 신호 두 번 만에 전화를 받았다. 그러고는 다짜고짜 소리를 질렀다. 진짜 실종 신고를 할 뻔했다고 악다구니를 쓰는데 도하는 그저 귀가 아플 뿐이었다. 그는 윤 대표의 말을 자르고 자신의 용건만 간단히 전달했다.

'고은 씨가 전화할지도 몰라요. 나 어디로 잠깐 쉬러 갔다고 해요. 그리고 기억 상실인 거 맞는 거냐고 물으면 진짜라고 대충 둘러대요.'

너 고은 씨한테 간 거냐는 윤 대표의 물음에 도하는 대답하지 않았다. 그저 자신이 빨리 돌아가길 바라면 부탁한 대로 해 달라는 말만 했다. 윤 대표는 불만이 있으면 만나서 얘기하자며 다시 한번 설득하려 했지만 도하는 윤 대표의 말을 끝까지 듣지 않고 전화를 끊었다.

그는 핸드폰을 조수석에 던져 놓고 운전석 등받이를 뒤로 젖혔다. 팔로 두 눈을 가린 채 생각에 잠겼다. 실수는 한순간이었다. 하지만 그게 실수라는 걸 깨닫지도 못하게 모르는 척 둘러대면 될 것을, 도하는 지금까지의 자신답지 않게 고은의 차가운 눈빛에 할 말을 잃고 말았다.

이 여자가 모든 진실을 알게 되면 그를 어떻게 바라볼까. 그 생각까지 염두에 두지 못하고 저지른 일이었다. 근데 그게 뭐라고. 어차피 잠시 머리를 식히기 위한 재미난 놀이에 불과했다. 좋아하는 사람이 있다며 그를 떠난 여자. 그녀가 어떻게 사는지 한번 두 눈으로 보고 싶었을 뿐이다. 보고 나니 진짜 이유를 알고 싶었다.

왜 그딴 거짓말을 하고 떠난 것인지. 애초부터 남자가 있을 것이라 추측하지 않았다. 그랬다면 도하가 눈치챘을 것이다. 고은은 도하와 달리 무슨 행동을 하든 티가 나는 사람이었고, 도하는 그게 신기하면서도 안쓰러웠다. 감정을 들키며 산다는 건 어떤 걸까. 그는 언제나 자신을 감추는 데 능숙했다. 그래서 연기를 시작했고, 최고의 배우라는 찬사도 받게 되었다.

하지만 그건 달리 말하면, 진짜 우도하는 사람들에게 중요하지 않다는 의미였다. 대중은 회사가 만든, 사람들이 좋아하는 이미지의 우도하를 좋아하는 것이었다. 진짜 그를 알면 모두 떠나 버릴지도 몰랐다.

— 도하야.

고은과 통화를 마친 윤 대표는 다시 그에게 전화를 걸어 왔다. 도하는 고은이 그를 의심해 윤 대표에게 전화를 걸지 말았으면 했다. 그가 추측한 대로 고은의 마음이 흘러가지 않기를 바랐다. 하지만 이고은은 멍청하지 않았고, 이제 의심을 품고 그를 바라보게 되었다.

"고은 씨한테 물어볼 게 있어서 왔어요."

— 아니, 고은 씨 만나러 간다고 하면 내가 뭐라고 하냐. 너는 날 뭘로 보고. 근데 너 혹시……

윤 대표가 무슨 말을 건넬지는 뻔했다. 그는 몇 번 재혼에 대해 언급했었다. 그리고 재결합으로 인해 이미지를 회복하여 얻어 낼 광고들. 그 얘기를 들으며 도하는 헛웃음만 내놓았다. 도하는 윤 대표의 '혹시' 뒤로 이어지는 말에 대답하지 않은 채 차가 세워진 곳의 앞쪽 바다를 바라봤다. 바다는 오늘따라 유난히 조용했다.

"금방 올라갈 거예요. 알잖아요, 나 싫증 잘 내는 거."

— 야.

"괜히 이상한 짓 할 생각 말고 차기작이나 찾으면서 기다리고 있어요. 여기 찾아오기만 해 봐요. 그땐 진짜 계약 파기하고 외국으로 날라 버릴 테니까."

— ……이 새끼가 진짜! 야…….

"얼마 안 걸려요."

그는 핸드폰을 끄고 차를 몰아 고은의 학원 쪽으로 향했다. 첫날 주차했던 장소에 차를 세우고 공간 안을 바라봤다. 남자와 여자가 다정하게 앉아 케이크를 나눠 먹고 있었다. 웃음이 터졌다. 그의 눈이 서늘하게 가라앉았다. 도하는 시선을 돌려 바다를 느긋하게 감상했다. 날씨는 죽고 싶을 만큼 맑았고, 하늘은 너무 푸르렀다.

○ ● ○

수업을 끝낸 후 학원 문을 닫은 고은은 천천히 집 쪽으로 걸었다.

하루 종일 윤 대표가 건넨 말이 머릿속을 맴돌았지만 마음을 다잡아야 했다. 그녀가 기억하는 우도하는 절대 그런 남자가 아니었다. 후회를 할 성격도 아니었다. 그랬다면 순순히 이혼 도장을 찍고 그녀를 보내 줬을 리도 없었다.

고은은 무거운 발걸음을 옮겨 집 앞에 도착했다. 빌라는 1층만 불이 켜진 상태였다. 2층엔 신경 쓰기 싫어 고은은 곧장 할머니 집의 비밀번호를 누르고 현관 안으로 들어섰다. 당연한 것처럼 신발을 벗어 놓는 곳에 시선이 갔다. 낯선 신발은 없었다. 방금 전까지 신경 쓰지 않겠다고 해 놓고 그런 걸 의식하는 자신이 우스웠다.

고은은 천천히 거실로 들어섰다. 오은금 여사는 소파에 앉아 꾸벅꾸벅 졸고 있었다. 그녀의 허벅지 위에는 언제나처럼 뜨개질 바구니가 놓인 상태였다. 지금 뜨고 있는 건 고은의 겨울 스웨터였다. 오 여사는 그것이 현재 삶의 최고의 행복인 것처럼 때때로 고은의 상체에 뜨다 만 스웨터를 이리저리 대어 보았다.

"할머니."

"……응? 아, 내 새끼 왔어. 아이고, 고생했어."

고은은 가방을 내려놓고 쪼르르 다가가 오 여사의 허벅지 위에 머리를 놓았다. 늘 기가 모두 빨린 것처럼 축 처진 몸으로 집에 돌아오는 그녀에게 할머니의 곁에 잠시 누워 있는 지금 이 순간은 하루의 피로가 단번에 풀리는 유일한 힐링의 시간이었다. 은금은 말없이 고은의 등을 여러 번 쓸어 내 주었다. 사람의 손길이 따뜻하다는 걸 그녀는 할머니를 통해서 알게 되었다.

어머니는 그런 사람이 아니었다. 고은이 안아 달라고 하면 오히려 걸으라고 다그쳤다. 그녀가 떼를 쓰면 세상에서 가장 싫어하는 누군가를 떠올리는 것처럼 얼굴을 구긴 채 노려보았다. 그 사실을 깨달은 후부터 고은은 절대 어머니에게 칭얼대지 않았다. 안아 달라는 말도 할 수 없었다. 어머니가 원하는 이고은의 모습으로만 살았다. 그게 자신을 키워 준 어머니에 대한 보답이라고 생각했다.

"할머니, 약은?"

고은은 눈을 감은 채 물었다.

"응······? 먹었지. 암만."

고은은 할머니의 목소리만 들어도 알아챘다. 그녀가 고개를 들자 은금은 슬그머니 미안한 웃음을 내놓았다. 그러고는 조용히 자리에서 일어나 부엌으로 향했다. 고은이 하루치씩 정리해 놓은 약들이 있는 서랍의 문을 연 은금은 자기 전에 먹어야 할 약을 챙기고 미지근한 보리차를 따랐다.

"허리 아픈 건 좀 괜찮아지셨어요?"

고은이 묻자 은금이 괜찮다고 대답했다. 이 나이엔 아픈 게 당연하다고 그녀는 웃으며 둘러댔다. 할머니가 자리에서 일어서고 앉을 때마다 얼굴을 찡그린다는 걸 알고 있는 고은은 작은 한숨을 쉴 수밖에 없었다.

"아프면 나한테 꼭 말해야 해. 알겠지, 할머니?"

"아이고, 알았습니다. 의사 선생님보다 더 무서운 손녀 선생님."

고은은 할머니의 너스레에 웃을 수밖에 없었다. 원래 고은은 도하와 이혼한 후 강릉에 정착할 생각은 아니었다. 그저 그동안 어머니 때문에 찾아뵙지 못한 친할머니를 만나고 싶었다. 하지만 강릉에 있는 은금을 보자마자 그녀는 할머니에게 시간이 얼마 남지 않았다는 걸 눈치챘다.

온몸 곳곳에 암 덩이가 퍼져 병원에서도 손쓸 수 없는 시한부 상태였다. 왜 자신에게 말하지 않았느냐고 고은은 할머니를 안은 채 울고 또 울었다. 그리고 다른 생각 같은 건 들지 않았다. 할머니 옆에 있고 싶었다. 그래야 그녀도 살 수 있을 것 같았다.

다행히 은금은 진통제를 먹으며 제법 잘 버텨 냈다. 어떤 이들은 암에 걸린 채 몇십 년이고 살아 낸다고도 했다. 세포 활동이 활발하지 않은 노인들은 암이 자라는 속도가 빠르지 않다고 들었다. 고은은 지금 이대로도 만족했다. 매일 은금의 얼굴을 마주하고 밥을 먹으며 할머니의 곁에서 보호자가 되어 주는 것. 고은이 이제껏 살아온 인생 중 가장 보람되고 뿌듯한 시기였다.

"근데 네 대학 친구는 왜 하루 종일 안 보여?"

은금이 부엌 쪽에서 말을 건넸다. 고은은 시선을 피하며 자신이 입을 스웨터만 만지작댔다.

"일이 있나 보지."

"너한테도 말이 없었어?"

싹싹하게 굴어서인지 은금은 도하가 마음에 드는 눈치였다. 그러지 않을 줄 알았던 남자가 세심하게 그녀의 사람들을 챙겼다. 고은도 그 점이 의아했다. 기억 상실로 성격까지 변하게 된 걸까. 그녀가 아는 도하는 개인주의가 강했다. 예민한 편이었고, 누군가에게 친근하게 다가가야 할 이유 자체를 찾지 않는 사람이었다. 그런 그가 할머니와 가까워진 것은 왜일까.

"핸드폰 없잖아."

그 이유가 전부는 아니겠지만 고은은 그렇게 둘러댔다.

"그러니까. 그건 왜 안 들고 다니는 거야? 같이 지내는 사람 걱정되게."

"할머니 걱정돼?"

"당연하지. 네 친구라는데."

그런 사이가 아니라고 바로잡진 못했다. 할머니는 도하가 연예인이라는 것도 알지 못하는데 굳이 그와의 관계까지 설명해서 사이를 껄끄럽게 만들고 싶진 않았다. 고은은 그가 대학 친구라고 둘러댄 게 오히려 고마웠다.

"그리고 너 좋아하는 게 한눈에 보이잖아. 어떻게 신경을 안 쓰누."

은금의 단언에 고은은 입가가 잠시 경직되었다. 그녀를 좋아하는 게 보인다고? 어떻게 그런 생각을 할 수 있지? 고은은 뒤늦게 헛웃음이 흘렀다. 도대체 그는 할머니에게 어떤 모습을 보인 걸까. 그 행동에서 진심이라고는 찾을 수 없을 텐데. 은금이 그를 너무 좋게 생각하는 것이 고은은 어쩐지 죄송하고 안타까웠다.

"나 좋아하는 거 아니야."

고은의 말에 은금의 눈이 동그래졌다.

"아니야?"

"……응."

"좋아했었다던데?"

도하는 도대체 할머니한테 무슨 말을 한 걸까. 고은은 낮은 한숨이 흘렀다. 만약 진짜 기억이 없다면 그들이 결혼한 사이니 당연히 그랬을 것이라 추측해서 둘러댄 걸까. 고은은 또다시 머리가 복잡해졌다. 기억을 잃었다는 남자는 어제도 만났던 사람처럼 그녀를 너무나도 쉽게 대했다. 그게 느껴지지 않을 수가 없었다. 그녀가 그를 좋아하지 않았다면 모를까. 고은은 도하의 작은 행동들에도 의미를 부여하던 사람이었다.

"싹싹하니 성격은 나빠 보이지 않는데, 너무…… 잘생겼어."

그래서 탈락이라는 것처럼 은금이 고개를 저었다. 고은은 그런 할머니의 모습이 어쩐지 귀여워 보였다. 그녀는 끙, 하고 몸을 일으켜 은금에게로 다가갔다. 냉장고 문을 열어 그녀에게 들려 줄 과일이며 음식을 챙기는 할머니의 등을 가만히 끌어안았다.

"나 오늘 여기서 잘까?"

처음 이 빌라에 와서 같이 지내겠다고 했을 때 은금은 딱 한 가지만 지켜 준다면 그래도 된다고 했다. 그녀는 3층, 자신은 1층에서 따로 살자는 것이었다. 밥은 같이 먹어도 잠은 꼭 따로 자 줬으면 한다고. 누가 옆에서 버스럭대는 게 싫다는 것이 이유였지만 고은은 그 말뜻을 잘 알고 있었다.

할머니는 고은에게 아픈 모습을 보이고 싶지 않아 했다. 밤새 끙끙 앓다가 진통제를 찾아 먹는 자신을 바라보며 고은이 얼마나 버틸 수 있을까. 두 사람 모두 지칠 것이고, 그런 관계는 원하지 않는다고 했다. 정 마음이 쓰여 옆에 있고 싶다면 그렇게 각자의 삶을 존중하며 살자고. 계약서까지 쓰며 합의를 본 두 사람은 지금의 상태를 잘 유지해 왔다.

고은은 할머니에게 매달 월세를 냈고, 은금은 그것을 당당하게 받았다. 너도 독립하고 제대로 살아 내려면 이런 대가들을 지불하는 게 맞는다는 것이었다. 고은도 그걸 원했다. 어머니의 그늘에서 벗어나 제대로 된 삶을 살고 싶었으니까.

"울 손녀, 왜 안 하던 투정을 부리실까?"

그렇게 선을 지켜 냈지만 한 번씩은 넘고 싶을 때가 있었다. 고은의 외로움이 극도로 차오르거나, 은금이 자신의 아들을 끝없이 그리워할 때였다. 그땐 두 사람 다 말하지 않고 한방에서 몸을 끌어안고 잠들었다. 그러고 나면 또 감정은 희석되고 시간은 흘렀다.

"왜 내가 싫으신가요, 여사님?"

고은은 은금을 돌려세워 일부러 장난을 쳐 보기도 했다.

"남자를 만나라니까 그러네."

은금은 절대 틈을 보여 주지 않았다. 고은이 이혼한 후 연애조차 하지 않고 사는 게 못마땅하다고 했다. 이혼이 뭐 별거라고. 누군지 모르지만 널 힘들게 한 놈이면 됐다고. 세상의 반이 남잔데 뭐가 문제냐고. 한 번씩 태진이 과일 상자를 들고 안부 인사차 찾아올 때면 고은의 옆구리를 쑤시기도 했었다. 하지만 고은은 제 스타일이 아니라고 딱 잘라 말했다.

"아, 오늘은 안 통하네. 더 잔소리 듣기 전에 올라가야겠다."

"하여튼."

은금이 먹을 것들을 챙겨 주며 손녀를 흘겨보았다.

"아, 이건 2층 친구 거. 가는 길에 넣어 주고 가."

"괜찮아. 안 먹을 거야."

냉장고는 있었지만 도하가 일부러 과일을 챙겨 먹진 않을 것 같았다.

"그럼 못써. 둘이 무슨 사연이 있는지 몰라도 너 믿고 여기까지 찾아온 사람한테 박하게 굴면 안 되는 거야. 힘든 일이 있어서 쉬러 왔다는데 네가 잘 위로해 줘."

고은은 할머니가 건넨 과일 도시락 통을 들고 움직일 수밖에 없었다. 계단을 오르던 고은은 결국 도하가 지내고 있는 2층 문 앞에 섰다. 어차피 콩이 밥을 챙겨 주고 뒤처리도 해 둘 필요가 있었다. 크게 결심하고 초인종을 눌렀다. 하지만 대답이 없었다. 어쩔 수 없이 비밀번호를 누르고 안으로 들어서자 예상한 대로 그의 신발이 보이지 않았다.

"휴……."

고은은 불을 켜고 과일부터 냉장고에 넣었다. 그리고 콩이의 상태를 체크했다. 다행히 녀석은 캣 타워에서 잠들어 있었고, 고은은 밥과 물을 넉넉히 채워 주었다. 뒷정리를 마치고 나오자 시간은 자정을 넘어서고 있었다.

3층으로 올라온 고은은 곧장 샤워를 하고 잠옷으로 갈아입었다. 침대에 누우면 금방이라도 잠이 들 것처럼 몸이 천근만근이었지만 자꾸만 걱정되는 마음을 잠재우기가 힘들었다. 캐리어가 그대로 있었으니 서울로 가 버린 건 아닐 것이다. 그럼 도대체 이 시간에 어딜 간 건가. 그녀에게 보고할 의무는 없었지만 사람을 걱정하게 만드는 그가 미워질 수밖에 없었다.

결국은 이랬다. 고은은 침대에서 잠들지 못하고 뒤척이다 몸을 일으켰다. 생각은 더 나쁜 쪽으로 흘렀다. 혹시라도 무슨 사고가 생겨서 못 오는 건 아닐까. 겉으론 멀쩡해 보여도 그는 기억을 잃은 사람이었다. 핸드폰도 없으니 급박한 상황인데도 연락을 못 한 건 아닌지. 고은은 벌떡 침대에서 일어났다. 시계를 바라보니 새벽 3시를 넘어가고 있었다.

그때 계단을 오르는 작은 발소리가 들렸다. 분명 발자국 소리였다. 고은은 몽유병에 걸린 사람처럼 잠옷 차림으로 방 안을 나섰다. 황급히 슬리퍼를 신고 현관을 빠져나가 계단을 내려갔다. 그를 보면 작은 잔소리라도 해 둘 작정이었다. 아무리 편하게 있으라고 했지만 이렇게 갑자기 사라지면 누구든 걱정하지 않겠느냐고. 이럴 것이면 기억이고 뭐고 서울로 돌아가라고. 고은이 코너를 돌아 계단을 내려다보는데 아무도 없었다.

잘못 들었나. 그 자리에 멈춰 선 고은은 두려움과 함께 울컥 눈물이 솟아났다. 도하가 그 빌라에 들어올 때까지 잠들지 못하던 날들이 칼날처럼 그녀의 가슴을 스쳐 갔다. 그때는 아무렇지 않게 지나쳤던 마음들이 이제야 쏟아지는 듯 그녀는 울음을 참아 내기 힘들었다.

고은은 그 자리에 주저앉아 울었다. 이렇게까지 그녀가 그로 인해 쉽게 무너지게 될 줄은 몰랐다. 도망친 게 우스울 정도로 감정이 널뛰었다. 이젠 어떡해야 하지. 무릎에 얼굴을 박고 끅끅 울음을 토해 내는데 불쑥 낮은 목소리가 들렸다.

"왜 그러고 있어요?"

고은이 고개를 들었다.

모자를 푹 눌러쓴 도하가 그녀의 앞에 서 있었다. 고은은 얼음이
된 채 그를 바라봤다. 그가 다가와 계단에 앉아 있는 그녀와 시선을
맞추기 위해 무릎을 꿇고 앉았을 때야 다급하게 두 손으로 눈가의 눈
물을 훔쳐 내려 했다.

"진짜 울보네."

그가 고은의 손을 붙잡아 내리고선 자신의 손으로 눈가를 닦아 주
었다. 고은의 시선은 그에게 고정된 채 벗어나지 못했다. 모자 아래로
드러난 그의 낯빛은 어두웠다. 어디를 다녀온 걸까. 심각해진 눈동자
가 고은의 심장을 아프게 했다.

"잠옷 입고, 이 시간에 계단에 앉아서 새벽 공기 마시는 게 취미는
아닐 테고……"

"……"

"혹시 나 기다린 거예요?"

그가 일부러 입꼬리를 올리며 웃어 보였다. 고은은 답하지 않고 그
의 뺨으로 손을 가져갔다. 도하가 놀라 얼굴이 경직되는 게 느껴졌다.
두 사람의 시선이 어둠 속에서 엉켰다. 그는 가만히 그녀를 바라볼 뿐
이었다. 일부러 웃지도 않았다. 고은은 한 손을 더 들어 나머지 뺨에

도 가져다 댔다. 그녀의 차가운 손안에서 그의 따뜻한 체온이 느껴졌다.

"진짜…… 내가 기억 안 나요?"

고은은 울음 섞인 목소리로 물었다. 도하는 말없이 고은을 응시했다. 그의 눈빛이 복잡하게 얽혀 들었다. 고은은 짙고 검은 눈동자 안에 어떤 진실이 담겨 있는지 읽어 낼 수 없었다. 그가 무슨 말이라도 해 줬으면 좋겠다고 느꼈지만 그는 아무 말도 하지 않았다.

결국 고은은 두 손을 내리고 자리에서 일어났다. 비틀거리며 중심이 무너진 건 한순간이었다. 도하는 민첩하게 그녀를 안아 들었다.

"괜……찮아요."

"눈도 못 뜨면서?"

그가 나직하게 화를 냈다. 고은은 가지고 있는 온 힘을 다해 그를 밀어 내려 했지만 도하의 완력이 더 강했다.

"데려다줄게요."

그녀를 안아 든 채 그는 천천히 계단을 올랐다. 2층을 지나 3층까지 올라선 그는 열린 문 안으로 들어섰다. 신발을 벗고 중문 안으로 들어서 침실을 찾아냈다.

고은은 밀려오는 두통에 머리가 지끈거려 눈을 뜰 수가 없었다. 너무 많은 생각을 하거나 잠을 설치면 한 번씩 어지럼증을 느꼈다. 지금이 그때라는 걸 알아챘지만 그에게 설명할 수도, 아닌 척을 할 수도 없었다.

"밤에 잠을 못 자면 한 번씩 이래요."

고은이 침대에 누운 채 괜찮다며 설명했다.

"잠을 왜 못 잤어요?"

그는 집요하게 물었다. 고은은 핑계를 찾아야 했지만 아무 말도 할 수가 없었다.

"그냥."

"그냥……."

그가 가만히 그녀의 말을 따라 했다. 고은은 그가 가지 않고 옆에 앉아 있는 것만으로 심장이 먹먹했다. 더군다나 그녀의 침대였다. 아무에게도 보여 준 적 없는 공간이었다. 도하와 결혼 생활을 할 때에도 자신의 방은 꼭 닫아 두고 오픈하지 않았다.

"전 괜찮으니까 가세요."

"……."

고은의 말에도 도하는 대답이 없었다. 그가 자리에서 일어나는 기척을 느낀 고은은 어둠 속에서 눈을 떴다가 다시 감았다. 도하를 만나자 지우고 싶었던 기억들이 되살아나는 것만 같았다.

그중 하나가 침실이었다. 그 역시 고은처럼 자신의 공간을 오픈한 적이 없었지만 그녀는 그가 스케줄 때문에 집을 비우는 날이면 한 번씩 그의 방으로 들어가 도둑고양이처럼 몰래 들여다보고 나왔다.

침실은 도하의 얼굴처럼 빈틈없이 완벽하고 깨끗했다. 매일 도우미 아주머니들이 쓸고 닦아 내는 공간이니 당연했지만. 고은은 그의 침대에 잠시 앉을 때면 심장 끝이 붉게 물드는 것만 같은 기분을 느꼈다.

심장이 붉게 물드는 건 어떤 걸까. 상상해 본 적도 없었다. 누구를 사랑하는 게 어떤 것인지도 모르면서 고은은 그의 체취가 남아 있는 방 안에서 한참을 머물렀다. 그러면서도 그가 일을 마치고 집으로 돌아오면 아닌 척 그의 근처에도 가지 않았다.

사랑이 가까이에 있어 행복할 때도 있었지만 그녀는 두렵고 무서웠으며 아주 많이 외로웠다. 그 빌라에서 그녀가 느꼈던 감정은 외로움이었다. 도하는 고은을 룸메이트 이상으로 생각하지 않았고, 선을 넘어 다가온 적도 없었다.

용기 내어 그녀가 자신의 생일을 말한 날, 그는 세상에서 가장 크고 아름다운 케이크를 배달시켜 주었다. 하지만 그것이 전부였다. 그 날만큼은 같이 있고 싶다는 뜻이란 걸 몰랐을까. 그런 부탁을 하지 않아서 그는 케이크만 보낸 채 외박을 했던 걸까.

혼자 보낸 생일날, 그녀는 도하가 보낸 케이크를 모두 먹고 배탈이 났다. 끙끙 앓아누워 있는 그녀를 그는 눈치채지 못했다. 피곤해 쉬고 싶다고 하자 그대로 받아들였다. 그녀가 괜찮다고 웃자 그러냐며 자신의 방으로 사라졌다. 고은은 사랑하는 방법을 몰랐고, 그가 사랑해서는 안 되는 사람이란 걸 그와 사는 내내 깨달았다.

"물 좀 마셔 봐요."

어둠 속에서 다시 도하의 목소리가 들렸다. 고은은 놀라 눈을 떴다. 꿈처럼 그가 가지 않고 그녀의 곁으로 다가왔다. 도하의 손에는 물컵이 들려 있었다. 고은은 그의 부축을 받아 자리에 앉고서 물 한 잔을 모두 마셨다.

"이젠 좀 괜찮을 거예요."

그녀의 행동을 칭찬하듯 그가 그녀의 머리를 쓰다듬어 주었다. 고은은 도하를 바라볼 수밖에 없었다. 그는 기다렸다는 듯 그녀의 시선을 받으며 싱긋 웃었다. 언제나 그녀에게 건네던 다정하고 배려심 깊은 눈빛인데. 그것은 똑같은데 고은의 가슴은 쿵쿵, 제멋대로 뛰기 시작했다.

"······."

"······."

머리카락을 넘겨 주던 그의 따뜻한 손은 눈과 코, 뺨을 지나 천천히 입술을 훑었다. 끝과 끝을 이어 그리는 행동은 아주 느리고 무례했지만 고은은 옴짝달싹할 수가 없었다. 그의 손은 조금 더 내려와 그녀의 가늘고 하얀 목을 쓸어 냈다. 원피스 잠옷은 위의 단추가 하나 풀려 가슴골이 살짝 드러나 있었다. 오목하게 팬 그곳을 타고 내려오는 손끝에 고은은 온몸에 소름이 돋아났다.

"도하 씨."

"……."

여기서 멈추지 않는다면 어떤 일이 벌어질지 두 사람 모두 알았다. 고은은 손끝으로 시트를 움켜잡고선 도하를 정면으로 바라봤다.

그는 언제부터였는지 이미 그녀를 내려다보고 있었다. 눈빛은 이미 이전과 색이 달랐다. 전부를 빨아들일 것처럼 노골적이고 짙었다. 바닷가에서 키스를 나눈 후 숨을 고르며 뜨겁게 응시하던 그 눈동자였다. 빤히 바라보며 핥듯이 훑어 내리는 숨 막히는 시선이 고은의 심장을 지나 아랫배를 욱신거리게 만들었다.

명백한 몸의 반응을 들킨 것만 같아 고은은 부끄러웠다. 도망치고 싶었다. 그녀가 시선을 피하며 몸을 움직이려 하자 그녀의 가슴골에서 멈춰진 손은 다시 올라와 급하게 그녀의 턱을 움켜쥐었다. 고은이 놀라 벗어나려 하자 도하가 그녀를 물러날 곳 없는 침대 끝으로 가두었다. 그의 눈빛은 좀 전과 또 달랐다. 고은은 두려움이 엄습했다.

"이젠 없었던 게 안 돼요."

그가 현실을 아주 다정하게 말해 주었다.

"받아들여요."

그가 얄밉게 웃더니 그녀의 입술을 베어 물었다. 삼켜진 채로 곧장 혀가 들이닥쳤다. 고은이 놀라 그를 밀어 내려 할수록 키스는 더욱 깊어졌다. 타액이 빨리는 소리와 혀를 휘감아 놀리는 신음들이 뒤엉켜 고은의 정신을 아득하게 만들었다.

"하아……."

그가 잠시 입술을 떼곤 숨 쉴 타이밍을 주었다. 고은이 흐트러진 눈으로 그를 올려다보자 도하는 쏟아질 것만 같은 검은 눈빛으로 그녀를 직시했다. 그러곤 쉬는 시간은 이제 끝났다는 것처럼 다시 그녀의 입술을 삼켰다.

"흐웃……."

신음까지 통째로 삼켜지는, 질식할 것 같은 키스였다. 그녀는 이런 입맞춤을 해 본 적이 없었다. 키스가 이렇게 도망칠 곳 없이 그녀를 가두는 행위일 거라곤 전혀 상상하지 못했다. 얼얼하게 입술이 빨리다가 숨을 헐떡일 때면 그가 잠시 그녀를 놓아주었다. 하지만 그 짧은 시간조차 허락지 않겠다는 것처럼 그는 곧장 고은의 입술을 점령했다. 그것의 반복이었다.

타액이 줄줄 흘러내리며 입술과 혀가 아프게 물렸다. 농밀한 혀의 놀림이 그녀의 입 안을 완전히 휘저어 댔다. 함부로 들어와 마구 흐트러뜨리는 건 키스와 마음이 똑같았다. 고은은 알 수 없는 울분이 차올랐다. 고개를 이리저리 비틀며 그녀를 집어삼키는 남자의 방식이 능숙한 게 이리도 처절한 감정을 느끼게 할 줄은 몰랐다. 그녀가 도저히 못 참아 그의 등을 할퀴면 그때서야 놓아주는 배려심은 오히려 고은을 더욱 슬프게 했다.

"그만……."

그녀가 버티듯 그를 밀어 내고 혀를 받아 내려 하지 않자 도하가 고은을 아래로 가두고는 내려다봤다. 이해할 수 없다는 눈빛이었다. 도대체 어쩌라는 것인지. 섬뜩하게 화가 난 눈으로 그녀에게 읊조렸다.

"내가 어떤 새끼인지 잘 알잖아요."

그가 조소를 내놓았다.

"오늘 계단에서 날 왜 기다렸어요?"

그가 뒤늦게 빨리 해명하라며 차갑게 눈동자를 가라앉혔다. 가지고 노는 건 오히려 그녀라고 아우성치는 것처럼. 그의 눈빛은 고은을 놓아주지 않으려 집요하게 파고들었다.

"……."

고은은 아무 말도 하지 않았다. 고집 하나는 끝내준다며 그가 웃었다. 그녀의 뺨을 거칠게 붙잡았다. 이미 붉게 변해 있는 고은의 눈가를 커다란 손으로 가만히 쓸어 냈다. 그러고는 천천히 입술을 겹쳤다. 저돌적이고 사납기만 했던 이전과 다른 키스였다. 하나하나. 차근차근. 그녀의 심장을 다독이는 입맞춤이었다. 고은이 심장이 저미는 줄도 모른 채 그는 그녀의 마음 안으로 저벅저벅 걸어 들어왔다.

"그래요. 대답하지 마요."

"……."

"어차피 내가 이런 새끼인 건 변함이 없으니까."

그는 자연스럽게 고은의 잠옷 단추를 풀어 내기 시작했다. 툭, 툭, 아무렇게나 단추를 풀어 내는 손길엔 떨림이나 죄책감 같은 건 없었다. 어차피 이럴 작정이었다는 눈빛으로 그가 고은의 잠옷을 간단히 벗긴 후 침대 아래로 던졌다. 그러면서도 시선은 여전히 고은에게 향해 있었다. 얼마나 더 버틸 수 있는지, 서로가 시험을 해 보자는 것일까.

고은은 그의 행동을 저지하지 않았다. 이미 모든 방어벽을 무너뜨려 버린 그녀의 두 눈은 붉게 물들어 있었다. 우리가 잠을 자던 사이였는지가 궁금하다면 확인시켜 줄 수 있었다. 그게 뭐 어려운 일이라고. 순결에 대한 집착 같은 건 없었다.

"지금이라도 싫으면 말해요."

도하가 마지막 기회처럼 말했다. 이미 그는 되돌릴 수 없는 상태였지만 싫다는 여자를 안는 취미는 없었으니까. 그 정도 참을성은 있었다. 붉게 물든 눈으로 모든 걸 포기한 채 그의 앞에 앉아 있는 여자가 마지막 남은 일말의 죄책감을 상기시켰다.

하지만 정반대의 마음도 공존했다. 당장이라도 그녀의 안으로 들어가고 싶었다. 어느 누구에게도 변명할 수 없는 명백한 성욕이자 정복욕이었다.

장난처럼 툭툭 건드렸지만 도하는 오히려 그 행동 안으로 자신이 빨려 들어가고 있었다. 작품에 몰입해, 그 인물이 되어 살아가는 몇 개월처럼 그는 지금 고은에 대한 기억을 애타게 찾는 전남편이 되어 있었다. 진실이 무엇이든 중요하지 않았다. 거짓과 진실의 경계를 잃어버린 그는 지금은 그저 그녀를 안고 싶어 안달 난 미친놈이었다. 그도 그 자신을 막을 수가 없었다.

"원하면…… 해 줄게요. 어려운 일 아니에요."

고은은 붉어진 눈이 거짓말인 것처럼 차분한 말투로 대답했다.

'원하면. 원하면…….'

도하는 쓸쓸하게 그녀의 말을 곱씹으며 또다시 고은의 벗겨진 몸에 시선을 꽂았다. 그가 조금이라도 시선을 주면, 보여 주기 싫은 것처럼 질색을 하며 몸을 감싸고 다니던 여자가 보물처럼 감추고 있었던 것이 이것이었을까. 고은의 육체는 도하가 예상한 것보다 더 예뻤다.

무늬 없는 속옷 세트에 자신이 이리도 발정할 줄 누가 알았을까. 도하는 이 순간 자신의 성적 취향이 달라졌음을 인정해야만 했다. 고은이 침대에 반쯤 기대 있던 몸을 일으켰다. 그러곤 스스로 브래지어의 버클을 풀어 내 바닥에 내려놓았다.

"……."

"……."

그러면서도 시선은 도하에게 고정되어 있었다. 어쩌자는 거지. 도하에게선 어이없는 웃음이 흘렀다. 이고은이 제 손으로 속옷을 벗다니. 오묘한 기분이 들며 입 안에선 작은 욕지거리가 내뱉어졌다. 고은의 손이 이번엔 아래로 내려갔다. 도하는 그 손을 붙잡아 그녀를 제쪽으로 와락 당겨 안고는 입을 맞췄다.

"흐흡."

짓이기듯 입술을 빨아 올렸다. 맞닿은 고은의 몸이 도하를 미치게했다. 그의 손은 저절로 그녀의 몸으로 향했다. 손안에 어루만져지는 살결은 예상보다 더 부드러웠다. 도하는 고개를 숙여 고은의 목덜미에 입술을 가져다 댔다.

"흐…… 아웃."

갑작스러운 자극에 고은은 단말마 같은 신음을 뱉고 전신을 떨었다. 신음을 참으려 손을 들었지만 차마 입을 막지도 못할 만큼 도하는집요하게 그녀의 몸을 지분거렸다. 고은은 온몸이 저릿했다. 홧홧하게 불이 타오르는 것처럼 머리가 아득해졌다.

"하앗. 잠, 깐……. 그, 그만…… 흑."

괜찮다고, 어렵지 않다고 했지만 사실은 모든 게 치기였다. 그녀도두려웠다. 이런 일을 경험해 본 적이 없었다. 바보라고 해도 그게 그녀가 살아온 인생이었다. 어머니는 항상 고은의 몸가짐에 신경을 썼다. 그녀의 일거수일투족을 감시하다시피 하며 예민하게 반응했다.

그래서 여자 친구도 제대로 사귈 수 없었다. 누군가 다가와도 곧 멀어졌다. 어머니의 끝없는 간섭과 다그침 때문에. 자신처럼 인생을 망치게 하지 않겠다는 이유였다. 아버지와의 이른 연애와 의도치 않은 임신. 어린 나이에 시작한 결혼 생활은 어머니 인생 전체를 바꿔 놓았고 결국은 최악의 결말을 맞았다.

그런 어머니 정화가 도하와의 결혼이 결정되자 가장 먼저 꺼낸 말이 '임신'이었다. 그와 어떤 계약을 맺고 결혼을 추진하게 되었는지 알지 못하는 어머니는 그녀에게 강조했다.

'아이를 낳아. 그래야 그 집 재산이 너한테 넘어올 거야. 그게 네가 사는 길이야.'

우습게도 어머니의 충고는 시도조차 될 리 없었다. 그가 가장 먼저 내건 조건이 관계를 가지지 않는다는 것이었다. 괜히 복잡한 일을 만들고 싶지 않다고 했다.

고은은 그 말에 동의하며 결혼을 결정했다. 그렇게라도 어머니에게 복수하고 싶었던 걸까. 그 복수심으로 인해 그녀는 더없이 외로워졌고, 도하를 사랑하게 되어 버렸다.

"못, 못…… 하겠어요."

고은은 자신도 모르게 흘러내린 눈물을 훔쳐 내며 그를 밀어 냈다. 그가 고개를 들었다. 방금 전까지 그녀의 몸을 지분거리던 남자가 맞나 싶도록 차가운 눈빛이었다. 고은은 핑계를 찾아야만 했다.

"콘돔도 없고."

"……."

"그렇게는 안 하고 싶어요."

그녀가 이유를 말하자 도하가 잠시 낮게 웃었다. 그는 바닥에 던져 놓은 고은의 잠옷을 들어 다시 그녀에게 입혀 주었다. 타액으로 번들 거리는 그녀의 입술을 천천히 닦아 줄 땐 하마터면 미안하다고 말할 뻔했다.

"말려 줘서 고마워요."

도하가 잠시 그녀의 머리를 쓰다듬었다.

"진짜…… 개새끼가 되기 직전이었으니까."

그는 장난스럽게 웃고는 미련 없이 침대에서 내려갔다. 그대로 방 을 빠져나가 현관문을 열고 나가 버렸다. 고은은 잠시 멍하게 앉아 있 었다. 이제라도 잘 막았다고, 잘했다고 그녀 자신을 칭찬해야 하는데 마음속에 허전함이 남아 버렸다.

그가 빨아 대던 피부가 아직도 얼얼하고 손끝까지 뜨거움이 남아 있었다. 고은은 자신의 손을 들어 가슴 쪽으로 가져갔다. 쿵쿵쿵. 심 장 뛰는 소리가 손안에 전해졌다. 그게 너무 선명해 고은은 좀처럼 손 을 뗄 수가 없었다.

○ ● ○

초인종 소리가 들렸지만 도하는 몸을 뒤척이기만 할 뿐 잠에서 깨어나지 못했다. 동이 틀 때까지 멍하니 방 안 천장만 올려다보고 있었다. 눈을 감으면 고은의 나신이 떠올랐다. 다시 몸이 반응해 욕이 절로 나왔다. 천하의 우도하가 욕구 불만이라니. 그는 어이가 없어 웃음이 새어 나왔다.

그러면서도 한편으론 이 상황이 싫지 않았다. 고은이 거절해 주어 오히려 고마웠다. 모든 걸 포기한 것처럼 그에게 몸을 던졌다면 도하는 시궁창에 머리를 처박는 듯한 기분을 맛봤을 테니까. 그러나 몸은 이리도 정직했다. 한번 불타오른 욕망은 좀처럼 사그라들지 않았다.

가까스로 경건한 노래를 부르다 이른 아침이 되어서야 잠든 도하는 꿈과 현실이 구분되지 않았다. 초인종이 몇 번 울리더니 이번엔 도어 록을 해제하는 소리가 들렸다. 그리고 조심스레 신발을 벗는 소리. 베란다 쪽으로 향하는 발걸음 소리. 콩이를 부르는 목소리. 야옹. 거기에 화답하는 고양이의 울음소리까지.

마치 동화 속 같았다. 도하의 입 끝에 미소가 어렸다.

어릴 적 그는 동화를 싫어했다. 모두가 해피 엔딩이라니. 세상에 그토록 우스운 결말이 있을까. 어른들이 만든 비현실에 현혹되지 않겠다고 다짐했다.

하지만 성인이 된 도하는 어른들의 동화를 연기하는 사람이 되었다. 그때서야 알았다. 현실이 쓰레기일수록 사람들은 더 희망을 갈망한다는 걸. 그래서 도하는 누구보다 더 꿈같은 인물을 완벽하게 연기했다. 세상엔 영원한 사랑이 존재하고, 내가 그걸 이뤄 내는 모습을 당신에게 보여 주겠다고. 당당하게 말하는 남자가 되어 여자들의 이상형 1순위가 되었다.

그래서 어떤 사람들은 그의 이혼을 안타까워하며 재결합을 염원하기도 했다. 우도하가 일반인 여자와 결혼한 것부터가 환상을 채워 주는 행위였다. 그 결과가 이혼은 아니어야 했다. 반드시 재결합으로 마무리되어야 한다는 사람들의 열성적인 대리 만족 시나리오는 윤 대표의 마음까지 흔들어 놓았다.

'다른 여자랑 스캔들은 안 돼. 차라리 재결합을 해. 그게 나아.'

멍청한 사람들. 도대체 어디서부터 잘못된 걸까. 그의 결혼부터가 계획에 의한 철저한 쇼였는데. 그것부터 까발리고 천하의 몹쓸 놈이 되어 매장되는 게 나았을까. 그랬다면 고은을 찾아와 그녀만 생각하는 이딴 미친 짓은 하고 있지 않을 텐데.

"야옹."

콩이의 울음소리가 좀 더 가까이에서 들렸다.

"콩아, 안 돼."

도하가 억지스레 눈을 뜨기 전에 고은의 다급한 목소리가 귀에 꽂혔다. 그리고 털 뭉치의 보드라운 감각과 함께 날카로운 무언가가 그의 눈가를 훑고 지나갔다. 그는 어쩔 수 없이 강제로 눈을 떴다. 그리고 그의 앞에 앉아 있는 고은과 마주해야 했다.

"……모닝콜이에요?"

그가 여전히 잠에 취한 목소리로 물었다.

"꼭 그런 건 아니지만……."

"……."

"언제까지 잘 거예요?"

퉁명스러운 고은의 말이 너무도 달콤하게 들렸다. 그는 자신이 만든 시나리오에 이미 그 스스로 완벽히 잡아먹힌 꼴이었다. 그가 가만히 바라보고 있자 고은도 그 시선을 피하지 않고 그를 마주 보았다. 우리가 어제 어떤 일을 벌였는지 머릿속에서 모두 지워 버린 것일까. 아니면 그것이 그녀를 그에게로 한 발 더 다가오게 만든 걸까. 도하는 고은의 표정을 살펴보았지만 이번엔 도무지 읽을 수가 없었다.

"할머니가 아침 준비하셨대요."

그녀가 제 할 말만 하고 몸을 일으켰다. 그때 도하가 재빠르게 그녀의 손을 붙잡았다. 고은은 다시 제자리에 앉게 되었다. 그가 그녀의 손을 놓지 않은 채 천천히 몸을 일으켰다.

"같이 먹자는 소리예요?"

그가 진지하게 물었다. 고은이 시선을 옮기며 그에게 잡힌 손을 빼 냈다.

"꾸물대면 못 먹는다는 소리예요."

고은이 얄밉게 말을 던지고 사라지자 도하는 완벽하게 잠이 깨 버 렸다. 현실이 꿈이고, 꿈이 현실이든 무슨 상관인가 싶었다. 도하는 망설임 없이 침대에서 일어났다.

밥상은 정갈하고 풍성했다. 고은은 이제까지 음식을 준비한 할머 니를 자리에 앉히고 자신이 밥과 국을 떴다. 식탁에 앉아 있던 도하는 그런 고은의 뒷모습을 자연스레 바라보게 되었다. 단정한 블라우스와 슬랙스를 입은 그녀가 어젯밤 도하를 욕정으로 미치게 만든 여자라고 는 상상조차 할 수 없었다.

왜 그녀와 사는 동안 악착같이 그 규칙을 지켰을까. 고은과 잠자리 를 가졌다면 그녀는 그를 떠나지 않았을까. 아주 원초적이면서도 편 협한 생각까지 들었다.

"그렇게 좋아?"

어느새 미소를 짓고 있었는지 도하의 맞은편에 앉아 있는 은금이 그의 앞으로 얼굴을 내밀고 작게 속삭였다. 도하는 무슨 소린가 싶 어 은금과 시선을 맞추다 뒤늦게 이해하고는 멋쩍게 머리를 쓸어 냈 다. 노인은 아무래도 그가 그녀를 짝사랑하고 있다고 추측하는 것 같았다.

당연히 그럴 수 있었다. 그가 흘린 단서들도 그랬고, 지금 그의 행동만 보더라도 어느 누구든 그렇게 생각할 것이다. 단 한 사람. 그의 앞에 밥과 국그릇을 놓고 무심히 돌아서는 이고은이란 여자만 빼고 말이다.

"어제는 어디 갔었어?"

은금이 밥을 먹으며 그것부터 물었다.

"아, 주변 좀 돌고 왔습니다. 바람 좀 쐬려고요."

도하는 있는 그대로의 사실을 말했다. 그는 학원 안에 함께 있는 고은과 남자의 모습을 마주하곤 곧장 차를 몰았다. 어디로든 달렸다. 그래야만 답답한 기분이 풀릴 것 같았다. 창문을 열고 바닷가의 짠 공기를 들이마실 때마다 더 부아가 치밀고 속까지 불편해졌지만 그에겐 화낼 자격이 없었다.

무슨 이유로 그 남자를 만나라 마라 할 텐가. 기억을 잃었다고 해도 그와 그녀는 이혼한 상태였다. 고은이 누구를 만나든 이상할 것이 없는 상황이었다. 그 누구 안에 단 한 사람. 그만은 후보에조차 들어가지 않을 뿐이었다.

"나한테 말이라도 하고 가지. 핸드폰이 없다고 하니 기다리는 사람만 답답한 거 아니야? 모르는 사이도 아니고 고은이 친군데 우리가 걱정할 거 아닌가?"

"할머니."

어쩐지 도하를 혼내는 듯한 은금의 말에 마지막으로 식탁에 앉은 고은이 할머니를 바라봤다. 그 마음을 이해하지 못하는 건 아니었지만 도하는 생각이 다를 수 있었다.

그는 도시 사람이었다. 그걸 나누는 게 우습긴 하지만 이 동네에서 지내는 사람들처럼 옆집 사정까지 모두 알고 사는 환경에 익숙하지 않으니 당연히 연락 같은 건 생각하지 못했을 것이다.

이곳에서 지내는 걸 허락했다고 해서, 어디서 무얼 하는지 모두 보고해야 할 의무는 없었다. 고은이 난처한 표정으로 도하를 건너다 보자 그는 모든 상황을 이해했는지 웃으면서 은금에게 고개를 숙였다.

"죄송합니다, 어르신. 제가 생각이 짧았습니다. 급하게 가느라…… 고은이한테라도 연락해 두는 건데. 일하는 중일 것 같아서 방해될까 봐 나중에 해야지 하다가 타이밍을 놓쳤습니다. 돌아오는 시간이 그렇게 늦을지도 몰랐고요."

"그랬다면 내가 또 할 말이 없지만. 암튼 담부턴 연락하고 가."

은금은 도하에게 싫은 소리를 한 것이 미안했는지 그의 밥 위에 큼직하게 발라낸 조기 한 점을 올려 주었다. 도하는 그것을 감사히 잘 받아먹었다. 그 모습을 지켜보는 고은이 오히려 이 상황을 낯설어했다. 할머니가 속정이 깊은 분이긴 했지만, 이렇게 몇 번 보지도 않은 사람에게까지 쉽게 마음을 주진 않았다.

그리고 도하 역시 낯선 사람과 어울려 식사하는 걸 좋아하지 않는 편이었다. 도하가 어떤 면에선 아주 예민한 구석이 있다고 윤 대표가 미리 경고를 해 준 적도 있었다. 그게 무엇인지 고은은 도하와 살기 시작한 지 일주일 만에 깨달았다.

그는 웬만하면 혼자 밥을 먹길 원했고, 빌라 안에 집안일을 봐주는 도우미나 외부 사람이 들어와 있을 땐 절대 방에서 나오지 않았다. 연예인이란 직업 자체가 외부에 자주 노출되고 억지로 웃어야 할 때가 많기 때문에 자신의 공간에서는 완전히 폐쇄적인 면을 보일 때가 많았다.

고은은 할머니가 그를 깨워 같이 아침을 먹자고 했을 때 이 자리가 성사될 것이라곤 예상하지 않았다. 은금의 성화에 2층으로 올라가긴 했지만 그저 콩이의 밥만 주고 나올 생각이었다. 역시나 도하는 그녀가 들어온 줄도 모른 채 깊이 잠들어 있었기에 아침밥 같은 건 관심이 없을 줄 알았다.

그런 그가 좁은 식탁에 앉아 그녀와 할머니가 만든 요리들을 맛있게 먹어 주고 있었다. 고은은 밥을 먹으면서도 도하를 의식할 수밖에 없었다. 은금은 자꾸만 도하의 앞으로 그가 자주 집어 먹는 반찬을 밀어 주었고, 그는 금세 밥 한 그릇을 뚝딱 해치웠다.

"근데, 눈가에 그건 상처야?"

은금의 말에 도하는 자신의 왼쪽 눈가를 손끝으로 훑었다. 고은은 그것이 좀 전 콩이가 할퀴고 간 자국이라는 걸 알았지만 나서서 알은 척을 할 수가 없었다. 할머니가 단박에 알아채고 걱정을 하자 그녀는 괜스레 미안한 마음까지 들었다.

"괜찮습니다. 아까 일어날 때 콩이가…… 그랬나 보네요."

"괜찮기는. 그거 그냥 두면 흉터 돼. 고은아, 뭐 하고 있어?"

"……네?"

은금이 고은을 바라봤다.

"밥 다 먹었으면 약상자 가져와서 치료해 줘."

할머니는 자신의 말만 던져 놓고 자리에서 일어났다. 본인이 음식을 했으니 뒷정리는 너희들이 하라고 말하고는 안방에 들어가 겉옷과 모자를 챙겨 나왔다. 아침을 먹고 난 후 동네 한 바퀴를 도는 게 할머니의 건강 루틴이었다. 그게 오늘도 반복될 뿐인데 고은은 이상하게 마음이 조급해졌다.

"밥 드시자마자 금방 운동하시면 안 좋아요. 좀만 더 있다가……."

"별걱정은. 뒷정리해 놓고 잘 출근해."

할머니는 뒤도 돌아보지 않고 현관을 빠져나갔다. 문이 닫히는 소리가 들리고 나자 고은은 어쩐지 숨이 점점 막히는 것 같았다. 은금이 사라졌을 뿐인데 집 안의 공기가 바뀐 것만 같았다. 그녀는 재빨리 자리에서 일어나 다 먹은 그릇들을 치웠다.

"내가 할게요."

도하가 그녀의 손을 저지했다. 손이 붙잡힌 고은은 얼굴이 스르르 붉어지고 말았다. 얼른 그에게 잡힌 손을 빼내고 싱크대 쪽으로 향했다. 설거지라도 빨리 끝낼 생각이었다. 그런 그녀의 등 뒤로 도하가 다가왔다.

"내가 잡아먹어요?"

그의 말에 고은이 뒤돌아섰다.

"그렇게 불편하면 먼저 출근해요. 내가 뒷정리해 놓을 테니까."

도하는 그녀의 시선을 피해 그릇들을 싱크대 안에 담았다. 그러곤 뒤돌아 다시 식탁을 치웠다. 고은은 어쩐지 그를 너무 의식한 듯해 민망해졌다. 따지고 보면 어제의 행동들은 모두 그녀의 허락하에 이루어졌다. 멈춰 달라고 했을 때 그는 그녀의 말을 따라 주었다.

"어제는……."

"그냥 미친놈한테 잠깐 홀렸다고 생각해요."

그는 그녀의 말을 막고 식탁의 반찬들을 냉장고에 넣었다. 그녀에게는 시선조차 맞추지 않고 본인의 행동에만 집중하는 그의 가벼운 말들이 고은의 심장 끝을 아프게 했다.

"그렇게 말하면 마음이 편해요?"

싱크대에 기댄 고은이 도하 쪽을 바라보며 말했다. 반찬통을 넣던 도하는 동작을 멈췄다. 그러고는 천천히 냉장고 문을 닫고 고은에게로 시선을 옮겼다. 대치하듯 서로만 바라본 채 잠시 어색한 침묵이 흘렀다. 도하가 흐리게 웃더니 그녀에게로 한 발 다가왔다.

"내 마음 편하자고 그랬을 거 같아요?"

그가 좀 더 가까이 다가와 섰다. 키가 큰 도하가 강압적으로 내려다보자 고은은 저절로 눈동자가 흔들렸다. 거리가 너무 가까웠고, 그는 표정이 없었다. 방금 전까지 웃었던 게 거짓말인 것처럼 그의 얼굴엔 서늘한 기운이 스며 있었다.

"멈춰 준 건 고마웠어요. 그래서 난……."

고은은 그의 눈빛을 더 이상 받아 내지 못하고 고개를 내리며 말했다. 일단은 이렇게 가까이 붙어 있는 상태부터 벗어나고 싶었다. 심장이 고장 난 것처럼 뛰기 시작했기 때문이었다.

"또 어딜 도망가?"

하지만 막아서는 그의 몸짓에 길이 막혀 버렸다. 고은은 얼굴을 들고 그를 바라볼 수밖에 없었다. 도하는 담판을 지으려는 사람처럼 그녀를 가둬 놓고 있었다. 미친놈한테 홀린 것이라 여기고 넘기려던 남자는 어디로 가 버린 걸까.

"도하 씨가, 너무 커요. 그래서 목이…… 아파서 그래요."

예상치 못한 고은의 핑계에 도하는 웃음을 터뜨릴 수밖에 없었다. 분위기는 단번에 부드럽게 바뀌어 버렸다. 도하는 키가 큰 게 문제라면 어렵지 않게 해결 가능하다며 다리를 넓게 벌리고 섰다. 그의 큰

키 때문에 스태프들이 고생할 때면 자주 하던 동작이었다.

"이럼 괜찮아요?"

그가 몸을 낮춰 그녀와 눈높이를 맞추자 고은은 또 할 말이 없었다.

"괜찮긴 한데……. 우리, 왜 이러고 있는지 모르겠어요."

그녀의 엉뚱한 지적에 도하는 무너지듯 몸을 접었다. 그래. 쉬운 여자는 아니었다. 무른 것 같으면서도 단단한 면이 있었지. 도하는 그녀와 함께 생활하는 동안에도, 그녀와 헤어질 때에도 그 점을 아주 확실하게 깨달았다.

고은은 도하가 흐트러진 틈을 타 싱크대를 벗어났다. 얼른 화장실로 들어가 양치부터 하고 호흡을 가다듬었다. 거실로 나오자 도하는 이미 모든 뒷정리를 마친 상태였다.

고은은 곧장 소파 쪽으로 향했다. 가져다 놓은 겉옷과 가방을 챙겨 현관으로 걸음을 옮기는데 도하가 뒤쪽에서 불쑥 말을 꺼냈다.

"치료 안 해 주고 어디 가요?"

고은은 아차, 싶었다. 발을 든 채 신발 안으로 넣으려던 고은의 동작이 일시 정지 되고 말았다. 무시하자. 치료야 할머니에게 부탁하면 된다, 그렇게 머릿속으로 생각하면서도 그녀는 몸을 돌릴 수밖에 없었다. 작은 한숨을 내쉰 후 약상자를 찾으러 가는 그녀의 뒷모습을 보고 도하는 만족스런 웃음을 감추지 못했다. 콩이가 이렇게 러브 메신

저 역할을 해 줄 줄은 몰랐다.

"여기, 앉으세요."

고은은 도하를 보지 않은 채 손으로 소파를 가리켰다. 도하는 그녀가 하라는 대로 소파에 자리를 잡고 앉았다. 고은은 그 맞은편에 무릎을 꿇고 앉은 채 약상자를 열었다. 콩이가 주인에게 버려진 지 얼마 안 됐을 때는 이런 일이 잦았다. 밥을 주러 갔다가 할큄을 당한 게 수십 번이었다. 그럴 때마다 고은과 은금은 번갈아 가며 서로의 상처를 치료해 줬다. 고은은 면봉 하나를 꺼내 빨간 소독약에 적셨다. 도하를 바라보자 그는 그녀의 행동을 빤히 지켜보고 있었다.

"눈 감으세요."

고은이 어쩔 수 없이 지시했다.

"떠도 바를 수 있잖아요."

도하는 그녀에게서 시선을 떼지 않고 말했다.

"눈동자부터 발라 드릴까요?"

그의 장난스런 표정에 고은도 지지 않고 받아쳤다.

"무서운 여자네, 이고은."

"그러니까 조심하세요."

고은이 위협하듯 면봉을 들었다. 분위기는 부드러워졌지만 두 사람 사이엔 다시 긴장감이 흘렀다. 고은은 어쩔 수 없다고 생각했다. 그의 시선이 그녀를 따라와도 모른 척하는 수밖에. 상처는 깊지 않았지만 그는 따가운지 눈가를 찡그렸다. 고은은 할머니에게 했던 습관대로 소독한 곳을 후, 하고 불어 주었다.

후후. 그녀가 다정한 바람을 불 때마다 도하는 눈가가 아니라 심장이 간지러웠다.

5.
하루 종일 당신 생각만 해

　고은이 출근하고 2층으로 올라온 도하는 할 일이 없어 멍하니 베란다에 앉아 콩이를 바라봤다. 녀석은 낮에는 잠만 자는 편이었다. 고양이가 야행성 동물이라고 했던가. 어느 작품의 대본에서 읽었던 기억이 떠올랐다.

　그 생각이 들자 도하는 캐리어를 열었다. 윤 대표가 챙겨 넣었을 시나리오와 대본집이 한 묶음이었다. 영화, 미니시리즈, 단막극 등 분야도 각양각색이었고, 캐릭터의 성격도 다양했다.

　마지막으로 그가 연기한 작품은 재벌 3세인 건설사 상무가 출장지에서 만난 첫사랑과 재회해 사랑에 빠지는 멜로물이었다. 주말 황금시간대에 방영된 드라마는 영화계에서 잔뼈가 굵은 흥행 감독의 TV 데뷔작이었다. 그만큼 돈을 쏟았고, 캐스팅에 공을 들였다.

남자 주인공이 우도하면 여자 주인공은 신인이어도 상관없다고 할 만큼 감독과 작가는 도하의 대중적 인기와 연기를 신뢰했다. 하지만 뚜껑을 열자 예상치 못한 상황이 펼쳐졌다. 그의 연기는 이전과 전혀 달랐다. 이혼 이후 처음으로 내놓은 작품이라 감정 연기가 더 물이 올랐을 줄 알았기에 기대는 오히려 더 큰 반감을 가져왔다.

첫 화부터 악평이 쏟아졌고, 끝내 연기력 논란으로까지 이어졌다. 감독은 도하에게 수위 높은 막말을 내놓기도 했다. 심적으로 무슨 문제가 있는지는 모르겠지만 그걸 작품에 드러내는 배우가 제대로 된 배우냐고. 왜 자신의 드라마 데뷔작에 똥을 뿌리냐며 술기운을 빌려 그에게 선 넘는 행동을 일삼았지만 도하는 거기에 전혀 반응하지 않았다.

'제 연기가 여기까지인가 보죠.'

그는 자신의 상황을 직시하며 철저히 객관화된 태도를 보였다. 안절부절못하며 감독에게 사과한 것은 오히려 윤 대표였다. 아직 이혼의 아픔이 남아 있어서 그런 것 같다고. 잘 풀어 나가자고 설득했지만 이미 감독과 배우가 틀어진 작품이 좋은 결과를 가져올 리 없었다.

드라마는 조기 종영 되었고 윤 대표의 회사도 주가가 휘청거렸다. 도하는 그 모든 일에 대해 전혀 감정을 쓰지 않았다. 그때의 그는 연기가 재미없었고, 작가가 보내온 대본을 읽어도 이해가 되지 않았다. 캐릭터와 한 몸이 되지 못했으니, 제대로 발현되지 않는 건 당연했다.

도하는 윤 대표가 멜로만 싹 빼고 골라 놓은 시나리오를 들여다보고는 쓴웃음을 지었다. 다른 역할을 한다고 해서 달라질까. 이미 배우란 직업에 미련이 없어졌다. 어차피 처음부터 원대한 목표를 가지고 시작한 게 아니었다. 돈이라면 넘쳐 나는 집안에서 태어났고, 대중의 관심에 목숨을 거는 성격도 아니었다.

"야옹."

콩이가 잠에서 깨어났는지 도하 쪽으로 다가왔다. 고양이의 날카로운 발톱을 보자 오늘 아침에 생긴 상처가 다시 생각났다. 거실 바닥에 누운 채로 그는 자신의 눈가를 손가락으로 만졌다. 눈이 저절로 감겼고, 당연한 듯이 고은의 얼굴이 떠올랐다.

가까이에서 본 여자의 얼굴은 느낌이 또 달랐다. 창백해 보이던 살결이 마치 새하얀 도화지처럼 보이는 마법에 걸린 것만 같았다. 깨끗한 바탕 위에 눈, 코, 입이 오밀조밀하게 들어차 있었다. 입술은 남들보다 더 도톰해 자꾸만 만지고 싶은 충동을 불러일으켰다.

"하아……."

도하는 또 어쩌다 보니 아래가 뻐근해졌다. 할 일도 없는데 콘돔이나 사러 갈까. 실없는 생각이 들기도 했다. 그리고 무엇보다 핸드폰이 필요했다. 답답한 사람은 고은이 아니라 오히려 그였다. 그녀가 출근한 지 몇 시간이 지났다고 또 그 얼굴이 아른거렸다. 도하는 답이 없다 생각하며 천천히 몸을 일으켰다.

[핸드폰 만들었어요.]

[이쪽으로 연락해요.]

[저기요.]

[똑똑.]

[이고은 씨 폰 아닙니까?]

도하의 문자는 거기서 멈춰 있었다. 고은은 낯선 번호로 날아온 문자를 한참이나 내려다봤다. 당연히 핸드폰 같은 건 만들 생각이 없는 줄 알았다. 할머니가 답답해하셨지만 그건 어쩔 수 없는 부분이었다.

고은은 도하가 핸드폰도 없이 지내는 생활이 길지 않을 것이라 여겼다. 그가 당장 내일이라도 서울로 떠나 버릴지도 모른다는 가능성을 항상 가슴속에 가진 채 지내는 건 당연했다. 그런데 도하가 일부러 새 번호까지 만들었다. 고은의 한숨은 좀 더 깊어지고 말았다.

"그러다 땅 꺼지겠다?"

익숙한 목소리에 고은이 고개를 들었다. 눈앞엔 미선이 서 있었다. 두 사람은 언제부턴가 일주일에 세 번 이상은 만나 수다를 떨었다. 늘 고은이 학원을 마칠 때쯤 미선이 안주와 맥주를 사 들고 나타났다. 지금의 행동이 익숙한 루틴임에도 고은은 잠시 당황하며 뒷일을 생각했다.

결국 도하에게 답장을 쓰지 못하고 핸드폰을 주머니에 넣었다. 뭐라고 말할까. 지금의 관계가 지속되면 결국 상처받을 사람은 그녀뿐이란 건 자명했다. 그 길 속으로 빠져들지 않기 위해서 무던히도 노력했지만 쉽지가 않았다.

"오늘은 족발이야?"

고은이 미선의 손에 들린 봉투를 보며 자리에서 일어났다. 학원 정리는 대충 마무리한 상태였다. 얼른 일을 마치고 일찍 집으로 돌아갈 생각이었다. 딱히 할 일은 없었지만 그렇다고 일부러 약속을 잡고 싶지도 않았다.

"태진 오빠가 온다고 해서. 넉넉하게 샀어. 괜찮지?"

미선이 잠시 고은의 눈치를 보며 물었다. 네가 부담되면 언제든지 말하라는 건 유효했다. 어쩌다 보니 그녀가 중간다리 역할을 하고 있었지만 누구의 편도 아니라고 했다. 솔직히 말하면 고은의 행복이 최우선이라고 못을 박았다.

"지금 와서 오지 말라고 하는 것도 웃기잖아."

"오지 말라고 해?"

미선이 호들갑스럽게 자신의 핸드폰을 꺼내려 했다. 고은은 잠시 친구를 노려볼 뿐 별말을 하지 않았다. 미선은 한 번만 봐달라는 듯 두 손을 모아 고개를 숙였다. 아무래도 오늘의 만남은 태진이 사촌 동생의 옆구리를 찌른 것 같았다.

"오빠도 친구같이 지내자고 해서 괜찮을 줄 알았는데 내가 그게 안
될 것 같아. 아무래도 조만간 잘 말해야겠어. 괜히 시간 낭비 하게 만
들고 싶지 않아."

고은이 테이블 위에 음식을 내려놓으며 덤덤하게 자신의 입장을
전했다.

"그렇게 싫어? 도저히, 이게 안 될 것 같아?"

미선은 눈을 질근 감고 키스하는 흉내를 냈다. 친구의 직설적인 표
현에 고은은 헛웃음이 터질 수밖에 없었다. 매사에 시원시원하고 호
탕한 편인 미선은 늘 이성을 보는 기준이 그것이라고 말하곤 했다. 이
사람과 내가 키스를 할 수 있을까, 없을까. 그 생각만으로 답은 결정
된다는 것이었다.

고은은 잠시 태진을 머릿속에 떠올렸지만 상상은 제대로 발현되지
않았다. 아무래도 아니다, 가 맞을 것이다. 태진은 좋은 사람이었지만
그와 있을 땐 그저 편안한 오빠 같다는 생각만 들 뿐이었다.

반대로 도하와 있을 땐 그녀의 심장이 너무나도 달랐다. 아침만 해
도 그랬다. 그의 상처를 치료해 준다는 이유로 너무 붙어 앉아 있었
다. 도하는 한시도 고은에게서 시선을 떼지 않았다. 그가 짙은 눈빛으
로 그녀를 직시할 때면 고은은 마치 발가벗겨지는 기분이었다. 심장
과 아랫배가 동시에 아릿하게 아팠다. 그걸 뭐라고 설명해야 할까. 그

통증을 친구 미선에게 말하면 도하에 대한 자신의 마음을 인정해 버리는 것 같아 고은은 쉽게 입을 열 수가 없었다.

"어, 미선이 벌써 왔구나?"

그때 학원 안으로 태진이 뛰어 들어왔다. 그의 재킷 위에는 빗방울이 묻어 있었다. 고은은 놀라 창가 쪽을 바라봤다. 언제부터였는지 모르겠지만 비가 내리는 중이었다. 할머니가 걱정할지도 모른다는 생각이 들어 고은은 얼른 핸드폰을 꺼냈다.

[비 와요. 혼자 올 수 있어요?]

[내가 데리러 갈까요?]

도하에게선 두 개의 문자가 더 들어와 있었다. 고은은 어쩔 수 없이 채팅창을 열었다. 친구가 와서 조금 늦을 것 같다는 말을 남기려는데 곧장 그의 번호로 전화가 걸려 왔다. 고은은 잠시 눈치를 보고 화장실 쪽으로 향했다.

"네, 저예요."

— 많이 바빠요?

도하의 목소리에는 서운함이 가득 묻어 있었다. 그게 뭐라고. 고은은 잠깐 가슴이 두근거렸다. 이렇게 그녀를 찾은 적은 단 한 번도 없었다. 같이 살았을 때 '늦는다', '먼저 자라'라고 말하는 쪽은 늘 도하였다. 그녀가 묻지 않아도 자신의 상황을 메시지로 보내 주는 편이었지만 고은은 도하가 늦거나 없는 날은 하염없이 우울해져 버렸다.

"이제…… 정리하고 마무리했어요."

— 아, 그럼 내가 지금 데리러 갈게요.

도하가 급하게 움직이는 소리가 들렸다.

"아뇨. 괜찮아요."

— ……

"친구가 왔어요. 좀…… 늦을 것 같아요."

— 아……. 그렇구나. ……많이 늦어요?

그가 그대로 전화를 끊지 않고 물었다. 고은은 잠시 뒤를 돌아보다 입술을 깨물었다. 의미 없는 행동들로 흔들려선 안 되었다. 그녀에게 그럴 의무 같은 건 이제 남아 있지 않았다.

"기다리지 마세요. 알아서 갈게요."

고은은 자신의 말만 뱉고 통화 종료 버튼을 눌렀다. 은금에겐 미선과 함께 있으니 걱정하지 말라는 문자를 보냈다. 곧장 조심해서 오라는 답장이 날아왔다. 모든 게 완벽하게 마무리되었는데 심장은 아침처럼 또 한 번 통증이 일었다. 고은은 그것 역시 무시해야 한다고 생각했다.

"고은아, 어서 와. 식으면 맛없어."

태진이 그녀를 보고 손짓을 했다.

"오빠, 족발은 원래 식은 게 더 맛있거든?"

그 옆에서 미선이 얄밉게 말을 받았다.

"넌 지금부터 그냥 조용히 족발만 먹는 게 어때?"

태진의 타박에 미선이 그에게 짧게 혀를 내밀고는 족발을 한 쌈 크게 싸서 자리에 와 앉는 고은에게 먼저 내밀었다. 고은은 고맙다며 그것을 맛있게 받아먹었다. 맥주까지 알맞게 들어가자 창밖의 빗소리도 안주가 되는 것 같아 기분이 나아졌다. 그때 어두운 인영 하나가 멀리서 그녀의 학원 쪽을 바라보다 천천히 돌아서는 것 같았지만 잘못 본 것이라 생각했다.

비는 금방 그쳤다. 고은은 평소보다 빠르게 자리를 정리하고 학원을 빠져나왔다. 태진이 집까지 데려다준다고 했지만 그녀는 단호히 거절했다. 친구의 표정을 단번에 읽어 낸 미선이 붙잡듯 태진의 팔짱을 끼고 돌아섰다. 그러고는 고개를 돌려 고은에게 눈짓을 했다. 자신이 알아서 처리하겠다는 표시였다. 고은은 미선을 향해 흐리게 웃어주고 집 쪽으로 걸음을 옮겼다.

술은 맥주 한 잔만 먹은 상태였지만 어쩐지 기분이 가라앉았다. 알수 없는 우울감과 불안함은 강릉에 내려오고 많이 좋아졌다고 생각했는데 도하가 나타난 이후부터 다시 발병한 것 같았다. 후……. 작은한숨을 자꾸만 내쉬게 된 고은은 생각하지 않으려 걷는 행위에만 집중했다.

어느새 집 앞에 도착했다. 오늘은 어쩐 일로 1층의 불이 켜져 있었다. 그리고 도하가 있는 2층 역시 환한 불빛이 새어 나왔다.

고은은 잠시 시계를 내려다봤다. 자정이 넘은 시간이었다. '데리러 오겠다'는 말과 '많이 늦느냐'는 그의 물음이 가슴 안에 꽉 박혀 떨어지지 않는 것만 같았다. 고은은 마음을 다잡고 1층부터 향했다.

비밀번호를 누르고 안으로 들어서자 은금이 소파에 기댄 채 잠들어 있었다. 은금은 고은을 기다리며 뜨개질을 하다가 이렇게 스르르 잠에 빠져드는 일이 많았다. 그럴 때마다 고은은 죄책감을 느꼈다. 누군가를 기다리게 하고 싶지 않아서였다.

하지만 은금은 그 기다림까지 자신의 몫이라며 고은에게 화를 내기도 했다.

'너를 기다리는 시간까지 내 사랑이야. 그걸 하지 말라고 하는 건 너라도 안 되는 거야.'

한 번씩 은금은 시 같은 말을 하곤 했다. 어릴 적부터 책을 좋아했고 문학에 관심이 많은 소녀였다고 했다. 하지만 힘든 집안 환경에 삶이 녹록지 않아 꿈은 그저 꿈으로 간직하고 살아야 했다고. 은금은 본인의 이야기를 손녀인 고은에게 전하며 행복한 삶에 대한 생각들을 충고했다. 하나뿐인 아들을 바다에 떠나보내고 그녀가 가졌을 후회와 애달픔, 고통은 고은이라도 완전히 이해하지 못할 것이다.

은금은 고은에게 그저 너는 너로 살아 주기만 해 달라고 부탁했다. 아픈 날도 있겠지만 너를 포기하지 말라고. 은금이 고은의 손을 꼭 잡아 주면 고은은 할머니를 한참 동안 안아 주었다. 그게 두 사람의 위로법이었다.

"할머니."

고은이 은금을 흔들어 깨웠다.

"어? 왔어? 우리 손녀……."

은금이 잠결에 고은의 손을 붙잡았다.

"들어가서 주무세요."

"그래, 그래. 내가 깜박 졸았나 보네."

은금은 소파에서 일어나 안방으로 향했다. 고은은 혹시 몰라 그녀를 부축했다. 손녀의 과보호에 은금이 실없는 웃음을 내놓았다. 고은은 침대에 몸을 누인 할머니의 손을 놓지 않고 움켜잡았다. 오늘따라 어리광을 피우려는 고은을 바라보곤 은금이 그녀의 뺨을 어루만져 주었다.

"뭐가 또 미안해서 이럴까?"

"나 혼자만 맛있는 거 먹고, 재밌게 놀다 왔잖아."

고은이 어린아이처럼 실토하자 은금은 웃음을 터뜨렸다. 손녀의 그 마음을 다 알아 은금은 가슴이 아팠다. 하루하루가 행복해야 할 젊은 날이었다. 그런 고은의 앞날을 자신이 막고 있다는 기분이 드는 건 어쩔 수가 없었다. 고은이 좀 더 행복했으면. 좀 덜 아팠으면. 이제 은금의 소원은 그것뿐이었다.

"나도 너 없을 때 재밌게 놀았거든?"

고은이 가진 마음의 짐이 안쓰러워 은금은 안 해도 될 말을 꺼냈다.

"진짜?"

"그래. 2층 친구가 내려와서 같이 저녁 먹고, 산책도 하고. 얼마나 싹싹하게 말을 잘 받아 주는지. 너보단 조금 못한데 그래도 이 할미 맘엔 최고야."

"……."

고은은 잠시 말을 잃었다. 도하가 할머니에게 자신이 못 한 역할까지 해 주고 있을 줄은 몰랐다. 처음엔 그저 인사치레로 할머니에게 친근하게 대하는 줄만 알았다.

"그리고 콩이 밥이 다 떨어졌더라. 네가 인터넷으로 시킨다고 말렸는데 자기가 시간이 많으니 시내 가서 사 온다고 나갔어. 그러고는 이것저것 간식까지 챙겨 왔더라고. 나 좋아하는 거라고 과일도 어찌나 많이 사 왔는지. 내가 받고 정신이 없어서 챙겨 주질 못했어. 너 올라가는 길에 주고 가."

"……아, 어."

"아까는 너 데리러 간다고 우산까지 빌려 갔는데……."

은금은 거기까지 말하다가 잠에 빠져들었다. 고은은 그대로 심장이 얼어 버릴 수밖에 없었다. 그가 혹시나 그녀를 데리러 왔던 걸까. 그저 잘못 본 것인 줄 알았는데 그때 봤던 그림자가 도하였을까. 고은은 미안함으로 가슴이 무거워졌다.

콩이의 밥은 오늘 밤쯤 시킬 생각이었다. 평소엔 미리 시켜 놓는 편이었지만 도하가 그 집에서 지내는 걸 의식하다 보니 뒤늦게 알아차리게 되었다. 콩이를 위해 나서 준 그의 행동과 할머니를 위해 이것저것 신경 쓴 그의 마음들을 떠올리자 고은은 생각이 더 복잡해졌다.

그는 고은과 가까워지기 위해 노력하는 중이었다. 기억을 찾겠다고 했으니 그 나름의 생각이 있을 텐데. 고은은 자신의 감정 때문에 그를 멀리하고 밀어내기만 했다.

할머니가 잠든 걸 확인하고 고은은 부엌으로 나왔다. 그가 사 온 과일 바구니가 떡하니 식탁 위에 놓여 있었다. 첫날 사 왔던 과일도 아직 다 먹지 못했는데 그는 그것보다 더 많은 과일을 할머니에게 안겨 주었다.

고은은 도하가 과거에 좋아했던 과일 몇 가지를 따로 챙겼다. 올라가는 길에 건네주고 갈까. 만약 그게 힘들 것 같으면 내일 아침에라도 가져다 놓을 생각이었다. 물건을 들고 현관을 나온 고은은 천천히 계단을 올랐다. 2층에서 멈춰 선 그녀는 아직까지도 불빛이 새어 나오는 문 쪽으로 걸었다.

그 앞에 서자 또 심장이 쿵쾅댔다. 고은은 망설이다 초인종을 눌렀다. 하지만 답은 없었다. 불을 켜고 잠든 건가. 고은은 비밀번호를 누르고 들어가는 건 하지 않을 생각이었다. 뒤돌아서 3층 계단을 오르려는데 뒤쪽에서 현관문 열리는 소리가 들렸다. 고은이 뒤를 돌아봤다. 도하가 현관문에 기대선 채 그녀 쪽을 보고 있었다.

"……가 버릴 거면 왜 눌렀어요?"

그의 목소리가 가라앉은 채로 흘러나왔다. 눈빛 역시 어쩐지 그늘져 보였다. 고은은 천천히 움직여 그의 앞으로 다가갔다. 시선을 맞추기 위해 고개를 들어 올렸다.

"이거. 할머니가 너무 많다고 주셨어요."

고은은 과일이 담긴 봉투를 그에게 내밀었다. 하지만 그는 봉투를 건네받지 않고 그저 가만히 그녀를 내려다볼 뿐이었다. 고은은 그제야 그에게서 은은한 술 냄새가 풍긴다는 걸 깨달았다. 도하는 조금 흐트러진 눈빛으로 어깨만 으쓱거렸다. 그러고는 문을 열어 둔 채 안으로 들어가 버렸다.

봉투를 내민 채 서 있던 고은은 잠시 멍해졌다. 어쩔 수 없이 그를 따라 집 안으로 들어갔다. 콩이를 챙겨 줘서 고맙다는 마음도 전해야 했다. 그녀가 안으로 들어서자 도하는 이미 식탁 자리에 앉은 상태였다.

그 위에는 도수 높은 위스키가 몇 병이나 빈 채 놓여 있었다. 그가 술을 마시고 취한 모습은 본 적이 없었다. 술 마시는 데 취미가 없다고 했었다. 윤 대표는 몸 관리 때문에 도하가 술을 멀리한다고 알려 주기도 했다.

"술…… 괜찮아요?"

고은이 식탁 근처에 서서 걱정스럽게 물었다.

"안 괜찮을 게 뭐 있어요."

도하는 짧게 웃고는 종이컵 안에 위스키를 따랐다. 제대로 된 유리잔은 없다 치더라도 안주까지 생략한 식탁 위가 고은의 마음을 불편하게 했다. 그녀는 불쑥 그의 앞으로 다가가 도하의 손에 들린 종이컵을 뺏었다. 그녀의 행동에 그의 고개가 고은에게로 향했다.

"그만 드세요."

고은은 그의 시선을 무시하며 술병을 치웠다. 그리고 도하 앞에 물한 잔을 가져다 놓았다. 그는 고은의 행동을 그저 지켜보다가 흐린 웃음만 지었다.

"지금…… 화내는 거예요?"

"술은 어떻게 샀어요?"

그 물음을 내뱉는 순간, 고은은 뒤늦게 목구멍에 뭔가가 탁, 하고 걸린 것만 같았다. 아무리 감추어도, 그는 누가 봐도 우도하였다. 그를 조금이라도 아는 팬이라면 당장이라도 알아챌 것이다. 그런 남자가 강릉 시내의 마트를 돌아다니며 고양이 사료를 고르고 양주까지 샀다. 당장 내일이라도 도촬한 사진이 SNS에 오를지도 모를 일이었다.

"알아보는 사람 없었어요?"

심각해진 얼굴로 고은이 다시 한번 물었다.

"알아보면 어때요?"

그는 어깨를 으쓱할 뿐이었다. 취기가 도는지 자꾸만 눈을 감고 부엌 벽에 몸을 기댔다. 고은은 어쩔 수 없이 그의 앞으로 다가갔다. 여기서 잠들면 안 된다는 생각뿐이었다.

"도하 씨. 여기서……."

그때 도하가 고은의 허리를 붙잡아 끌어안았다. 순식간에 일어난 일이었다. 고은은 놀라 몸을 빼려 했지만 그의 힘을 당할 수가 없었다. 도하는 눈을 감은 채 고은의 아랫배에 얼굴을 비볐다. 두 사람은 침묵한 채 잠시 그 자세로 시간을 보냈다. 고은은 가슴이 쿵쿵 울리며 얼굴이 점점 뜨거워졌다.

"도하 씨."

"친구랑…… 재밌었어요?"

그가 조용히 물었다.

"자주 만나는 친구예요. 그래서 어쩔 수 없이……."

고은은 자신이 이런 변명을 하는 것도 우습다는 생각이 들었다. 도하도 그런 마음이 들었는지 웃음을 흘리며 고개를 들었다. 하지만 그녀를 안고 있는 팔은 풀지 않았다.

"여기 있으면 안 좋은 점이 뭔 줄 알아요?"

그가 뜬금없는 말을 했다.

"……."

고은은 어떤 대답도 할 수 없었다. 그녀에게 몸을 겹친 그의 체온은 뜨끈했고, 아랫배엔 뭉근하게 힘이 들어갔다. 어찌 이럴 수 있는지. 그녀 스스로도 혼란스러웠다. 그걸 아는지 모르는지 도하는 그녀를 잠자코 올려다봤다. 그 눈빛이 너무 깊고 짙어 고은은 숨이 막혔다.

"하루 종일 당신 생각만 해."

"……."

"그게…… 아주 문제야."

도하가 몸을 일으켰다. 그러고는 고은의 두 뺨을 붙잡고 자연스럽게 입술을 부딪쳐 왔다. 알싸한 알코올 향이 입 안으로 밀려들어 왔다. 혀가 얽히자 그는 사납게 입 안을 점령해 갔다. 무릎이 푹푹 꺾일 만큼 거친 키스였지만 고은은 쉽게 뿌리칠 수 없었다. 그가 그녀를 꽉 끌어안고 절대 놓지 않으며 내놓은 키스가 어쩐지 너무 절박해 보여 가슴이 아팠다.

○ ● ○

무언가가 허리를 감싸더니 가슴 안으로 파고들었다. 당연히 콩이라 여겼다. 같이 지낸 지 얼마나 됐다고 벌써 녀석의 행동을 파악했다. 새벽부터 아침까지 귀찮은 괴롭힘이 이어졌다. 그의 품으로 비집고 들어와 같이 잠들 땐 이상하리만큼 마음이 편안해졌다. 작은 고양이 한 마리에 따뜻함을 느꼈다.

도하는 낯선 공간에서 홀로 지내는 지금의 상황이 그를 나약하게 만들었다고 생각했다. 그래서 어젯밤 고은의 학원에 갔다가 홀로 돌아오는 길에 편의점에 들러 술을 샀고, 안주도 없이 양주 여러 병을 몸속에 들이부었다.

어떤 것에도 크게 반응하지 않고 특별히 약한 것도 없는 그이기에 술도 웬만큼은 받아 냈다. 하지만 즐기지는 않았다. 배우로서 몸을 관리해야 하기도 했지만 굳이 술로 감정을 풀어야 할 만큼 힘든 일도 없었다. 그만큼 나약했다면 그는 허수아비 같은 아버지 밑에서 버티지 못했을 것이며 배우로 사는 삶을 택하지도 않았을 것이다.

모든 게 쉬웠다. 그러니 간절한 것도 없었고, 살면서 절박한 마음을 느껴 본 적도 없었다. 그런 그에게 고은은 자꾸만 다른 감정을 느끼게 했다. 아침엔 그의 심장을 간질여 놓곤 오후엔 다른 남자를 향해 웃어 주었다.

배신감이었을까. 소유욕인가. 그것으로는 다 설명할 수 없는 아린 통증이었다. 가슴께가 자꾸만 쑤시듯 아팠다. 도하는 그래서 술이라도 마셔야 했다. 빈 병이 늘어 갈 즈음 초인종이 울렸다. 고은일 것이라 예상했지만 몸이 쉽게 일으켜지지 않았다.

만약 그녀라면 무슨 짓을 할지 몰랐다. 술이 오른 상태였기에 당장이라도 그녀를 제 품에 가둬 놓고 기억 따윈 잃어버리지 않은 사람처럼 왜 날 떠났냐고 소리칠 것만 같았다. 그것만은 막아야 하지 않는가.

미친놈이 따로 없었다. 그는 자신이 제정신으로 사는 인간이 아니란 걸 잘 알고 있었지만 그 사실을 고은에게만은 들키고 싶지 않았다. 단 한 사람, 그녀만은 모르게 하고 싶었다. 그래서 모든 걸 고은에게 맞췄고, 그녀에게 함부로 하지 않았다.

그 결과가 이것이라니. 도하는 다시 억울함이 들어 벌떡 몸을 일으키고 말았다. 문을 열었다. 돌아서 계단으로 향하는 고은을 보자 또 가슴 쪽에서 통증이 느껴졌다. 돌아서지 말라고. 뒷모습을 보이는 여자를 돌려세워 그만 바라보게 하고 싶었다. 지금의 바람은 그것뿐이었다.

"흐응……."

잠에 취한 칭얼거림에 도하가 천천히 눈을 떴다. 그의 가슴 아래에 붙어 있는 건 고양이가 아니었다. 고은이 좀 더 그에게로 바짝 몸을 밀착시켰다.

"하……."

어이없는 웃음이 터지려 해 그는 얼른 손바닥으로 제 입을 막았다. 그녀를 깨우기 싫었다. 마치 사랑하는 연인이라도 되는 것처럼 꽉 달라붙어 있는 여자가 이렇게 사랑스러울 줄은 몰랐다. 아직 술이 깨지 않은 걸까.

그는 가만히 잠든 고은의 모습을 내려다봤다. 새근새근 아기같이 숨을 쉬는 여자는 눈가가 젖어 있었다. 울었던 걸까. 누구 때문일까. 그것까지 모두 다 알고 싶다는 질투심이 일었다. 그래. 어제부터 그를 괴롭힌 것은 부정할 수 없는 질투심이었다. 그녀를 혼자 독차지하고 싶은 마음. 그것이 아니면 설명이 되지 않았다.

도하는 손을 내려 그녀의 헝클어진 머리카락을 쓸어 냈다. 고은은 좀 더 그에게 달라붙어 가슴에 얼굴을 묻었다. 이 상황이 좋긴 좋았는데 그때부터 다른 문제가 생겼다. 그가 의식하지 못한 사이 아래가 이미 단단해져 있었다.

"후……."

그는 짧은 신음을 내놓고 팔로 자신의 이마를 짚었다.

전신이 오직 한 여자에게만 반응하는 것처럼 고은의 모든 것들이 성욕으로 연결되었다. 연한 쌍꺼풀이 길게 진 눈가. 그 아래에서 나풀거리는 속눈썹. 새카맣게 빛나는 눈동자. 알맞은 크기의 동그란 코. 만지고 싶은 충동을 일으키는 도톰한 입술까지. 모든 게 도하를 수시로 자극했다.

이런 그녀를 안는다면 어떨까. 그날이 금방 올 줄 알았는데 그는 자신도 놀랄 만큼 참고 있었다. 안고 나면 모든 감정들이 사라질 것이라 생각해서일까. 도하는 예측할 수가 없었다. 그래서 한편으론 두렵기도 했다.

이 여자를 처음 봤을 때 그랬다. 우도하가 아니라 계약 조건에 반응하던 모습이 그의 흥미를 자극했다. 살아 보니 자꾸만 돌아보게 하는 매력이 있었다. 그걸 티 내지 말아야 한다고 생각했다. 그게 고은을 배려하는 거라고.

배려라니. 도하는 웃음이 터졌다. 당장이라도 품에 가둬 놓고 짐승처럼 욕구를 풀어 내고 싶어서 안달 난 상태인 놈이 고상한 척을 얼마나 해 댔는지 이제야 깨달음이 들었다.

도하는 천천히 손을 내려 고은의 이마를 만졌다. 잠깐 그녀의 눈가가 찡그려졌다. 그게 또 심장을 간질거리게 만들었다. 도하는 손을 떼지 못하고 코를 훑고 입술까지 내려갔다. 그때 고은의 눈이 천천히 떠졌다. 그녀의 눈 안에 순식간에 놀람과 두려움이 가득 들어찼다.

"여기……."

상황을 파악한 고은이 벗어나려 몸을 움직이는 순간, 도하가 그녀를 더 꽉 끌어안았다. 고은이 버둥거렸지만 그는 놓지 않았다. 어젯밤에도 이랬다는 게 떠올랐다. 고은에게 막무가내로 키스를 퍼붓고 그녀를 안은 채 가지 말라고 애원했다. 옆에 있어 달라고. 머리가 너무 복잡하고 아파서 혼자 있고 싶지 않다고. 가증스러운 거짓말을 내놓으며 그녀를 자신의 침대로 이끌었다.

그래 놓고선 그가 먼저 잠들어 버렸다. 새벽에 눈을 떠 보니 그에게 손이 붙잡힌 채 바닥에 앉아 침대에 얼굴을 묻고 잠든 고은이 보였다. 도하는 그녀를 안아 들어 그의 옆에 눕혔다. 그리고 다시 잠들었다. 고은이 누구로 착각한 것인지 모르겠지만 그의 가슴으로 파고든 건 그의 잘못이 아니었다. 도하는 그렇게 뻔뻔한 생각에 이르렀다.

"우리…… 분명히 같이 잤을 거예요."

가만히 말을 내놓으며 고은을 안고 있는 팔의 힘을 살짝 푼 도하가 그녀를 내려다봤다. 고은은 잔뜩 긴장한 채 그에게 시선을 맞췄다. 겁이 나는 건 당연했다. 이미 그녀로 인해 반응하고 있는 그의 몸의 변화를 느꼈을 테니. 하지만 어떻게든 그에게서 몸을 떼려는 그녀가 얄미워 더욱 거짓말을 내놓고 싶었다.

"그렇지 않고서야 이렇게 착 달라붙어서 잠들 수 있겠어요?"

"그건……. 아니, 일단, 이것 좀 풀어 주세요."

고은이 사정하듯 그의 팔을 붙잡았다.

"그래 주면?"

그가 진지하게 물었다.

"네?"

"그래 주면, 고은 씨는 나한테 뭘 해 줄 건데요?"

고은은 황당한 얼굴이었다. 장난은 그만하라며 사늘하게 그를 바라봤다가 그의 아래를 확인하곤 자신도 모르게 얼굴을 붉혔다. 그게

156

얼마나 사람을 미치게 하는지도 모른 채. 도하는 두 손으로 고은의 뺨을 붙잡았다.

"직접 보니까 알겠죠?"

그가 느리게 웃었다.

"내가 얼마나 당신한테 반응하는지."

도하가 그녀의 입술로 자신의 입술을 가져가려 하자 고은이 그를 밀어 냈다.

"만약에…… 아니라면요."

그녀는 붉어진 얼굴로 당돌하게 되물었다.

"뭘?"

도하는 그녀의 질문을 이해하지 못했다.

"우리가 잔 사이가 아니면, 그땐…… 돌아갈 거예요?"

고은의 물음은 쉽게 해석되지 않았다. 돌아가지 말라는 것인가. 돌아가 달라는 건가. 도하는 그 두 가지 선택지를 모두 고려하지 않고 있었다. 그는 그다음을 생각하지 않고 지금 그녀를 바라보는 중이었다. 하지만 고은은 달랐다. 다음을 보고 오지도 않을 미래에 대해 미리 걱정했다.

"우선 해 보고 나서 생각할게요."

도하가 그녀를 붙잡아 침대 안에 가두자 고은은 그의 시선을 피했다.

"지금은 싫어요."

"……."

"오늘 밤에, 3층으로 오세요."

고은이 할 말을 끝맺고 침대 아래로 내려섰다. 도하는 그녀를 붙잡지 않았다. 고은이 현관문을 닫고 나가는 소리가 들리자 도하는 침대에 머리를 대고 누웠다. 입가엔 저절로 미소가 그려졌다. 정말 욕정에 미친놈이 되어 버린 것인가. 잠자리 따위가 뭐라고. 이리도 큰 의미를 부여하고 있는 자신이 우스웠다.

하지만 고은이 제 스스로 그 마음을 먹었다는 게 고마웠다. 그만큼 그에게 마음을 연 것이라 여길 수밖에 없지 않은가. 그때 어디선가 진동 소리가 울렸다. 도하는 자신의 핸드폰이 아니란 걸 단박에 알아챘다. 그는 거실로 걸어 나가 부엌 쪽을 뒤졌다. 고은의 가방이 거기에 그대로 있었다.

저절로 웃음이 났다. 얼마나 정신이 없었으면. 가방도 챙기지 않고 그대로 내뺐나. 그러면서 오늘 밤은 어떻게 감당할지, 그걸 지켜보는 맘이 아주 재미있을 수밖에 없었다. 도하는 진동음이 끊긴 가방을 들었다. 그때 다시 핸드폰이 울렸다. 그는 망설임 없이 핸드폰을 꺼내 화면을 바라봤다.

[태진 오빠]

아주 사방에서 그를 공격하며 질투심을 일으키게 만들었다. 도하는 사늘하게 웃고는 핸드폰을 다시 가방에 집어넣었다. 대충 챙겨 입고 집을 빠져나온 그는 1층 초인종을 눌렀다. 은금이 곧장 나와 그를 반겼다.

"이거, 고은이가 두고 가서요. 전해 주세요."

도하가 고은의 가방을 은금에게 건넸다. 이게 무슨 일인가 싶어 잠시 멍하게 서 있던 은금은 일단 웃으며 그것을 받았다. 고은에게 과일을 가져다주라고 했으니 2층에 들렀을 텐데. 그때 가방을 두고 간 건가. 그렇다면 3층에 올라가서 건네주면 될 것을 왜 1층으로 가지고 내려왔을까. 은금은 궁금증이 생길 수밖에 없었다. 그러나 일단은 모른 척 넘어가기로 했다.

"그래. 고마워. ……아침은?"

"아, 저는 괜찮습니다."

도하가 예의 있게 거절했다.

"왜? 같이 먹어. 일부러 많이 했는데."

"그게…… 어제 술을 좀 마셨더니 속이 쓰려서요."

그렇다면 더 해장을 해야 할 텐데. 은금이 도하의 의중을 몰라 가만히 서 있자 그는 잠시 배를 쓰다듬다가 그녀에게 물었다.

"이 근처에 약국이 어디 있죠?"

약국 문은 아침 일찍부터 열려 있었다. 그 앞을 부지런하게 쓸고 있는 한 남자를 보자마자 도하는 그가 '태진 오빠'라는 걸 알아챘다.
강릉에 내려오기 전 고은의 뒷조사를 해 받아 낸 사진들 속에 자주 등
장하던 남자였다. 누구인지 알아내는 건 당연한 수순이었다.

직업은 약사. 이혼한 후 강릉에 내려와 약국을 차렸고, 전 부인과
의 사이에 아이는 없었다. 고은과는 연결고리를 찾기 힘들었지만 그
녀가 친하게 지내는 공무원 친구의 사촌 오빠라는 것까지 알아냈다.
남자는 한눈에 봐도 고은을 마음에 품고 있는 게 느껴졌다.

'좋아하는 사람이 생겼어요.'

이 남자 때문에 그 말을 한 건가. 처음엔 당연히 의심하기도 했다.
하지만 점점 그녀의 말이 거짓말일 수도 있을 것이란 생각이 들었다.
그렇다고 남자를 무시할 순 없었다. 어쩌면 지금은 도하보다 이 남자
가 고은에게 더 잘 어울리는 상대일 수 있었다. 그 객관적 현실이 도
하의 기분을 가라앉게 만들었다. 그리고 이 남자의 끈질긴 구애도.

"안녕하세요."

도하가 태진의 앞에 다가서 인사를 건넸다.

"아, 네. 안녕하세요."

막 쓰레받기와 빗자루를 정리하던 태진은 놀라 고개를 들었다. 모
르는 사람이었다. 그런데 어쩐지 낯이 익기도 했다. 잠시 바라보고 있
던 태진은 남자가 먼저 약국으로 들어서자 뒤늦게 그를 따라 안으로
들어갔다.

"놀러 오셨나 봐요?"

이 동네 사람은 아니었다. 그가 상대하는 대부분의 고객은 얼굴을 아는 동네 주민들이었고, 간혹가다 바닷가 마을에 놀러 온 관광객들도 들르곤 했다. 태진은 도하가 그런 사람들 중 한 명일 것이라 생각했다.

"아뇨."

짧게 대답한 도하는 태진이 데스크에 도착할 때까지 잠자코 기다렸다.

"어떤 약을 드릴까요?"

태진이 묻자 도하는 숙취에 좋은 약을 원했다. 태진은 곧장 알약과 음료를 꺼내 그의 앞에 내놓았다. 그러면서 다시 남자를 살펴보다가 익숙했던 이유를 알아차렸다.

"아, 혹시 배우……."

도하는 일부러 마스크를 쓰지 않았다. 알아보라고 내놓은 얼굴을 남자는 예상보다 뒤늦게 유추한 것 같았다. 어쨌든 그를 모르는 것 같지는 않아 잠시 시선을 마주했다. 그를 보는 눈빛이 그저 호기심으로 가득 차 있어 그는 단번에 남자가 고은과 자신의 관계를 모른다고 확신했다.

그도 그럴 것이 도하는 결혼을 결심하고 윤 대표에게 고은의 얼굴이 노출되지 않게 해 달라고 가장 먼저 당부했다. 고은의 사진이 어떤 식으로든 흘러 나가게 되면 모든 책임을 윤 대표가 지고 모조리 없애라는 협박성 부탁까지 했다.

톱스타 우도하의 결혼식치고는 정말 조용하게 지나갔다. 결혼사진이 몇몇 팬 사이트에 떠돌긴 했지만 순식간에 삭제되었고 그것을 올린 당사자도 종적을 감췄다. 윤 대표의 강력 대응이 효력을 발휘했고, 뒤처리도 빨랐다. 도하는 윤 대표의 능력 중 그것 하나는 인정했다.

그러나 이혼 후 고은에게 쏟아지는 악플은 윤 대표도 모두 감당하지 못했다. 결국 도하는 자신의 연기력 논란으로 그 잡음을 덮은 꼴이 되었다.

"얼만가요?"

도하는 남자가 그를 알아보고 물은 질문에 맞다고도 아니라고도 답하지 않았다. 그저 얼른 약값이나 계산하라고 눈짓을 보냈다. 그게 더 수상해 보였는지 태진은 자꾸만 도하를 힐끔거렸다. 그러든지 말든지 도하는 남자를 의식하지 않으며 주머니에서 지갑을 꺼내 현금을 내밀었다. 남자가 봉지 안에 약을 담아 건네주자 그는 간단하게 인사를 건네고 돌아섰다. 문을 열던 도하가 발걸음을 멈췄다.

"아, 여기 콘돔도 있습니까?"

뒤돌아 묻자 태진은 잠시 눈만 끔벅거렸다. 그러고는 손짓으로 입구 쪽 선반을 가리켰다. 도하는 그쪽으로 걸음을 옮겨 여러 종류의 콘돔을 훑었다. 그중에서 가장 큰 사이즈의 고가 콘돔을 박스째로 가져 가 데스크 위에 올려놓았다.

태진은 놀란 것 같았지만 티 내지 않고 계산을 한 뒤 돈을 받았다. 도하가 다시 인사를 건네자 태진은 어쩐지 인기 연예인의 비밀스런 사생활을 공유한 것 같았는지 시선을 피했다. 순진한 건가, 그런 척을 하는 건가. 도하는 잠시 입꼬리를 끌어 올렸다. 그걸 태진은 눈치채지 못했다.

"아, 진짠가⋯⋯."

도하가 약국을 나선 지 한참이 지난 후에도 태진은 계속해서 고개 를 갸우뚱했다. 핸드폰 인터넷 창을 켜 우도하의 사진을 찾아봤다. 맞 다는 확신이 든 순간, 그는 누군가에게 짧게 문자를 썼다. 그러자 곧 장 전화가 걸려 왔다. 태진은 사촌 동생의 괴성에 핸드폰을 잠시 귀에 서 떨어뜨렸다. 그리고 도하가 빠져나간 문을 한 번 더 바라봤다.

[최근 우도하 강릉 목격담 있나요?]

[헉! 미안, 미안 잘못 보냈어.]

문자는 거기서 멈춰 있었다. 고은은 미선과의 채팅창을 내려다보 다 곧장 통화 버튼을 눌렀다. 조금 뒤 미선의 목소리가 작게 흘러나 왔다. 사무실에서 업무 중일 시간이라 이때 전화를 건 적은 없었는데, 고은은 그것을 배려할 생각조차 하지 못했다.

— 어, 고은아.

"통화할 수 있어?"

— 어어. 지금 화장실. ······문자 때문에 걸었지?

미선은 우선 사과부터 했다. 우도하 팬 모임 채팅방에 올린다는 걸 그녀에게 잘못 보냈다는 것이었다. 고은은 어제 도하가 강릉 시내를 돌아다닌 사진이 벌써 SNS에 올라온 줄만 알았다.

"그 사람, 어디서 봤대?"

— 어?

미선은 고은이 적극적으로 묻자 잠시 말을 잇지 못했다. 그녀가 도하의 일에 이렇게 관심을 둔 적이 없었기에 미선도 놀랐을 것이다. 얼마 전 도하가 기억 상실에 걸렸다는 얘기를 꺼냈을 때만 해도 그저 무덤덤하게 반응했으니. 미선은 상기된 고은의 목소리가 낯설었는지 계속 침묵 상태였다.

"강릉에서 본 거야?"

고은이 다시 물었다.

— 아! 아니, 아니. 이거 확실한 건 아니야. 나도 아침에 태진 오빠한테 들은 거야.

"태진 오빠······? 오빠가 어떻게?"

고은은 이야기에 갑자기 태진이 끼어들자 상황을 파악하기 어려웠다.

— 우도하가 오빠 약국에 왔다가 갔다고 하더라고. 아니, 근데 내가 직접 본 게 아니니까 우도하인지는 확실하지 않아. 태진 오빠가 잘못 봤을 수도 있는 거고. 콘돔을 왕창 사 갔다는데 말이 돼? 그렇게 대놓고 행동할 일도…… 아, 아니다. 내가 별 얘기를 다 한다.

콘돔이란 단어를 듣는 순간, 고은은 미선의 뒷말이 들리지 않았다. 어이없는 한숨이 터져 나왔다. 아침 식사를 하러 1층에 내려갔을 때, 할머니는 그녀에게 가방을 건네며 도하가 속이 좋지 않더라는 말을 했다. 고은은 그저 흘려듣기만 했다. 술을 마셨으니 그럴 수도 있을 것이다. 약국을 찾기에 알려 줬다는 말에 이렇다 할 대답도 하지 않았다.

고은은 자신이 고지한 밤만 생각났다. 그럴 수밖에 없었다. 왜 그런 말을 먼저 내뱉어 버린 걸까. 왜, 그의 키스에 반응하며 옆에 있어 달란 그의 말을 뿌리치지 못했는가. 고은은 어제의 행동을 반성하기에 바빴다.

가장 큰 잘못은 그녀가 도하의 몸을 끌어안은 채 잠들었다는 것이었다. 한 번씩 할머니와 같이 잠을 잘 때면 고은은 일부러 그녀를 꽉 끌어안고 잤다. 그렇게라도 사랑을 표현하고 싶었다. 몸으로 나누는 체온이 할머니의 아픔을 조금이라도 낮게 해 줄 수 있다고 믿었다.

그 잠버릇이 도하에게 발현될 줄은 몰랐다. 그도 그녀가 우스울 것이다. 잠자리를 가지지 않았다는 말이 거짓말일 수도 있단 생각이 들었을지도 모른다. 그게 거짓이 아니란 걸 증명해야 하는 상황을 그녀 스스로 만들어 버렸다.

그래. 모든 건 핑계일 것이다. 고은도 저질러 버리고 싶었다. 그렇게 원한다면. 그게 거짓이든 진실이든 우리에게 뭐가 그리도 중요한가. 하룻밤이면 모든 게 판가름 나겠지. 그녀가 아는 도하는 분명 오늘 밤 잠자리 이후 달라질 것이다. 그게 나쁜 쪽이더라도 고은은 받아들일 준비가 되었다.

— ……고은아. 이고은!

"어?"

— 아니, 너무 신경 쓰지 말라고. 내가 괜히 너 마음 쓰게 한 거 같아서 미안하다.

미선이 연거푸 사과하자 고은은 미안함이 생겨 버리고 말았다. 도하가 그녀의 빌라에 와 있다는 걸 미선이 알게 되면 그녀는 뭐라고 할까. 지금처럼 고은을 바라봐 줄까. 고은은 지금이라도 미선에게만은 진실을 말해야 할 것만 같았다.

"미선아."

— 아, 고은아. 미안. 나 찾는다. 나중에 통화해.

"어…… 그래."

전화는 끊어졌고 고은은 잠시 멍해졌다. 고개를 들어 학원 안의 벽시계를 바라보았다. 곧 아이들이 들이닥칠 시간이었다. 정신없이 하루를 보내고 나면 밤이 오겠지. 그러면……. 고은은 거기까지만 생각하고 몸을 일으켰다. 더 이상은 그녀도 감당하기 힘들었다.

도하는 차를 타고 다시 강릉 시내로 나왔다. 큰 마트에 들러 와인 코너를 둘러봤다. 꽁꽁 싸맨 채 돌아다녔지만 한 번씩 그에게 오랫동안 머무는 시선이 느껴지기도 했다. 도촬을 당한다면 어쩔 수 없는 일이었다. 뒷감당은 어차피 윤 대표의 몫이었다.

"고객님, 제가 좀 도와드릴까요?"

주류 코너의 영업 사원이 그의 곁으로 다가왔다. 도하는 괜찮다며 돌아서다가 다시 그녀 쪽으로 발걸음을 옮겼다. 그래도 고은과는 첫날밤인데 제대로 보내고 싶었다.

"혹시…… 여자들이 좋아하는 와인이 있습니까?"

도하가 되묻자 여자는 눈을 크게 키웠다. 의심했는데 이 순간 확신했다. 어쩐지 우도하와 닮은 남자가 자꾸 시선을 끌었다. 일단은 강릉에서 볼 수 없는 비주얼이었다. 마스크와 모자, 후드 티에 레더 재킷으로 꽁꽁 싸매고 있어도 온몸에서 광채가 났다. 옷들은 모두 고가의 명품이었고, 큰 키와 작은 얼굴이 모든 것을 완성시켰다. 우도하가 아니고서야 이런 분위기를 내놓을 수가 없었다.

"어머! 애인분 선물 주시는 거예요?"

영업 사원은 두근거림을 감추고 그보다 더 호들갑스럽게 반응했다.

"아뇨."

"……."

"와이프랑 마실 겁니다."

도하가 부끄럽다는 듯 눈꼬리를 휘었다.

6

아직 시작도 안 했으니까

와인과 간단한 안주를 사 들고 빌라에 도착했지만 시간은 아직 이른 오후였다. 도하는 콩이의 밥을 주고 잠시 큰 한숨을 내쉬었다. 오늘따라 시곗바늘이 느리게 움직이는 것만 같았다. 바닥에 누워 눈을 감고 있다가 고개를 돌려 거실 구석에 있는 약봉지를 바라봤다.

"미친놈."

그 자신에게 하는 소리였다. 콘돔을 한 박스나 사서 어쩌겠다는 건지. 그만큼 해 대겠다는 건가. 단순히 태진이라는 남자에게 보여 주기 식으로 물건을 샀지만 자신이 생각해도 유치한 행동이었다.

"아……."

지겨움을 참지 못하고 도하는 주머니에서 핸드폰을 꺼냈다. 어차피 윤 대표에게 위치를 들킨 것이나 마찬가지였기에 핸드폰을 바꿀 필요는 없었지만 그래도 고은과의 연락만을 위한 전화를 만들어 놓고 싶었다. 핸드폰 안에 저장된 번호는 오직 고은의 번호 하나뿐이었다. 문자도 그녀에게 보낸 것이 전부였다.

채팅창을 연 도하는 무슨 말을 걸까 고민했다. 밥은 먹었느냐. 언제 마치느냐. 데리러 갈까. 여러 말들을 쓰다가 지우기를 반복했다.

"정말 연애가 따로 없군."

그런 생각이 들 수밖에 없었다. 그는 어릴 때부터 딱히 이성에게 큰 관심을 두지 않았다. 외모와 배경 때문에 그에게 관심을 보이는 여자들은 많았다. 몇 번은 사귀기도 했다. 하지만 그 관계는 오래가지 못했다. 대부분 도하의 무관심 때문이었다.

그는 여자들이 원하는 사랑의 행동들을 의무감으로 해 댈 뿐이었다. 상대가 그걸 알아채고 감정싸움으로 번지면 그는 사랑이란 걸 할 수 없는 사람이라고 둘러댔다. 정말 사랑이라는 게 뭔지. 거기에 목숨을 거는 사람들을 그는 이해하기 어려웠다.

그가 보고 자란 사람들은 모두 사랑은 배제시킨 채, 이해타산으로만 관계를 맺었다. 아버지의 재혼도 그랬고, 그를 대하는 새어머니의 태도도 마찬가지였다. 할아버지라고 다르지 않았다. 자식들을 철저히 파악해 업무 능력에 따라 줄 세웠다. 기준에 미달되면 관심조차 가지지 않는 게 당연한 환경에서 자랐으니 도하는 사람들의 사랑놀음이 그저 우습기만 했다.

결국엔 새드 엔딩이었다. 어머니는 아버지에게 사랑받지 못해 스스로 목숨을 끊었고, 그런 어머니에 대한 동정심 또한 남아 있지 않은 아버지는 애도 기간조차 기다릴 수 없는 것처럼 새어머니를 집으로 데려왔다. 그렇다고 그 여자를 사랑한 것도 아니었다.

'너를 잘 키워 줄 사람이야.'

왜 새어머니와 결혼한 것이냐고 물었을 때 아버지는 그렇게 대답했다. 그게 도하가 아버지에게 건넨 마지막 질문이었다. 그런 사람이라고 이해하고 무시하는 게 더 편하다는 걸 알아 버렸다. 자식과 부모 사이였지만 그 이상을 바라는 건 어리석은 짓이라는 걸 아주 일찍 깨달았을 뿐이다.

도하는 고은에게 문자를 보내려다가 그만두고 핸드폰을 바닥에 던졌다. 콩이가 그의 곁으로 다가와 핸드폰을 만지작대는 게 느껴졌지만 그는 감은 눈을 뜨지 않았다. 자꾸만 고은의 말이 떠올랐다.

'우리가 잔 사이가 아니면, 그땐…… 돌아갈 거예요?'

묻는 목소리에 울음기가 조금 섞여 있다고 느낀 건 그의 착각일까. 도하는 깊은숨을 내쉬었다. 눈을 뜨자 콩이가 그를 관찰하듯 내려다보고 있었다. 도하는 어쩔 수 없이 입꼬리를 올렸다. 그러자 콩이는 쌩하니 자신의 캣 타워로 되돌아가 버렸다.

○ ● ○

"쌤, 쌤. 이거 봤어요?"

학원 안으로 들어온 현아가 자리에 앉자마자 고은의 앞으로 핸드폰을 내밀었다. 보나 마나 자신이 좋아하는 아이돌 가수의 도촬 사진일 것이 뻔해 고은은 그쪽으로는 시선도 두지 않은 채 문제집을 책상위에 올려놓았다.

"오늘 한 시간 더 보충할까?"

그녀의 말에 현아가 곧장 울상을 지었다. 알겠다며 핸드폰을 주머니에 집어넣고선 가방에서 문제집을 꺼냈다. 중간고사를 생각보다 잘본 덕분에 조금은 풀어 줘도 되었지만 고은은 오늘따라 잡담을 할 마음의 여유가 생기지 않았다.

일에 몰입하지 않으면 여지없이 도하가 떠올랐다. 어쩔 수 없이 오늘 밤이 되면 그를 만나야 하지만 그때까지 더 이상 감정을 소모하고싶지 않았다. 그녀는 어쨌든 이곳 강릉에서 생활을 해야 하는 사람이었다. 일을 할 때조차 정신을 차리지 못하는 건 그녀 스스로 용납할수 없는 행동이었다.

"15번부터 풀면 되지."

"네."

"이건 동사가……."

고은이 말을 다 잇기 전에 벨소리가 요란하게 울렸다. 현아가 화들짝 놀라 자신의 주머니를 만졌다. 고은이 노려보자 그녀의 시선을 피하며 얼른 핸드폰을 꺼내 전화를 끊었다.

"핸드폰 꺼 놓지?"

"아, 쌤. 그냥 진동으로 해 놓을게요."

"어차피 수업 끝날 때까지 보지도 못할 텐데 무슨 의미가 있을까?"

오늘따라 고은이 더 틈을 주지 않자 현아는 서운한 마음에 핸드폰을 끄고 거칠게 가방 안에 넣었다. 사춘기였다. 당연히 반항심이 일었을 것이다. 현아는 최근 들어 감정을 조절하지 못하는 상태가 빈번했다.

"오현아."

"쌤이 시험 잘 보면 소원 하나 들어준다면서요?"

억울함 마음을 토해 내듯 현아가 고은을 바라봤다. 그제야 고은은 자신이 너무 몰아붙인 건가 싶은 생각이 들었다. 평소 같았으면 웃는 얼굴로 아이의 관심을 문제집으로 옮겨 놓았을 것이다. 이렇게 강압적으로 하는 건 그녀의 방식이 아니었다. 그리고 열심히 공부한 현아에게 원하는 걸 들어주겠다고 한 건 고은 자신이었다.

"그래. 그래서 소원이 뭔데?"

"핸드폰 하게 해 주세요."

이젠 아예 뻔뻔하게 요구했다. 고은은 웃음이 터질 수밖에 없었다. 그러자 현아가 곧장 아이 같은 표정으로 그녀의 팔을 붙잡고 애교를 피우며 사정하기 시작했다.

"우도하가 강릉에 왔대요! 저 진짜 어릴 때부터 팬이란 말이에요. 도촬 사진 뜨면 바로 튀어 갈 거예요. 오늘 낮엔 마트에서 와인 사는 사진도 찍혔어요. 그냥 멀리서라도 한 번만 보면 담 기말은 진짜 더, 더 잘할게요! 약속해요, 쌤!"

"뭐……?"

고은은 현아의 말에 잠시 멍해졌다. 마트 사진은 또 뭐란 말인가. 그녀가 그 사진이 뭔지 알려 달라고 하자 현아는 신이 나 핸드폰을 켰다. 사진첩에 저장된 사진 속 주인공은 진짜 도하가 맞았다. 강릉 마트에서 와인을 고르는 모습이 거의 1초 단위로 찍혀 각종 사이트에 나돌았다. 모자와 마스크를 썼지만 모두 우도하가 맞다는 결론을 내리고 있었다.

고은은 자신이 잘못이라도 한 것처럼 심장이 두근거렸다. 들켜도 상관없다는 말을 하긴 했지만 진짜 이렇게 아무렇지 않게 돌아다닐 줄은 몰랐다. 아침에 미선에게서 도하가 태진의 약국에 갔다는 소식을 들었을 땐 그럴 수 있다고 생각했다. 어제 많은 술을 마셨으니 약이 필요했을 수도 있었다.

하지만 마트에서 와인을 사는 건 그녀가 이해할 수 없는 부분이었다. 왜 이렇게까지 하는 걸까. 고은은 그가 이곳에서 지내고 있다는 걸 아는 사람이 많아질수록 심장이 조여 오는 기분이었다. 그가 돌아가야 할 사람인 건 알았지만 금방이라도 떠나 버릴 것 같은 현실 앞에선 막막함이 먼저 찾아들었다.

"잠깐만. 혼자 풀고 있어 봐."

고은은 얼른 자신의 핸드폰을 찾아 자리에서 일어났다. 현아가 놀라 그녀를 돌아보는 게 느껴졌지만 어쩔 수 없었다. 학원 밖으로 나온 고은은 사각지대에서 핸드폰 화면을 켜고 도하가 알려 준 새 번호로 전화를 걸었다. 하지만 신호음만 갈 뿐 전화는 받지 않았다. 정말 무슨 일이라도 생긴 걸까. 고은은 질끈 입술을 깨물었다.

우선은 일부터 해야 하는 게 맞았다. 정신을 차리려 노력하며 그녀는 학원 안으로 들어섰다. 현아가 자꾸만 그녀의 표정을 살폈지만, 그녀는 기계처럼 문제를 읽고 답을 설명했다. 현아가 그 와중에 자신의 핸드폰으로 눈길을 주면 고은도 현아를 따라 그것을 바라봤다.

현아는 본인이 바란 도촬 사진이 추가로 올라오지 않자 실망한 표정이었다. 그 모습을 보자 고은은 조금씩 체념하듯 감정이 가라앉아 갔다. 그제야 자신이 얼마나 한심한 모습인지 깨닫게 되었다. 도하가 돌아가 버렸다면 그것으로 끝인 관계였다. 뭘 더 바라겠는가. 그러려면 그녀는 그를 떠나지 말았어야 했다. 그가 이곳에 더 있어 주길 바라는 마음까지도 이기적인 욕심이었다.

"쌤, 오늘 이상해요."

수업이 끝나자 현아는 결국 참아 온 한마디를 건넸다.

"쌤도 사람인데 그런 날도 있는 거지."

고은이 웃으며 대꾸해 주었다.

"아, 그게 아니라……."

현아가 더 할 말이 있다는 것처럼 조심스러워했다.

"왜?"

"쌤도 혹시…… 우도하 팬이에요?"

진지한 물음에 고은은 결국 웃음을 내놓을 수밖에 없었다. 감정은 소리 없이 잦아들고 냉정한 마음이 찾아오는 건 순식간이었다. 고은은 자신이 이런 성격이라 다행이라 여겨지기도 했다.

"넌 우도하 어디가 좋은데?"

고은이 표정 없이 물었다.

"뭘 말해요. 모든 게 완벽하잖아요. 외모도, 성격도, 연기도. 최근에 한 드라마에선 연기력 논란이 있긴 했지만, 제가 봤을 땐 이혼해서 그런 것 같아요. 사람이 얼마나 로맨틱해요. 상처가 남아서 그런 거잖아요. 전 그런 부분도 너무 인간적이고 좋아요."

마치 친구 미선과 대화를 나누는 것처럼 어린 현아의 말은 청산유수였다. '로맨틱하고 인간적이다' 라는 말의 뜻을 이 아이는 제대로 알고 말하는 걸까. 어린 소녀의 감상이 고은의 가슴을 더욱 쓰리게 만들었다.

"우리 현아, 아이돌이 아니라 작가가 되어야겠는걸?"

"그건 안 돼요."

현아는 확고하게 고개를 저었다. 엄마를 행복하게 해 주려면 꼭 돈 많이 버는 아이돌이 되어야 한다고 선전 포고 하듯 말하고는 꾸벅, 인사를 건넨 뒤 학원을 빠져나갔다. 고은은 홀로 남은 공간 안에서 긴 한숨을 내쉬었다. 오늘처럼 하루가 길었던 적도 없는 것 같았다.

고은은 천천히 뒷정리를 하고선 핸드폰과 가방을 챙겼다. 도하에게선 여전히 연락이 없었다. 그걸 기다리고 있다는 자체만으로도 고은은 비참해지는 기분이었다. 그녀가 학원 문을 닫고 잠금 장치를 걸 때였다. 뒤쪽으로 누군가 다가오는 발걸음 소리가 들렸다. 고은은 긴장하며 뒤를 돌아봤다.

"내가 맞게 찾아왔네요."

"윤…… 대표님?"

한수가 고은 앞에 다가와 섰다.

○ ● ○

한수의 눈에 비친 마을은 작다 못해 손안에 다 들어올 정도로 소박

했다. 이런 곳에서 우도하가 지겨움까지 참아 내며 이혼한 와이프 옆에 붙어 있다고? 그는 이곳으로 내려오는 내내 생각했지만 여전히 이해가 되지 않았다.

"소화제 하나랑, 에너지 드링크 한 박스 주십시오."

그래도 고은을 찾아가는데 빈손으로 갈 수 없어 한수는 근처에 보이는 조그마한 약국으로 들어섰다. 약사는 바쁘게 선반 정리를 하다가 데스크 쪽으로 다가왔다. 훤칠하게 잘생긴 젊은 남자였다. 한수는 언제부턴가 사람을 볼 때면 화면에 담길 만한 인물인지 아닌지부터 가늠하게 됐다. 상대는 아무 뜻이 없어도 그의 눈에 들면 상상 속에서 배우가 되는 것이다.

"여기 있습니다."

남자가 에너지 드링크 박스를 봉지에 담아 건넸다. 그는 약사에게 꽂혀 있던 시선을 내리고 지갑에서 카드를 꺼내 내밀었다. 그리고 약사가 결제하는 사이, 밖을 돌아봤다.

"이 근처에 '고은 공부방'이라고 있습니까?"

한수의 물음에 남자의 시선이 그에게 직선으로 꽂혔다. 서비스 정신이 가득하던 눈빛이 단숨에 경계의 눈초리로 바뀌었다. 그걸 알아채지 못한 한수는 약사가 건넨 소화제를 따서 그 자리에서 마셨다. 당장 고은에게 가긴 시간이 애매했다. 학원은 못해도 저녁이 되어서야 마칠 것이다. 그때 한수의 주머니에서 단조로운 벨소리가 들렸다. 그는 핸드폰을 꺼내 화면을 보고선 자연스레 미간을 찌푸렸다.

"어, 또 왜? ……뭐라고? 하, 그 새끼들 또 어디서 냄새 맡고선. ……잘 둘러대. ……뭐? 재식아, 내가 몇 번을 말해. 기억 상실이 맞다니까. 그 새끼가 맞다면 맞는 거야. 진짜 이건 우리 셋만 평생 가지고 가야 할 비밀이라니까? 입 열면 셋 다 죽는 거야. 일단 너부터 우도하…… 아, 감사합니다."

한수는 도하의 이름을 내뱉다가 번뜩 정신을 차렸다. 그는 약사가 내민 카드를 받고 에너지 드링크가 담긴 봉지를 챙겨 약국을 빠져나왔다. 그러는 와중에도 잔소리는 멈추지 않았다.

태진은 한수의 모습에서 시선을 떼지 않은 채 끝까지 지켜보았다. 우도하. 그 이름이 이상하리만큼 찜찜하게 태진의 가슴에 새겨지는 기분이었다.

"내가 맞게 찾아왔네요."

윤 대표를 마주한 놀라움도 잠시였다. 고은은 다시 학원 문을 열었다. 굳이 카페를 찾아가 자리를 잡고 앉으며 시간을 허비할 필요는 없었다. 그녀가 놀란 기색도 없이 덤덤히 학원 문을 열고 안으로 들어서자 오히려 한수가 고개를 갸웃거렸다. 이 시간에, 그것도 전남편의 직장 대표가 찾아왔는데 이리도 당연하게 받아들이는 사람이 있을까. 그의 눈빛에는 그 궁금증이 그대로 묻어나 있었다.

"커피밖에 없는데 괜찮으세요?"

"아, 저야 뭐든 주시면 감사하죠."

윤 대표는 금방 비즈니스 표정을 장착하고 고은을 향해 웃어 보였다. 그는 적당한 곳으로 가서 미리 자리를 잡고 앉았다. 고은이 커피를 내려 오는 사이, 학원 이곳저곳을 눈으로 훑어봤다. 고은이 이런일을 할 줄은 몰랐다. 그것도 바닷가 시골 마을이라니. 어릴 적부터쭉 그림만 그려 온 미술 천재라고 전해 들었다. 부모님도 예술 사업분야에서 한자리씩 맡고 있다는 말까지 들었을 땐 도하가 왜 이 결혼을 결심했는지 이해되었다.

처음 본 여자는 다른 있는 집 자식들처럼 허세로 무장하지도, 도도한 태도를 보이지도 않았다. 다만 너무 말이 없었고, 도하에게도 감정을 드러내지 않았다. 사랑해서 하는 결혼이 아니니 당연한 것일지도모르겠지만 상대는 연예인 우도하였다. 없던 감정이 생겨나도 이상하지 않았다. 한수는 그들이 나쁘지 않은 결혼 생활을 유지할 것이라 추측했다.

'이혼하기로 했어요. 이유는 묻지 말고.'

하지만 정확히 1년 후, 도하는 한수에게 이혼 서류를 내밀었다. 그러곤 보도 자료를 잘 써 달라는 말을 덧붙였다. 한수는 그날 도하몰래 고은을 찾아갔다. 이렇게 쉽게 결정할 문제가 아니라고. 그녀는대답 없이 그의 말을 듣기만 할 뿐이었다. 그의 입장에선 어쩔 수 없었다.

연예인의 이혼은 일반인들처럼 본인들만의 문제가 아니었다. 이미지로 먹고사는 직업이기에 사생활 관리는 무엇보다 중요했다. 결혼도 큰 이슈였지만 이혼은 그보다 더 큰 이슈였다. 도하가 한순간에 부도수표로 변할 수도 있다는 얘기였다. 그리고 도하가 이미지에 타격을 입으면 그가 벌여 놓은 사업들도 휘청거릴 수 있었다.

녀석이야 빵빵한 집안 덕분에 앞날을 걱정할 필요가 없었지만 그는 달랐다. 집에 딸린 식구들, 회사 직원들을 책임져야 했다. 자신에게만 의존하지 말고 미리 대책을 세워 두라는 도하의 충고를 옛날부터 귀에 딱지가 앉도록 듣긴 했지만 그 역시 욕심을 가진 인간이었다.

더 나은 삶을 살고 싶었고, 성공하고 싶었다. 부유하게 유지되는 삶을 빼앗기고 싶은 사람이 누가 있겠는가. 한수는 고은의 앞에 무릎이라도 꿇을 작정이었다. 사람 하나, 아니 여럿이 걸려 있는 문제이니 다시 한번 고민해 달라고.

'죄송합니다.'

하지만 고은은 흔들림 없이 사과만 건넸다. 독한 걸까, 감정이 없는 걸까. 한수는 그날 이후로 고은을 일부러 피했다. 차라리 싸가지 없는 우도하를 설득하는 게 더 빠른 길 같았기 때문이다. 그랬던 두 사람이 지금 같이 있을 것이란 추리가 확실시되자 그는 움직일 수밖에 없었다.

와이프를 위한 와인을 고르기 위해 강릉 시내 마트를 돌아다니던 남자는 누가 봐도 우도하였다. 확실하지 않은 도둑 촬영 사진으로 유언비어를 퍼뜨린다면 그에 합당한 명예훼손 청구와 고소를 진행할 것이란 반박 기사를 내보냈지만 여론은 잠들지 않았다. 그는 성격상 우도하만 믿고 가만히 앉아 있을 수가 없었다.

"밤이라…… 연하게 내린 커피예요."

생각에 빠져 있던 한수 곁으로 다가온 고은이 테이블에 찻잔을 내려놓았다. 무채색의 심플한 커피 잔과 받침이 마치 고은을 닮은 것 같았다. 한수는 감사하다고 말하고 그것을 자신의 앞으로 가져왔다. 예의상 한 모금을 마시자 은은한 원두 향이 입 안에 감돌면서 목을 타고 넘어갔다.

카페인을 언제나 잠을 깨우는 각성 역할로만 사용하는 그였기에 잠시 커피의 역할에 대해 생각해 보기도 했다. 고은은 그의 맞은편에 조용히 앉았다. 이렇게 불쑥 찾아온 이유를 먼저 물을 법도 한데 그녀는 한수가 입을 열길 가만히 기다리고 있었다.

"고은 씨를 보면 참 신기해요."

한수는 저도 모르게 머릿속과 다른 말을 내뱉고 말았다. 고은이 그의 말에 고개를 들어 시선을 맞췄다. 그러냐고. 왜 신기해하는지, 그 이유조차 궁금해하지 않는 눈빛이었다.

"내가…… 너무 성격 급한 사람들하고만 있어서 그럴 거예요. 우리 쪽 일이 그래요. 본인이 자기 말을 하지 않으면 몰라요. 죽어라 어필을 해야 그나마 알아봐 준달까. 아, 내가 또 여기까지 와서 일방적인 넋두리나 하고 있네요."

한수는 미안하다며 고개를 숙였다.

"도하 씨 찾아오신 거 알아요."

용건이 그것인 게 자명한데 자꾸만 말을 돌리자 고은이 먼저 입을 열었다. 그만큼 시간 낭비를 하고 싶지 않다는 것인가. 그런데 한수는 불쑥 궁금해지기도 했다. 그리도 야멸차게 이혼을 강행하고 도하와 헤어졌으면 지금 그를 받아 주지 않는 게 맞았다. 이렇게 옆에 두고 숨겨 주는 게 아니라.

"그리고 죄송해요. 숨긴 건, 도하 씨가 부탁해서 그랬어요."

이 말을 어떻게 이해해야 할까. 한수는 머리가 더 복잡해졌다. 왜 우도하는 고은을 찾아갔으며, 그녀의 옆에서 뭘 하고 있는지. 두 사람은 지금 어떤 생각인지. 물음표들이 앞다투어 입 밖으로 내뱉어지려는 걸 그는 간신히 참고 있는 중이었다.

"그 녀석 지금 어디서 지내고 있습니까?"

한수가 묻자 고은은 숨기지 않고 대답했다.

"제가 사는 빌라에 있어요."

답답함에 목이 타 다시 찻잔을 들던 한수의 손이 잠시 멈췄다. 같이 지내고 있다는 소린가. 도하가 고은을 찾아간 것까지는 그도 파악한 부분이었다. 하지만 같은 빌라에 있다고? 뭘 어디서부터 어디까지 이해해야 할까. 뭐든 단순한 걸 좋아하는 그의 머리가 과부하되어 두통이 생길 지경이었다.

"제 상식으론 이해가 안 되네요. 도하 그 녀석이야 워낙 제멋대로라……. 암튼 이혼하고 다 정리한 마음 아니었어요? 아, 그러니까 그 마음이 바뀔 수도 있는 것이고, 저도 그걸 응원하는 사람이지만 그래도 이렇게……. 이런 식으로 지내는 건……."

"저에 대한 기억만 삭제됐다고 했어요."

"……네?"

한수에게선 헛웃음이 터졌다. 그 말을 믿었다고? 아무리 기억 상실에 대한 기사가 나돌았다고 해도, 우도하가 어떤 사람인지 모른단 말인가. 그 녀석과 같이 산 1년 세월 동안 그녀가 본 건 그저 껍데기뿐이었던 걸까. 한수는 차마 웃을 수 없어 표정을 굳힌 상태로 고은을 바라보고만 있었다.

"그 기억 찾을 때까지만 있겠다고 했어요. ……알아요. 그 기억이 언제 돌아올지도 모르고, 도하 씨가 여기 있어선 안 되는 사람이란 거. 인터넷에 떠도는 사진들, 저도 봤어요. 그런 일이 더 생기지 않으리란 법이 없으니까……. 잘됐어요. 오신 김에 같이 돌아가 주세요."

고은은 자신의 할 말을 끝맺고 자리에서 일어났다. 도하가 있는 빌라로 안내하겠다고 했다. 한수는 잠시 어안이 벙벙해진 채로 고은을 올려다봤다.

고은은 마치 그가 오길 기다린 사람 같았다. 지금 그 녀석 혼자 뻘 짓 하고 있는 건가. 그것도 우스웠다. 천하의 우도하가 기억 상실이란 거짓말까지 하면서 전 부인 옆에 붙어 있다고? 그걸 누가 믿겠는가. 한수는 직접 확인해야만 했다. 그는 고은을 따라 빌라 쪽으로 황급히 발걸음을 옮겼다.

고은은 2층 불이 켜져 있는 걸 보고 그곳에 도하가 있을 것이라 일러 주었다. 그러고는 제 볼일은 끝난 것처럼 1층으로 사라졌다. 한수는 지금 상황을 자신이 제대로 이해하고 있는 게 맞는지, 그것부터 헷갈렸다. 그는 당장 2층으로 향했다. 초인종을 누르자 진짜 녀석의 목소리가 들렸다. 더군다나 이제껏 그가 들어 본 적 없는, 더없이 밝은 톤이었다.

"좀 늦었네요. 전화했는데 안 받······."

벌컥 문이 열린 동시에 녀석의 눈동자가 금세 실망감으로 가라앉았다. 이 새끼를 어쩌면 좋을까. 한수는 억울하면서도 어처구니가 없어 웃음이 터져 나왔다.

"그래. 내가 좀 많이 늦었지?"

한수는 도하가 급하게 문을 닫으려 해, 문틈에 발부터 끼워 넣었다. 어떤 행동을 할지 예측할 수 없는 놈이었다. 그래도 우도하를 상대한 세월이 있어 때론 몸이 먼저 저절로 반응하곤 했다.

"하. 진짜 스토커예요?"

도하는 어쩔 수 없이 문을 열어 주곤 안으로 들어가 버렸다. 한수가 현관으로 들어서자 더 큰 충격이 그를 기다리고 있었다. 지금 우도하가 여기서 지냈단 말인가. 대저택이나 다름없는 고급 빌라를 놔두고 이렇게 좁아터진, 그것도 제대로 된 가구조차 없는 곳에서. 이런 데서는 하루도 못 살 것 같은 놈이 마치 제집처럼 식탁에 가서 자리를 잡고 앉았다.

"너, 너 이 새끼······."

"하필 타이밍도 참 지랄맞아요."

"뭐?"

"왜 오늘이에요?"

"뭐, 이 새끼야."

한수는 속이 부글부글 끓었다. 이놈이랑 말하면서 안 그런 적이 얼마 없긴 했지만 이 정도로 화가 치민 건 처음이었다. 지금은 어쩔 수 없는 '을'의 입장인 상황이라 마음을 다스리려 해도 도대체가 이해가 되지 않았다.

여기서 뭘 하고 있느냔 말이다. 고은의 태도를 보자니 두 사람이 제대로 마음의 합의를 이룬 것도 아닌 것 같았다. 재혼에 대한 말을 꺼낼 때마다 널리고 널린 게 여자라고, 그를 이상한 사람 취급 하던 게 엊그제였다. 접촉 사고를 당했을 때, 이 녀석의 머리가 진짜 어떻게 돼 버린 걸까.

"고은 씨 만났어요?"

"그래!"

한수의 대답에 도하의 눈빛이 일순간 바뀌었다.

"뭐라고 했어요?"

"왜? 내가 하면 안 될 말이라도 있어?"

한수도 한 회사의 대표였다. 돌아가는 상황을 모를 만큼 눈치가 없진 않았다. 지금 이 녀석의 약점이 뭔지도 그는 단박에 파악했다. 그가 고은에게 도하의 기억 상실이 거짓말이라고 말하면 어떤 일이 벌어질지 그 역시 흥미롭기는 마찬가지였다.

"윤한수 대표님."

도하가 섬뜩하게 그의 풀 네임을 불렀다.

"……."

"원하는 게 뭐예요?"

입꼬리를 올리며 묻는 녀석이 이렇게 무서웠던 적이 있는가. 도하를 수없이 상대해 온 한수지만 여전히 놈의 머릿속이 읽히지 않았다. 그래서 천성이 연기자의 피를 타고났다고 생각했지만 지금은 그 점이 그에게 아주 불리하게 작용했다. 뭐를 제시해야 할까. 뭘 말해야 제대로 된 협상이 이뤄질까.

"일단 돌아가자."

"……."

도하는 예상한 듯 답이 없었다.

"고은 씨도 그걸 원하더라. 사실 그렇잖아. 전남편 뭐가 좋다고 옆에 두고 싶겠어? 그리고 네가 그냥 일반인이야? 눈치도 보이고 신경 쓸 게 얼마나 많아. 그것 때문에 스트레스받는데 너한테 말 못 했대. 그러니까, 그만하고 서울 가."

그의 말에 도하의 얼굴에서 표정이 사라졌다. 그러곤 낮은 웃음을 오래도록 터뜨렸다. 그 모습이 아주 기괴할 정도였다.

"이고은이 그래요? 귀찮으니까 데리고 가라고?"

도하가 입꼬리만 올리고 눈은 전혀 웃지 않은 채 되물었다.

"그래. 내가 거짓말할까 봐?"

한수는 침을 꿀꺽 삼켰다.

"그래요. 돌아가요."

도하가 간단히 몸을 일으켰다. 문을 열어 두고 걸어 나간 녀석의 걸음은 생각보다 더 빨랐다. 한수는 뭐가 어떻게 된 것인지 감이 오지 않았다. 짐도 싸지 않은 채 무턱대고 나서는 것부터가 수상했다. 그러나 짐이라고 해 봤자 캐리어 하나뿐이었다. 그것이야 나중에 매니저에게 시켜 가지고 올라오라고 하면 그만이었다. 빌라를 빠져나간 한수는 앞서 걸어가는 도하의 뒷모습을 보며 조금씩 생각을 정리했다.

"차는 어디다 세웠어요?"

"어? 고, 고은 씨 학원 앞에."

대답을 들은 녀석은 또다시 앞서 걸었다. 그러는 와중에 주머니에서 담배 하나를 꺼내 무는 모습을 보고는 한수는 그대로 걸음을 멈췄다. 녀석은 그의 반응은 신경 쓰지 않은 채 천천히 걸으며 담배를 피웠다. 작품 속 캐릭터를 연기하기 위해서가 아니면 담배 같은 건 입에도 대지 않던 놈이었다.

오히려 담배를 입에 물고 사는 사람은 한수 자신이었다. 넌 그럼 스트레스는 어떻게 풀어? 그가 궁금해서 물은 적도 있었다. 그러자 도하는 스트레스를 왜 받느냐며 도리어 그를 이상하게 바라봤다. 미친놈. 사람이 아닌가. 그래. 잘 만들어진 기계일지도 모르지. 한수는 그런 생각을 한두 번 한 게 아니었다.

"도하야."

"……."

"우도하!"

한수가 크게 두 번이나 부르자 도하가 그를 돌아봤다.

"피우고 가. 급한 것도 아니고. 여기서 사진 찍히기라도 하면 골치 아파."

하하. 도하의 입가가 어이없음으로 올라갔다. 이 와중에도 사진 걱정을 하는 게 윤 대표의 역할이었지. 도하는 그렇게 생각해 버리는 듯

했다. 어쩐 일로 그의 말을 들은 도하는 골목 어귀로 들어서 흡연 구역으로 보이는 곳에 섰다.

다시 담배 한 개비를 더 꺼내는 모습에 한수는 곧장 다가가 도하의 입에 물려 있는 담배를 가져가 버렸다. 녀석은 무슨 짓이냐고 묻는 듯한 섬뜩한 표정이었다.

"하나만 해. 뭘 두 개나. 너, 왜 이래 진짜?"

"대표님도 하나만 해요."

"뭐?"

"착한 척이 하고 싶은 거면 그것만 할 것이지, 왜 뒤늦게 찾아와서 다 깔아 놓은 판을 뒤집어요? 그러면서 이깟 담배가 걱정이에요? 언제는 좀 피우라면서요. 스트레스 해소 못 하면 결국 더 큰일 칠 거라고 내 앞에 담배 들이민 사람이 누군데."

"야⋯⋯. 그땐, 암튼⋯⋯ 이건 안 돼."

한수는 자신이 오버한 것 같았지만 도하를 그저 지켜보기엔 녀석이 평소와는 달라 보여 겁이 났다. 그는 도하의 주머니를 뒤져 담뱃갑을 꺼내고 자신의 주머니에 넣었다. 어이없음에 웃던 도하는 그럼 그러라며 욕 한마디 없이 돌아서 골목을 나섰다. 얼마 안 가 고은의 학원이 보였고, 도하는 한수의 차 앞으로 다가갔다.

"문 열어요."

한수가 얼른 차 키로 문을 열자 도하는 친절히 한수의 운전석 앞에 대기하고 서 있었다. 한수는 도하가 직접 문을 열어 주자 놀란 눈으로 녀석을 올려다봤다.

"왜 안 하던 짓이야?"

"이럴 때도 있어야죠."

간단히 웃음을 보인 도하는 한수가 차에 오르는 걸 보고 문을 닫았다. 당연히 도하도 조수석에 오를 것이라 여기고 있던 한수는 녀석이 운전석 창문에 팔을 걸치고 그를 내려다볼 때야 뭔가 잘못됐음을 알아챘다.

"뭐야? 왜 안 타?"

"일단 혼자 가요."

"뭐?"

"보내 준 대본은 다 봤는데 별로예요. 괜찮은 걸로 대표님이 몇 개 추려서 다시 보내 줘요. 이왕이면 로맨스가 좋아요. 뭐가 됐든 하나는 꼭 할 테니까."

"야, 이 자식아. 내가 두 번 당할 것 같아? 문 열어! 비켜 봐!"

한수가 문을 열고 나가려 하자 도하가 차 밖에서 그 문을 막으며 버렸다. 그 힘이 대단해 한수는 입이 쩍 벌어졌다. 아무리 키가 크고 운동 중독이라고 해도 이렇게 쉽게 제압당할 줄은 몰랐다. 생각해 보면 스턴트맨도 없이 액션 영화를 몇 개나 찍었으니 아예 불가능한 건 아니었다.

"한 달 안에 올라갈 거예요."

도하가 나직이 한수에게 일렀다.

"그걸 어떻게 믿어?"

"나는 못 믿어도 이고은이란 약점을 잡았잖아요."

"뭐?"

녀석이 얄미운 웃음을 보였다.

"내가 약속 안 지키면 다 불어요. 기억 상실은 거짓말이고, 우도하가 당신 가지고 놀았다고. 그 새낀 원래 그런 놈이라고. 얼른 도망치라고. 그럼 뒤도 안 돌아보고 도망갈걸요?"

"하……."

한수는 지금 도하의 마음을 가늠할 수 없어 이 상황이 더 기가 막혔다. 그도 생각은 했다. 고은을 이용하면 도하를 서울로 데리고 갈수 있을 것이라고. 하지만 섣불리 협상할 수가 없었다. 우선 우도하가 무슨 생각인지 파악하기가 힘들었기 때문이다.

"하나만 묻자."

한수가 조용하게 입을 열었다.

"너, 고은 씨랑 다시 잘해 보고 싶어서 이러는 거야?"

"……."

도하는 대답 없이 조용히 한수를 내려다봤다. 그의 두 눈에 설명할 수 없는 감정들이 떠다니는 것 같기도 했다. 정말 기억이라도 잃은 사람처럼 도하는 서울에서와는 다른 모습이었다. 그동안 무슨 일이 있었던 걸까. 또 고은은 어쩔 생각으로 녀석을 옆에 두고 있는 것인지.

"내가…… 답을 알면 이런 멍청한 짓을 하고 있겠어요?"

뒤늦게 속마음을 내놓은 도하의 눈빛이 거짓을 말하는 것처럼은 보이지 않았다. 하지만 그것조차 연기일지도 모른다는 생각을 한수는 할 수밖에 없었다. 그가 아는 우도하는 그게 가능한 녀석이었으니까. 진짜 자신을 드러낸 적이 있을까. 그것이 가능하기는 할까.

"그래. 알았다."

한수가 작은 한숨을 내쉬었다. 이 정도 수확이라도 얻어 가는 게 어딘가 싶었다.

"너도 정리할 시간이 필요할 테니까 일단은 올라갈게. 그리고 네가 네 입으로 한 달 뒤에 작품 하겠다고 했으니까 대본 보고 제대로 연습하고 있어. 시간 허투루 보내지 말란 말이야, 알겠어?"

"네네. 잔소리는 여기까지."

도하가 창문에서 몸을 떼고 멀찍이 섰다. 한수는 그런 녀석을 잠시 동안 올려다봤다. 화려한 카메라 조명 속이 아니더라도 녀석은 어디에서든 스스로 빛을 내고 있었다. 잘 입지도 않는 후드 티 한 장 걸쳤을 뿐인데, 바닷가 분위기와 이렇게 잘 어울리면 어쩐단 말인가.

정말 녀석의 요구대로 제대로 된 멜로물 속 처절하게 눈물 나는 캐릭터를 소화하면 지금의 이미지를 반전시키고도 남을 것이다. 어쩌면 제2의 전성기가 올지도 모르지. 한수는 벌써부터 있지도 않을 앞날에 대한 기대감을 멋대로 가진 채 차를 출발시켰다.

도하는 사라지는 세단의 뒷모습을 바라보며 다시 주머니를 뒤졌다. 뒤늦게 담배를 뺏겼다는 걸 깨닫곤 이마 안쪽을 구겼다. 후…….

그가 입으로 담배 연기를 내뿜듯 한숨을 터뜨렸다. 그때 불 꺼진 고은의 학원이 도하의 눈에 들어왔다.

"날 데려가라고?"

하하하. 웃음은 끝내 사늘한 배신감으로 번졌다. 그는 천천히 발걸음을 옮겼다. 오늘 밤, 첫날밤을 보내자고 앙큼하게 말한 여자는 지금 무슨 생각을 하고 있을까. 그것을 지켜보는 것만으로도 그는 오늘 밤이 아주 길 것만 같았다.

문이 닫히고 두 사람이 나서는 소리가 고스란히 들렸다. 고은은 듣지 않으려 해도 들을 수밖에 없었다. 할머니를 만나 인사를 건네고 곧장 3층으로 올라왔다. 느긋하게 샤워를 하고 나와 머리를 말렸다. 그때 쾅, 하고 문이 닫히는 소리가 들렸다.

'도하야.'

'우도하!'

윤 대표가 그를 두 번이나 불렀다. 그리고 이내 발걸음 소리가 사라지고 사위가 조용해졌다. 고은은 그때부터 손에 들고 있는 드라이기를 내려놓지 못한 채 젖은 머리를 한 거울 속 자신을 바라보고만 있었다.

이걸 원한 것 아니었나. 그를 데려가라고 해 놓고선 뭐가 문제라고 넋을 놓고 있는지. 그녀는 자신에게 묻고 싶었다. 네가 진짜 원하는 게 뭐냐고. 중심을 잡지 못하고 흔들리면서도 티를 내지 않으려 입술만 깨물고 있었다. 진짜 모습은 가면 속에 감춘 채 가식적으로 행동했다. 알면서도 모르는 척 웃고, 아프면서도 괜찮은 척 덤덤한 표정을 지었다.

예전과 하나도 달라지지 않았다. 새아버지의 집에 들어간 순간부터 도하와 결혼 생활을 마무리할 때까지. 이고은이면서 이고은이 아닌 채로, 껍데기뿐인 삶을 경멸하면서도 박차고 나서지 못한 겁쟁이. 이중인격자가 된 그녀는 한 남자가 떠나 버렸다고 생각한 순간 후련함보다 서운함을 먼저 느꼈다.

"진짜 너 구제 불능이다."

고은은 자신에게 말을 던져 놓고 다시 드라이기를 켰다. 시끄러운 소음이 오히려 그녀를 위로해 주는 것 같았다. 고은은 눈을 감고 머리를 말리는 데에만 집중했다. 긴 머리가 바싹 말라 갈 즈음 문을 두드리는 소리가 희미하게 들렸다.

잘못 들은 걸까. 고은은 놀라 드라이기를 껐다. 잠시 소리를 죽이고 있다가 다시 드라이기 버튼을 누르려는데 탕탕탕, 또 한 번 문을 두드리는 소리가 들렸다. 고은은 드라이기를 화장대에 내려놓고 몸을 일으켰다. 그럴 리 없다는 생각을 하면서도 발이 저절로 움직였다. 문 앞으로 다가서 현관문 렌즈로 밖을 내다보았지만 보이는 건 없었다.

환청이라도 들리는 걸까. 다시 몸을 돌리려는데 선명한 목소리가 들렸다.

"이고은."

분명 도하의 음성이었다. 고은은 다시 돌아 벌컥 문을 열었다. 정말 거짓말처럼 도하가 눈앞에 서 있었다. 방금 샤워를 했는지 그녀가 챙겨 준 익숙한 바디샴푸 향이 풍겼다. 머리카락은 말리지도 않은 채 젖은 상태였다.

"놀랐어요?"

"……"

도하가 입꼬리를 올려 웃었다.

"나도…… 당신이 원하는 대로 꺼지고 싶은데."

"……"

"이 와인 산 게 아쉬워서 말이지."

그가 손에 쥐고 있는 와인병을 들어 보였다. 그러고는 현관문을 발로 젖힌 뒤 몸을 집 안으로 들였다. 쿵, 하고 현관문 닫히는 소리가 들렸다. 고은은 놀라 저절로 뒷걸음질 쳤다. 예전처럼 등에 중문이 닿았다. 도하는 고은의 앞으로 당연한 듯이 다가와 그녀를 내려다봤다.

"왜 몰랐을까요."

도하가 천천히 한 손을 뻗어 고은의 뺨을 어루만졌다.

"이렇게 깜찍한 면이 있을 줄이야."

"……."

"아, 내 기억엔 없겠죠. 모두 다 사라져 버렸으니까."

고은은 가만히 그를 올려다봤다. 화가 난 도하의 눈동자가 그녀를 깊게 삼키는 것만 같았다. 뺨을 만지던 손이 도톰하게 부어오른 입술을 건드렸다. 그 위를 덧그리던 손가락이 불쑥 입 안으로 침범하려는 순간 고은은 놀라 입술에 힘을 주고 다물었다. 그녀의 행동에 훗, 하고 작은 웃음을 터뜨린 도하가 고은의 귓가에 속삭이듯 읊조렸다.

"입 벌려요."

"……."

"순진한 척 그만하고."

"……."

"이젠 안 속아."

고은은 수치심에 눈가가 붉어졌다. 그걸 지켜보는 도하의 입꼬리가 한없이 올라갔다. 그녀가 당황하는 모습을 지켜보기 위해 태어난 사람처럼. 그는 고은의 턱을 붙잡아 혀부터 집어넣었다. 숨이 막힌 고은이 움찔거리는 순간, 와인병이 깨지는 소리가 들렸다. 현관 안에 진한 포도주 향이 순식간에 퍼져 나갔다. 도하는 상관없다는 듯 더 깊게 고은의 입술을 집어삼켰다.

중문이 열리고 몸이 번쩍 들렸다. 도하는 고은을 두 팔로 안아 든 채 침대가 있는 안방으로 저벅저벅 걸어 들어갔다. 그러곤 침대 앞에 그녀를 세워 놓고 다시 키스를 시작했다. 질식할 것 같으면서도 다정한 입맞춤이었다.

"하아……."

고은은 그의 팔을 지지대 삼아 붙잡은 채 고스란히 입술을 받아 냈다. 숨이 막혀 머리가 아득해지고 어지러웠지만 차라리 다행이라고 생각했다. 아무 생각도 할 수 없으니까. 고은은 뭐가 됐든 이제는 그녀의 의지로 할 수 있는 게 없다는 체념이 들었다.

"하……. 내가 갔으면 좋겠어요?"

집요한 입맞춤 끝에 도하가 입술을 떼고 물었다.

"……."

고은은 대답하지 않았다. 심장이 쿵쿵 울리고 다리에 힘이 들어가지 않았다. 숨을 몰아쉬던 그녀가 쓰러질 것처럼 무릎을 꺾자 도하가 그녀를 잡아 세우며 자신과 시선을 맞추게 했다. 꼭 듣고 말겠다는 눈빛으로 그는 대답을 요구했다.

"그래요."

"……."

"갔으면 좋겠어요."

진심이었다. 그 마음 또한. 당신이 여기 있었으면 하는 바람과 함께. 그녀의 마음속에 두 감정이 공존하는 걸 그는 알까. 고은은 덤덤하게 대답한 채 그를 올려다봤다.

"그럼, 오늘 밤은 뭐예요?"

도하가 헛웃음을 내놓으며 고은의 잠옷 단추를 풀었다. 그가 어떤 행동을 하든 고은은 반응하지 않았다. 도하는 그게 또 마음에 들지 않는지 신경질적으로 옷을 벗겨 내며 고은을 내려다봤다.

"나한테서 벗어나려고 거짓말했어요?"

그가 낮은 목소리로 진지하게 물었다.

"그러는 도하 씨는……."

고은이 어쩐 일로 그의 말을 받아쳤다.

"나한테 했던 모든 게 진심이라고 말할 수 있어요?"

잠시 허공에서 시선이 엉켰다. 질식시킬 것처럼 서로만 바라보던 몇 초가 지났을까. 도하가 헛웃음을 내놓았다. 그러면서도 고은을 직시하는 시선은 떼어 내지 않았다. 그는 이제 원하는 말을 들었다는 것처럼 표정을 풀고 본래의 우도하로 돌아갔다.

"내 진심이 궁금해요? 그럼 지금 당장 보여 줄게요."

도하는 고은을 안는 것처럼 팔을 둘러 그녀의 브래지어 버클을 자연스럽게 풀었다. 고은은 흔들리지 않는 눈빛으로 그를 바라봤다. 고작 몸뚱이일 뿐인데. 그것으로 뭘 증명한다는 것인지. 그녀가 원하는 건 이런 육체의 섞임이 아니라는 걸 그는 알 것이다. 하지만 자신이 원하는 건 이것뿐이라는 것처럼 그는 그녀를 침대에 넘어뜨리듯 눕혔다.

"훗……."

목을 핥아 올린 그의 혀가 귓불을 깨물며 빨아 대기 시작하자 고은은 참지 못하고 신음을 뱉었다. 발가락이 곱아 들고 그의 혀가 움직일 때마다 몸 안에서 뭉근한 감각이 아지랑이처럼 퍼져 나갔다.

어쩌면 그녀도 그와 마찬가지일지도 모른다. 그를 사랑하는 게 아니라 욕망 때문에 감정에 오류가 일어났던 것이다. 그렇게 생각하니 모든 게 쉬웠다. 그래야 감당할 수 있었다, 그녀의 몸을 지분거리는 그의 손아귀에 놀아나는 자신을.

"흐응……. 하윽……."

그의 손이 스칠 때마다 고은은 온몸으로 반응했다. 그게 신기해 도 하는 또 헛웃음이 터졌다. 미친 새끼를 연기하는 건 쉬웠다. 이미 그는 그 역할에 빠졌고, 그 안에서 고은은 그가 아주 좋은 연극 상대일 뿐이었다.

"으읏……. 천천히…… 잠, 하……, 깐만."

몸을 대충 풀어 주고 바로 그녀의 안으로 들어갈 생각이었다. 그는 이제 배려 같은 건 할 필요가 없다고 여겼다. 네가 나를 경멸하면 나는 그럴 만한 놈이 되어 주겠다고. 어차피 나 역시 너에게 원하는 건 욕정을 풀 수 있는 몸뿐이라고. 그러니 섹스 한 번이면 이 관계도 끝이라고 단념했다.

"흐읏. 도하…… 씨…… 읏."

그런데 그의 작은 손놀림 하나에도 어찌할 줄을 몰라 방향을 잃고 벌벌 떨리는 몸이, 불안한 듯 흐려진 눈동자가, 겁을 잔뜩 먹고 점점 젖어 가는 눈가가, 그의 머릿속의 퓨즈를 탁, 하고 꺼 버리는 것만 같았다. 모든 게 처음이란 걸 숨기지 못했다.

웃음이 났다. 그리고 환멸이 일어날 만큼 그는 거기에 만족해 버렸다. 더 대단한 개새끼가 되었다. 우리의 이 불필요한 밀당이 모두 끝나 버린다고 해도, 그녀가 그를 쓰레기보다 더 못한 인간이라 여기고 쳐다보지조차 않는다고 해도, 그는 아마도 이날을 잊지 못할 것 같았다.

"……흐윽."

"……."

결국 고은이 눈물을 터뜨렸다. 도하는 잠시 숨죽인 채 고은에게 시선을 맞췄다. 팔로 상체를 지지한 채 그는 그녀가 우는 모습을 바라보고만 있었다. 그가 가만히 눈가를 닦아 주자 고은은 그 손을 날카롭게 내치곤 입술을 깨물며 그를 노려봤다. 도하는 심장이 쑤셔지는 기분이었다. 누군가 칼날로 가슴만 공격하는 것처럼 고은의 날 선 눈동자가 그를 할퀴었다.

"빨리 해 버려요. 왜 멈춰요?"

울고 있으면서도 고은은 그를 다그쳤다. 얼른 풀고 꺼지라는 거겠지. 도하는 이미 되돌릴 수 없다는 걸 알았지만 멈추지도 못했다. 그가 입술을 맞추려 했지만 고은은 고개를 돌려 피해 버렸다. 도하는 사늘하게 표정을 지운 채 상체를 일으켰다. 고은의 눈동자가 그의 움직임을 좇았다.

티셔츠를 단번에 벗어 아래로 던지고 바지 버클을 풀려고 하자 고은의 시선은 이내 다른 곳으로 도망가 버린다. 그 모습 또한 온전히 다 눈 안에 담았다. 도하의 눈은 고은만 좇았다.

눈물을 가득 머금고 붉어진 눈가며, 그가 심하게 빨아 대 부풀어 오른 입술과 그 아래로 자국을 남긴 듯 온몸 곳곳 마크가 새겨진 새하얀 전신이 그 어떤 예술 작품보다 예뻤다. 새어머니가 그를 데리고 다니면서 보여 주던 수많은 미술품들을 마주하면서도 아름답다고 생각한 적은 단 한 번도 없었다. 겉으로는 예술을 논하며 뒤로는 돈을 거래하는 모양새가 우스웠기 때문이다.

"나 말고 다른 사람 만난 적 없어요?"

도하가 바지 뒷주머니에 쑤셔 넣은 콘돔 하나를 꺼내며 물었다. 갑자기 태진이 떠올랐다. 어쨌든 확실하게 해 둘 필요가 있었다.

"무슨…… 말이에요?"

어딘가에서 떠돌던 고은의 시선이 다시 도하에게로 와서 꽂혔다. 그가 예상한 것처럼 억울하면서도 수치심이 가득한 눈이었다. 그는 이로 껍질을 뜯고 미끄덩거리는 콘돔을 꺼냈다. 버클이 풀린 바지를 반쯤 아래로 밀어 낸 후 드로어즈까지 내린 그가 천천히 고개를 들었다.

"나랑 이혼했으니까. 다른 남자 만났을 거 아니에요?"

고은의 눈은 그의 얼굴에만 고정되었다. 순진한 표정으로 차마 그의 몸은 쳐다보지 못하는 그녀의 모습이 그의 욕정을 더욱 들끓게 했다. 도하는 시선을 내리지 않은 채 두 손으로 콘돔을 씌웠다. 눈 감고도 하는 행동이었다. 그걸 이제야 알아차린 것처럼 고은의 눈동자가 캄캄하게 가라앉았다.

"안 만났어요?"

도하가 고은의 아래에 자리를 잡고선 그녀의 허리를 붙들었다. 고은은 그의 몸이 닿자 반사적으로 몸을 비틀었지만 움직일 수 있을 리 없었다. 도하가 몸을 내리고 그녀의 귓가에 속삭였다.

"딴 새끼 안 만났냐고."

원색적인 물음에 고은이 그를 경멸하듯 노려봤지만 도하는 만족하듯 웃었다. 이미 대답을 들은 것처럼 그는 눈물 때문에 얼굴에 달라붙은 그녀의 머리카락을 다정하게 정리해 주며 허리를 움직여 진입을 시도했다.

"으……."

고은의 얼굴이 하얗게 질렸다. 도하는 한숨이 저절로 나왔다. 그는 고은을 달래듯 목 주변을 혀로 살살 핥아 올렸다. 그녀가 이 부분에서 반응한다는 걸 파악하고 있었기 때문이다. 다른 여자 같았으면 이런 행위를 하는 게 귀찮게 느껴졌겠지만, 이상하게도 고은은 달랐다.

"윽……. 잠…… 흐읏."

고은은 도하가 목을 핥을 때마다 온몸이 간질거렸다. 몸속에 이상한 감각이 퍼져 나가 그만하라고 소리치고 싶었다. 하지만 말을 뱉어 내진 못했다. 그것은 고통과는 또 다른 감각이었다.

"힘을 빼요. ……그래야 넣지."

도하가 기다리듯 팔로 상체를 지탱한 채 그녀를 내려다보며 말했다. 고은은 이것 역시 그녀를 괴롭히는 방식이라 여겼다. 그저 제멋대로 해 버리면 될 것을. 도하는 일부러 평소에 하지 않던 행동을 하고 있었다. 그것이 배려라는 생각은 들지 않았다.

그가 끝까지 밀고 들어온 순간 고은은 괴성조차 지르지 못한 채 몸을 벌벌 떨었다. 하얗게 질린 얼굴로 그의 가슴을 급하게 두드리며 밀어 냈지만 소용이 없었다. 도하는 그때부터 미친 듯이 허리 짓을 시작했다. 그가 안으로 들이닥칠 때마다 고은은 뜨거운 물에 몸이 잠겼다 건져지는 것만 같았다.

"정신 차려요."

도하가 고은 쪽으로 몸을 숙이며 속삭였다.

"아직 시작도 안 했으니까."

뜨거운 애무 따윈 삭제된 서늘한 정사였다. 고은은 벌벌 떨면서도 버텨 내고, 도하는 밀어붙이기만 하는 기 싸움 같은 섹스. 여유 있는 건 당연히 도하 쪽이었다. 하지만 그의 표정만은 그렇지 못했다. 그는 몸을 섞는 내내 고은에게서 시선을 떼지 않았다. 얼굴엔 웃음기가 사라진 지 오래였다. 음험한 잿빛의 눈동자만 색을 띠었다.

"하아⋯⋯. 그만⋯⋯."

고은이 눈물과 땀에 절여진 채 애원했다. 더 이상 받아 낼 수가 없었다.

도하가 자세를 바꿔 그녀를 옆으로 눕혔다. 그러자 고은은 더 큰 압박감을 느꼈다. 몸의 모든 끝부분이 저릿해지기 시작했다.

싫다며 고개를 흔들지만 여지없이 자신도 모르게 야한 신음이 새어 나왔다. 그 소리에 도하의 몸이 반응한다는 걸 알아채고 참아 내 보려 했지만 쉽지 않았다.

"흐읏."

결국 고은이 이겨 내지 못하고 부들부들 떨며 시트를 움켜쥐었다. 그대로 축 처진 몸이 얼마나 지쳐 버렸는지 한눈에 보였다. 도하는 모로 누운 자세로 여전히 고은의 안에 머문 채 그녀를 품으로 끌어와 안 있다. 서로의 땀과 타액이 끈적하게 흐른 두 개의 몸이 접착제처럼 달라붙었다. 고은이 그 와중에도 버둥거리며 싫은 기색을 내보였지만 도하는 봐주지 않고 그녀를 가슴에 더 깊이 가뒀다.

"……."

"……."

침대 위에서는 두 사람의 작은 숨소리만 들렸다. 쿵쿵쿵. 고은은 도하의 심장 소리가 등 뒤에서 고스란히 느껴지자 이상하게도 왈칵, 눈물이 쏟아질 것 같았다. 이렇게 한 몸처럼 뒤엉킨 채 그의 심장 소리를 듣게 될 줄은 몰랐다. 허무하고 누군가 끝없이 원망스러웠다. 그것이 누구인지 이젠 모르겠다. 그인지, 그녀 자신인지.

"괜찮아요?"

"……."

도하가 가만히 묻는 물음에 고은은 대답할 힘조차 없었다. 그는 움직이지 않은 채 가만히 그녀를 안고만 있었다. 계속 그의 뜻대로 한다면 그녀가 기절해 버릴지도 모른다는 걸 알았기 때문일까. 그 선은 절대 넘어서지 않는 게 우도하다워서 고은은 울음 끝에 웃음이 새어 나왔다. 그런 생각을 하면서 그녀는 어이없게도 깊은 잠에 빠져들었다. 그가 여전히 그녀의 안에 머무른 채 뒤에서 안고 있는 상황에서. 고은은 의문투성이인 채로 정신을 놓았다.

고은이 새근새근 잠든 걸 보고 도하는 천천히 허리를 뒤로 물렸다. 그의 몸은 여전히 흥분해 있는 상태였다. 그는 스스로에게 작은 욕을 내놓았다. 짐승 새끼도 이 정도까진 하지 않을 것이다.

고은이 처음이란 걸 알면서도 그는 배려하지 않았다. 욕정에 눈이 먼 나머지 고은을 눈물 흘리게 하고 그걸 지켜보며 또 다른 쾌락을 느꼈다. 정신병이 맞았다. 그렇지 않고서야.

도하는 일어서기 위해 침대 아래에 발을 내려놓았다. 그러자 바닥에 아무렇게나 던져 놓은 콘돔들이 눈에 들어왔다. 그는 미친놈처럼 소리 없이 웃었다. 누군가 그를 당장 철창 안에 가둔다 해도 변명할 말이 없었다.

몸을 일으킨 그는 침대에 누워 잠든 고은을 조심히 안아 올렸다. 그녀는 몸을 축 늘어뜨린 채 깰 기미조차 보이지 않았다.

도하는 심장 안에 얼음을 쏟아붓는 느낌을 고스란히 받아들이며 발을 옮겼다. 욕실 문을 열고 들어가 고은을 욕조 안에 내려놓았다. 목이 꺾여 깨지 않도록 모든 행동을 조심했다. 정말 우스운 짓이었다. 그렇게 함부로 굴어 놓고선. 죄책감을 씻기 위한 행동인 건가. 그 스스로도 자신이 왜 이러는지 알 수가 없었다. 그저 묵묵하게 손이 가는 대로 행동할 뿐이었다.

도하는 욕조에 적당한 온도의 물을 받고 고은을 천천히 씻겼다. 섹스를 하는 내내 울었는지 눈가가 짓물러 있었다. 그는 손을 뻗어 고은의 눈을 조심히 어루만졌다. 찡그려져 있던 그녀의 이마가 그제야 살짝 펴지며, 표정이 한결 편안해졌다. 그것으로 용서받지 못한다는 걸 알았지만 도하는 잠시나마 숨을 돌릴 수 있었다.

그는 잠시 망설이다 고은의 입술에 짧게 입을 맞췄다. 그러자 고은은 또다시 얼굴을 찌푸렸다. 정말 마음에 들지 않는다는 것처럼. 그 모습마저도 사랑스러워 도하는 쓸쓸한 웃음을 내놓았다.

○ ● ○

'고은 씨 이리 와 봐요.'

'네? ……왜요?'

'안 잡아먹으니까, 빨리요.'

도하가 웃으며 손짓까지 했다. 고은은 용기를 내 그의 곁으로 다가갔다. 그가 취해서 들어온 흔하지 않은 날이었다. 도하는 어머니 제사였다고 간단히 말했다. 고은은 거기에 더 말을 얹지 않았다. 그저 따뜻한 꿀차를 만들어 테라스로 내갔다.

그때 도하가 고은을 돌아보며 말했다. 옆으로 와 보라고. 그가 한참이나 기대서 있던 자리에서 비켜서며 그녀의 자리를 마련해 주었다. 고은이 그곳으로 다가서자 정면에서 보름달이 보였다. 그녀가 서 있던 곳에서는 보이지 않는 것이었다. 고은은 자신도 모르게 넋을 놓고 달을 올려다봤다.

'내 선물.'

'네?'

'보름달 뜰 때마다 내 생각 해 줘요.'

'……'

'그 정도는 해 줄 수 있죠?'

그가 쓸쓸하게 웃으며 그녀를 바라봤다. 고은은 심장이 쿵쿵 뛰어 그 시선을 똑바로 바라볼 수 없었다. 다시 보름달을 올려다보는 동안 도하의 눈길이 그녀에게 꽂혀 있다는 걸 알았지만 모른 척했다. 그게 고은이 할 수 있는 최선이었다.

그날 이후로 고은은 그의 뜻대로 보름달이 뜨면 도하를 생각했다. 어느 날은 가슴이 따뜻해졌고, 또 어느 날은 더할 수 없이 슬펐다. 그럴 때면 고은은 꼭 도하가 나오는 꿈을 꿨다. 그는 그녀의 꿈속에서 항상 쓸쓸한 뒷모습을 보인 채 테라스에 서 있었다. 고은은 그가 곧 아래로 뛰어내릴까 봐 겁이 나 다가서지 못했다. 전전긍긍하는 마음은 앓는 소리로 변했고, 할머니가 깜짝 놀라 그녀를 깨운 것도 여러 번이었다.

오늘도 그런 날의 연속인 줄 알았는데. 이상했다. 고은이 그가 있는 테라스로 걸음을 옮겼다. 다가가지 말아야 한다고 생각하면서도 발이 저절로 움직였다. 그때였다. 도하가 고은을 돌아보고 짧게 웃은 후 테라스 난간을 잡았다. 고은이 안 된다고 소리쳤다. 하지만 목소리가 나오지 않았다. 안 돼. 안 된다고.

"하아……."

고은은 번쩍 눈이 떠졌다. 누군가 숨통을 조였다가 푼 것만 같았다. 익숙한 천장을 바라보며 숨을 몰아쉬었다. 꿈인가. 그래서 다행이라고 여기는 것도 잠시였다. 고은은 벌떡 몸을 일으켰다.

"으윽……."

마치 아래를 가격하는 듯한 둔통이 느껴졌다. 고은은 잠시 허리를 붙잡고 입술을 깨물었다. 그제야 어젯밤 무슨 일이 있었는지 깨달아졌다. 그녀는 고개를 돌려 옆자리를 바라봤다. 어떤 흔적도 없었다. 방 안을 훑어보자 거짓말처럼 깨끗했다. 그리고 그녀가 꺼내 입은 적 없는 잠옷으로 갈아입혀져 있단 걸 뒤늦게 알아차렸다.

고은은 허리를 붙잡고 침대에서 내려왔다. 문을 열고 나오자 거실은 휑하기만 했다. 거기에 우뚝 서서 고은은 멍하니 상황 파악을 했다. 울음 같은 웃음이 터졌다. 뭘 기대하고 뭘 바랐단 말인가. 그가 그녀의 옆에 붙어 잠들었을 것이라 여겼던 게 끝내는 수치심으로 다가왔다.

모두 끝났다. 그도 이젠 더 이상 바라는 것이 없겠지. 어쩌면 아예 서울로 가 버렸을 수도 있었다. 고은은 덤덤하게 받아들이며 욕실로 들어섰다. 아무렇지 않게 칫솔에 치약을 짜고 양치를 했다. 세수를 마치고 옷을 벗으려는데 눈물이 치솟았다. 나쁜 새끼. 양아치 같은 놈. 그녀가 아는 모든 욕을 퍼부어 주지 못한 게 억울했다. 고은은 문을 열고 거실로 나왔다. 그리고 마침 집으로 들어서는 한 남자와 마주섰다.

"깼어요?"

도하는 따뜻한 음료와 빵이 담긴 봉투를 들고 있었다.

"혹시 깰까 봐 비밀번호 눌러 봤는데 2층이랑 같네요. 누가 다 털어 가도 모르겠어. 지금이라도 바꿔요. 내가 모르는 아주 어려운 걸로."

그는 아무렇지 않게 그녀의 주방으로 들어갔다. 그러고는 손에 든 물건을 식탁에 내려놓고 고은을 바라봤다. 대치하듯 서 있는 그녀가 그를 유령 보듯 바라보는 게 우습다는 것처럼 그의 입꼬리가 올라섰다.

"눈에서 욕이 많이 나오네."

"우도하 씨."

고은이 힘주어 그의 이름을 불렀다.

"알아서 꺼진 줄 알고 좋아했는데 다시 나타나서 억울해요?"

그의 말이 칼날 같았다. 고은은 더 이상 기 싸움을 하기가 싫어 돌아섰다. 문을 열고 안방으로 들어서자 도하가 따라 들어왔다. 고은은 더 이상 감정을 참지 못하고 보이는 물건들을 그에게 던졌다.

쿠션이 날아오고 책들이 던져져도 도하는 그대로 맞고 서 있었다. 지치는 건 오히려 고은 쪽이었다. 그녀는 털썩 바닥에 주저앉았다. 눈을 감자 여지없이 눈물이 뺨을 타고 흘러내렸다. 도하가 다가오는 발걸음 소리가 들렸지만 그녀는 움직일 힘이 없었다.

"어제는 내가 잘못했어요."

무릎을 꿇은 도하가 그녀에게 시선을 맞추고는 사과했다. 고은은 눈을 뜨고 그를 바라봤다. 도하는 당연한 듯이 손을 뻗어 고은의 눈가를 훔쳐 냈다. 다정한 행동. 따뜻한 눈빛. 그가 휘젓고 뒤흔드는 그녀의 마음들. 그 모든 게 고은은 버겁고 또 그만큼 간절해지고 말았다.

"왜 안 갔어요?"

그녀가 물었다.

"그러게요."

도하는 간단히 대답하곤 웃었다.

"원하는 대로 해 줬잖아요."

고은은 억울해 다시 말을 꺼냈다.

"내가 원하는 게 뭔데?"

그가 웃음을 지우고 되물었다. 진지하게 맞닿아 오는 눈빛이 또 심장을 저리게 만들었다. 고은은 시선을 마주한 채 가만히 그를 바라봤다. 정말 모르는 걸까. 이번엔 도하가 그녀의 눈을 피해 버렸다. 그가 그대로 일어나 공간을 벗어났다. 고은이 정신을 차리고 뒤늦게 밖으로 나오자 식탁 위엔 아직도 식지 않은 커피와 빵이 덩그러니 놓여 있었다.

7

도저히 못 잊겠어

한수는 창가에 서서 차들이 흘러가는 모습을 내려다봤다. 층수로 따지면 30층. 그 꼭대기 자리에 당당히 그의 집무실을 만들었다. 무너져 가는 3층짜리 건물 1층에서 작은 보험사 사람들과 공간을 나눠 쓸 때 받은 설움을 피부에 아로새기며 그 열 배가 되는 빌딩을 올렸다.

온전한 그의 건물이라고 하기엔 은행 빚도 조금 끼여 있긴 했지만 그래도 자수성가나 마찬가지였다. 주민등록증 잉크가 마르기도 전에 고향에서 전 재산 2백만 원 가지고 서울로 올라온 그는 안 해 본 일이 없었다. 젊었으니까. 어쩌면 패기 하나로 무장한 채 덤벼들었던 것인지도 모르겠다.

여러 일을 하다가 굴러들어 간 연예계 판에서 매니저 일만 15년을 했다. 믿었던 동료에게 사기도 당하고 월급도 수차례 떼였다. 그러면서 인생의 쓴맛을 배운 것이 경험이 되어 행운으로 이어졌을까. 늙은 배우의 갑질을 참지 못하고 모든 걸 때려치웠던 날, 우연하게도 스무 살의 우도하를 만났다.

우울할 때마다 찾아가던 대학로 연극 공연장이었다. 거기에 신입으로 들어온 '우도하'는 첫날부터 그곳에 찾아온 모든 기획사의 러브콜을 받았다. 어쩌면 당연했다. 대형 기획사의 데뷔조 아이돌마저 발라 버릴 것 같은 수려한 외모에 연기력까지 갖췄는데 못 할 게 뭐가 있겠는가.

녀석은 공연 휴식 시간마다 기획사 사람들을 만났다. 따지고 보면 만났다기보단 쉬는 시간을 이용해 그에게 면담을 요청하는 사람들이 많았다. 대기실 앞에 줄을 선 것처럼 기획사 대표들이 진을 쳤다. 당연하게도 같이 일하는 연극배우들의 시기 질투는 하늘을 찔렀고, 공연장 대표마저 그에게 빨리 노선을 정하라고 압박하기 시작했다.

'연기만 하고 싶어요. 그래서 여기 온 건데요?'

그의 등장과 싸가지를 상실한 말투는 한동안 공연장의 유명한 일화로 남았다. 한수는 자료조사랍시고 도하의 사생활을 동료 배우들에게서 캐내고 다녔다. 그들도 녀석에 대해 제대로 아는 게 없었다.

'재벌 집 아들이라더라.'

'차가 외제 차인 걸 봤다.'

'지갑 안에 블랙카드도 있더라.'

확증되지 않은 말들은 더 부풀려지며 우도하를 더욱 보석처럼 돋보이게 만들었다. 그러니 반대 라인은 더욱 거세질 수밖에 없었다. 잘 사는 놈이 왜 연극 판에 기어들어 왔냐. 재벌이면 직접 엔터 회사 차려서 데뷔하면 되지 않느냐. 아니면 지금이라도 그 얼굴이면 어느 회사든 받아 줄 텐데 왜 여기서 다른 사람들 비교 대상이 되어 자격지심을 느끼게 만드는지 모르겠다. 그냥 존재 자체가 싫다. 그를 비방하는 무리들은 점점 커져 나갔다.

'여기 오래 못 있을 거예요.'

한수는 도하를 만나자마자 딱 한마디만 건넸다. 후줄근한 양복을 입은 자그마한 기획사 대표를 아래위로 훑어보던 녀석은 잠자코 그가 하는 말을 들었다.

'연기만 하고 싶다면서요? 그렇게 만들어 줄게요, 내가.'

그때 한수는 간이고 쓸개고 뭐든 빼 줄 것 같은 눈빛으로 도하를 바라봤다. 어쩌면 마지막 찬스일지도 몰랐다. 배우는 아무나 되는 것이 아니었다. 그런 아우라가 있는 놈들은 태어날 때부터 정해져 있었다. 더러운 연예계 판에서 악착같이 버텨 내며 한수가 깨달은 결론이었다. 제대로 된 한 놈만 잡으면, 그 동아줄로 인생이 완전히 달라질 수 있을 것이라 믿었다.

'연기만 하고 싶어요.'

녀석은 그때도 딱 한 문장만 그에게 건넸다. 한수는 지금도 그 말을 잊을 수가 없었다. 그게 계약하겠다는 말인 줄 모르고 한참 동안 눈만 끔벅댔다. 그러자 녀석이 오히려 헛웃음을 터뜨렸다.

'그렇게 눈치가 없어서 어떻게 기획사 대표를 해요?'

도하의 물음이 가슴에 화살처럼 꽂혔고 한수는 얼굴을 붉혔다. 그때 처음으로 우도하의 웃음을 봤다. 한수는 멍하니 앉아 도하가 웃는 모습을 바라보기만 했다. 웃음 하나로 '올킬'이란 생각만 들었다.

실제로 녀석의 데뷔작인 영화에서 해맑게 웃는 장면은 아직까지도 '우도하 리즈 시절 움짤' 중 단연 1순위로 사람들에게 회자되고 있었다. 한수는 그 우도하의 웃음 하나로 떼돈을 벌기 시작했고, 한순간에 인생이 바뀌었다.

"하아……."

그는 길게 한숨을 내쉬며 창가에서 시선을 거뒀다. 며칠째 시나리오를 너무 읽어 대서 머리가 어지러웠다. 그래서 이러는 것일지도 모르겠다. 왜 자꾸 옛 생각이 나는지. 그때처럼 날것으로 튀어 오르는 도하를 얼마 전 마주했기 때문일까.

한수는 자꾸만 그날이 떠올랐다. 자신이 왜 이러고 있는지 모르겠다며 도리어 그에게 묻던 도하의 눈빛. 처음 찍은 영화로 신인상과 남우주연상을 동시에 수상한 녀석이 축하한다는 그의 말을 듣고 내놓았던 표정과도 같았다. 네 연기가 좋아서 사람들이 인정해 주는 것인데 뭐가 문제냐고, 한수는 그때 도하를 달래다가 수긍하지 못하는 녀석에게 따지기도 했다. 그도 그 당시에는 불안했었다. 잘난 집에서 태어나 재미로 연기하는 녀석이 돌연 흥미를 잃고 사라져 버릴 것만 같았다.

하지만 어느새 13년이 흘렀다. 도하는 톱스타라는 말이 당연하게 어울리는 자리에 있었고, 한수 역시 그에 걸맞은 인생을 살고 있었다. 행복하지 않을 이유가 없었다. 하지만 그는 요즘따라 더 많은 담배를 피웠고, 불면증까지 걸려 약을 먹어야만 잠이 들었다.

탑의 자리를 지킨다는 건, 다른 말로 언제 추락할지 모르는 불안감을 안고 사는 것이다. 도하의 간단한 사고를 '기억 상실'로 둔갑시킨 것도 그 연장선이었다.

그게 왜 도하의 첫 일탈을 부추기게 되었는지 그는 아직도 제대로 파악하지 못했다. 고은을 다시 만나고 싶은 걸까. 그렇다면 못 할 것도 없지 않은가. 굳이 기억 상실이라는 거짓말까지 해 가며 그 답답한 바닷가 마을에서 무엇을 하고 있는 건지.

한수가 정신을 차리듯 다시 책상에 앉았다. 검수가 거의 끝난 시나리오 몇 개를 추려서 도하에게 보낼 생각이었다. 그 마무리 단계라 더 생각이 깊어진 것이라 여겼다. 한수는 여느 날처럼 집중하며 시나리오 종이를 넘겼다. 그때 집무실 문이 벌컥 열리며 신경질적인 발걸음 소리가 들렸다.

"누구야? 나 집중할 때 아무도 들여……."

자신의 밑에서 일하는 실장인 줄 알고 고개를 들었던 한수는 그대로 얼음이 되었다.

"여기도 나를 안 반기네."

"너……."

도하의 등장에 그는 말이 제대로 튀어나오지 않았다. 절대 서울로 올라오지 않을 것처럼 굴지 않았던가. 한 달만 기다리라고 하더니 벌써 일이 끝난 걸까. 그는 얼른 자리에서 일어나 도하가 지정석처럼 앉아 있는 소파 쪽으로 다가갔다.

"너, 너 어떻게 된 거야?"

"내가 못 올 곳 왔어요?"

다리를 꼰 녀석이 선글라스를 벗으며 오히려 되물었다.

"아니, 인마. 너 한 달만……. 암튼, 됐어. 잘 왔어."

한수는 도하의 어깨를 두드렸다. 걱정한 것이 무색하게 이제 일이 잘 풀릴 것 같았다. 도하만 돌아온다면 문제 될 건 없었다. 불안감도 눈 녹듯 사라졌다. 비딱하고 건방진 자세로 앉아 있는 녀석은 틀림없이 우도하였다. 거기다 집에 들러 옷을 갈아입었는지 평소의 깔끔하고 세련된 자태 그대로였다. 한수는 믿지도 않는 하느님에게 감사하다고 계속해서 속으로 외쳤다.

"시나리오는요?"

"어?"

"아직도 고르는 중이에요?"

"아니, 아니다. 벌써 다 골라 놨지."

한수는 얼른 엉덩이를 들어 자신의 책상으로 다가갔다. 도하에게 보내려고 봉투에 담아 놓은 시나리오와 대본을 얼른 가져와 녀석의 앞에 진열하듯 펼쳐 놓았다. 도하는 꼬고 있던 다리를 풀고 탐색하듯 시나리오를 하나씩 들어 올렸다. 녀석이 매서운 눈으로 캐릭터를 분석했다. 진짜다. 완전히 돌아왔다. 한수는 이것만으로도 눈물이 날 지경이었다.

"이 감독은 대본에 너무 많이 손을 대던데."

"아, 그렇지? 최 감독이 좀 그런 편이야."

"이걸로 해요."

도하는 단숨에 하나를 골라 한수 앞에 내밀었다.

"벌써 정했어?"

"다 거기서 거기인 거 몰라요?"

도하가 늘 하던 말이었다. 특별하게 다른 이야기는 없다고. 영화든 드라마든 대본과 연출의 합만 잘 맞는다면 연기로 마지막 한 방을 때리면 게임 끝난다고. 자신의 연기가 최고라는 자아도취에 빠진 타입은 아니었지만 어떤 것에 그의 색을 입히면 사람들이 반응할지 아주 약삭빠르게 아는 배우였다. 그래서인지 도하는 한수보다 시나리오를 고르는 능력이 탁월했다. 그걸 한수도 인정할 수밖에 없었다.

도하가 고른 드라마는 녀석에게 첫 영화를 찍게 해 준 감독의 것이었다. 혜성같이 등장한 도하 덕분에 감독도 몇 년 동안은 일이 잘 풀렸다. 하지만 투자금이 많이 들어간 액션 대작을 만들었다가 몇 번실패를 맛본 후 부업으로 광고 홍보 영상 쪽 일을 하며 근근이 살아가고 있다는 말을 들었다.

시나리오는 틈틈이 쓰고 있지만 받아 주는 곳이 없어 제작사를 전전하는 상황이었다. 도하에게도 늘 그의 새로운 시나리오가 들어왔다. 녀석은 옛정 따윈 없는 것처럼 그의 작품을 날카롭게 평가하고 단한 번도 눈길을 주지 않았다. 감독이 한 번만 만나 달라고 연락을 걸어 올 때면 망설임도 없이 단칼에 거절해 버렸다. 오히려 미안함에 회사 카드로 소고기를 사 준 건 한수였다.

"근데 박 감독은…… 괜찮겠어? 이미 감을 잃었을 수도 있어."

한수가 혹시 몰라 입을 열었다.

"지금 연기로 개욕 먹는 나보다 더할까요?"

도하가 간단히 답하고는 몸을 일으켰다. 한수는 그를 따라 자신도외투와 가방을 챙겼다. 오랜만에 돌아온 녀석에게 영양 보충이라도해 줄 생각이었다. 어쩐지 얼굴이 더 날카로워진 게 안쓰럽기도 했다. 도하는 한수가 따라붙자 멈춰 서서 뒤를 돌아봤다.

"왜 따라와요?"

"밥이라도 먹자고."

"관리하라면서요?"

"아, 그럼 집에 데려다줄게."

"내 집이 어딘데요?"

녀석이 그걸 한수에게 물었다.

"……어?"

한수가 어리둥절해하자 도하가 무슨 비밀이라도 되는 것처럼 그의 귓가에 속삭였다.

"한 달은 좀 짧은 것 같아요."

"……뭐?"

"지금 영화 크랭크인 들어가려면 6개월은 있어야 될 것 같던데."

"……."

"천천히 준비하고 있을게요."

도하가 싱긋 웃고는 유유히 사무실을 걸어 나갔다.

○ ● ○

"망할 놈."

국을 푸던 고은의 뒤에서 은금의 욕이 거칠게 튀어나왔다. 고은은 할머니의 말을 신경 쓰지 않은 채 두 그릇의 국을 퍼서 식탁에 자리를

잡고 앉았다. 반찬이나 요리가 세 명이 있을 때보다 단출해졌다고 느
꼈지만 그녀는 별말 없이 밥을 떠먹기 시작했다.

"몇 시간 만에 올 것처럼 가더니, 지금이 며칠째야?"

"할머니, 국 식어요."

고은이 국그릇을 은금 앞으로 밀어 주며 말했다.

"넌 아무렇지도 않아?"

서운함이 잔뜩 묻은 은금의 눈빛이 고은에게로 와 닿았다. 고은은
뭐라고 답해야 할지 몰랐다. 빵과 커피를 사다 놓고 고은의 집을 벗어
난 도하가 할머니에게 들러 잠시 서울에 다녀오겠다는 말을 하고 떠
났다는 사실을 알았을 때 어쩐지 금방 체념이 되었다.

떠나라고. 가 버리라고. 온몸으로 말하고 있는 여자와 마주하는 게
더 이상 흥미롭지 않다는 걸 이해 못 하진 않았다. 은금에게는 미안한
맘에 다녀오겠다고 한 것 같았다. 고은은 아마도 더 이상 도하를 보지
못할 것이란 생각을 했다.

벌써 3일이 지났다. 그녀에게 연락도 없었다. 솔직히 말해 연락할
이유도 남아 있지 않은 관계였다. 전남편과 전 아내. 무슨 구속력이
있나. 얼마 되지 않는 그의 짐을 정리해 윤 대표 편으로 보내 버리면
모든 게 깔끔하게 정리될 상황이었다.

"어차피 갈 사람이었어요."

고은은 덤덤히 수저를 다시 움직였다. 밥알이 입 안에서 모래알처

럼 뒹굴었지만 씹어 삼키면 넘어가는 게 음식이었다. 그렇게 버티고
살아 낸 세월이 지금뿐인가. 너무 어릴 때부터 인내와 포기를 터득한
고은에겐 그게 세상에서 제일 쉬운 감정이었다.

"넌 그게 문제야."

은금이 어쩐 일로 날카로운 말을 꺼냈다.

"……"

고은은 고개를 들어 할머니를 바라봤다.

"왜 사람한테 곁을 안 줘? 너 좋아서 내려와 있는 게 한눈에도 보
이는구먼. 너도 여기 있게 해 준 이유가 영 싫지 않아서 그랬던 거 아
니야? 뭘 그렇게 따져. 좋으면 그냥 안아 달라 하고. 위로받고, 위로
해 주고. 사람끼리 상처 보듬으면서 사는 게 인생이야."

"할머니."

"그래."

"그 사람, 저 대학 선배 아니에요."

"뭐?"

고은은 거기까지 말하고 더 이상 입을 열지 못했다. 전남편이라고
말해 버리면 모든 게 끝날 텐데. 그 말을 듣고 나면 은금은 더 이상 도
하를 입에 올리지 않을 텐데. 뭐가 겁나서. 고은은 입 끝에 매달린 말
을 꺼내 놓지 못하고 식탁 아래로 내려놓은 손만 움켜쥐었다.

"선배든 아니든 그게 뭐가 중요해?"

"중요해요."

심통이 난 듯 짧게 대답하고 고은은 다시 밥을 먹었다. 하여간 고집부리는 건 네 아빠를 똑 닮았어. 그렇게 말하는 것처럼 은금이 긴 한숨을 내쉬어도 고은은 대꾸하지 않았다. 식탁엔 조용한 침묵만 흘렀다. 고작 며칠인데 사람 하나 사라졌다고 이리도 허전할까. 고은은 할머니가 도하에게 내비치는 마음이 어쩐지 안쓰럽기도 했다.

더 잘해야지. 그녀가 그 빈자리까지 채워 줄 것이다. 그런 다짐을 하며 식사를 마쳤다. 고은이 양치를 하고 거실로 나와 일을 다녀오겠다고 인사를 건네자 은금은 조용히 일어나 그녀의 간식을 담은 도시락 통을 말없이 내밀었다. 그러고는 다시 소파에 앉아 뜨개질을 시작했다. 고은은 잠시 은금을 바라보다가 조용히 집을 빠져나왔다.

"무슨 일 있어?"

"⋯⋯응?"

여느 날처럼 정신없이 학원 수업을 마쳤다. 그리고 문을 닫으려 할 때 치킨 봉투를 든 미선이 나타났다. 고은은 오늘만큼은 미선의 방문이 평소보다 더 고마웠다. 대충 공간을 치우고 두 사람은 바다가 보이는 테이블에 자리를 잡고 앉았다. 마침 비까지 내려 주어 두 사람은 딱히 말을 주고받지 않았는데도 자연스럽게 술잔을 기울이게 되었다. 고은이 한참이나 비 구경에 빠져 있을 즈음 미선이 불쑥 물어 왔다.

그제야 고은의 시선이 친구에게로 가 닿았다.

"애들 중에 누가 힘들게 해?"

미선은 그 이유라고 생각했다. 그녀가 직장에서 꼴 보기 싫은 상사 때문에 스트레스를 받는 것처럼. 애들을 가르치는 학원도 똑같을 테다. 직장을 때려치운다는 말을 할 때마다, 그녀의 어머니는 어느 곳을 가든 힘든 건 마찬가지라고 딸을 달랬었다. 공무원이면 철 밥통인데 그만두는 게 말이 되냐고. 그런 꽉 막힌 말을 꺼내지 않은 것만으로도 다행이라 여기며 미선은 많은 시간을 꾸역꾸역 참아 냈다. 눈앞에 있는 고은도 그러지 않을까 생각했다.

"누가?"

고은이 웃으며 오히려 되물었다.

"모르지."

미선이 고은을 따라 실없이 웃었다. 고은은 또다시 창밖을 내다봤다. 미선은 그런 친구의 얼굴을 감상하듯 빤히 들여다봤다. 확 튀는 미인은 아니었지만 이렇게 말간 눈을 하고 생각에 잠긴 고은을 보면 어떤 잔잔한 영화의 주인공 같기도 했다. 점점 더 빠져드는 늪처럼, 고은은 가만히 보고만 있어도 사람을 끌어당기는 매력이 있었다.

먼저 다가오는 편은 아니었지만 한번 맺은 관계를 소중히 하는 사람이었다. 그녀는 미선이 놓친 부분을 조용히 충고해 줄 줄 알았고, 함부로 남을 비방하지도 않았다. 감정의 기복이 크지 않아서 안정감이 있었다. 태진은 그래서 고은이 좋다고 했다. 고은을 보고 있으면 편안해진다고. 그러니 그녀가 가진 상처는 자신이 치유해 주고 싶다고.

"태진 오빠한텐 내가 잘 말했어."

"……응?"

고은이 또 대화를 놓치고 뒤늦게 대답했다.

"너 부담스러워하니까 적당히 하라고."

무슨 소리인가 싶었는데 고은은 그 말을 듣자마자 미안한 웃음이 흘렀다. 그녀가 뭐라고 이래라저래라 할 수 있는지. 감정이란 건 이성적으로 움직일 수 있는 게 아니란 걸 도하를 통해 뼈저리게 느꼈으면서, 그녀와 같은 입장인 태진에게는 빨리 접어 달라고 함부로 종용했다. 누가 나쁜가. 아니, 여기에서 나쁜 사람이 있을까. 고은은 생각이 더 깊어졌다.

"우리 양주 마실까?"

돌연 눈빛의 색을 바꾼 고은이 제안했다.

"에? 갑자기?"

미선이 놀라며 눈을 키웠다. 그러자 고은은 입가에 미소까지 머금으며 자리에서 일어났다. 그녀는 보물 창고라도 가는 것처럼 발걸음이 가벼웠다. 미선은 정말 고은에게 무슨 일이 있는 것인가 싶어 걱정이 되기도 했다. 다른 사람도 아니고 바른 생활 이고은이 학원에서 양주라니.

"현아 어머니가 선물로 주셨어."

방황하던 현아가 마음을 잡고 학원을 다니다가 처음으로 성적이 올랐을 때였다. 마감 시간에 찾아온 현아의 어머니는 고은의 앞에 선물로 양주를 내밀었다. 고은은 받지 않겠다고 거절했지만 현아 어머니는 막무가내로 건넸다. 마트에서 주류 코너 단기 알바를 하면서 싸게 살 수 있었다고. 선생님께 꼭 뭐든 선물을 드리고 싶었는데 마땅한 게 떠오르지 않았다고. 선생님도 사람이니 가끔 정말 힘든 날이 있지 않냐고. 그럴 때 이 양주 한 잔 마시고 모두 다 잊어버리시라고. 그 말을 들었을 땐 고은도 더 이상 술병을 밀어 내지 못했다.

그저 받아 두고만 있겠다고 생각하며 서랍장 어딘가에 넣어 두었다. 그리고 잊었었다. 고은은 양주병을 꺼내서 테이블로 가져왔다. 마땅한 컵이 없어 종이컵을 내놓자 혼자서 위스키를 마셨던 도하가 잠시 떠오르기도 했다. 그는 뭐가 힘들었을까. 제대로 묻지 못했다.

우도하에게도 힘든 것이 있을까. 한때는 그런 생각을 했었다. 사람들의 사랑을 한 몸에 받는 톱스타. 잘생긴 외모에 연기력까지 뛰어났다. 집안도 빵빵한 정도가 아니라 가진 돈의 숫자를 셀 수도 없는 재벌이었다. 모든 걸 다 가졌다 할 만큼 그는 모자람이 없었다.

그런 남자가 계약 결혼을 하고 사랑은 하지 않았다. 그것을 가지지 않아도 슬플 일이 없기 때문이라고 여겼다. 사랑 같은 건 우습게 여겨도 될 만큼 그에겐 빈자리가 없다고 고은은 마음대로 결론을 내려 버렸다.

'내가 원하는 게 뭔데?'

몸을 섞고 난 다음 날 아침, 그는 그렇게 되물었다. 고은은 그 말이 물음표가 되어 자꾸만 가슴을 떠돌았다. 잠자리를 원한 게 아니었나. 그게 아니라면 무엇이 더 있을까. 그녀는 바보처럼 또 희망을 품었고 거기에 곧장 대답하듯 도하는 돌연 사라져 지금까지도 나타나지 않았다. 끝나지 않는 도돌이표 같았다.

"너, 내일 수업 있는데 무리하는 거 아니야?"

고은이 종이컵에 양주를 생각보다 많이 따르자 미선의 눈썹이 꿈틀댔다. 뭐가 그렇게 두려워, 친구야. 고은은 그렇게 말하는 것처럼 미선을 바라보고선 종이컵을 들었다.

"그래. 인생 뭐 있어. 먹고 죽자."

두 사람은 짠을 하고 독한 양주를 원샷했다. 미선은 술을 마시자마자 목이 타들어 간다고 고래고래 소리를 질렀고, 그 모습에 고은이 참지 못하고 웃음을 터뜨렸다. 그러다 두 사람 다 물을 찾아 냉장고로 달려가다가 바닥에 미끄러졌다. 이상하게 계속해서 웃음이 터져 나왔다. 그게 술 때문인지 밖의 비 때문인지 떠난 도하 때문인지는 모르겠지만 고은은 이렇게라도 웃을 수 있어 다행이라 여겼다.

"와……. 나 목 없어지는 줄. 남자들은 이게 뭐가 좋다고 마셔?"

미선은 연거푸 안주를 흡입하며 말을 쏟아 냈다. 목구멍을 타고 내려간 술이 이젠 배 속을 뜨끈하게 만들었다. 소주와 맥주는 장난 같았다. 독주는 독주만의 매력이 있다고 마셔 보라는 회사 동료들의 말에도 그녀는 소맥이 최고라고 외쳤다. 사람이 안 하던 짓을 하면 안 된다더니.

"근데…… 난 좋은데."

고은이 바닥에 거의 누워 버린 채 자신의 가슴 쪽을 만졌다.

"막 여기가 꽉 조이는 게, 심장이 없어지는 것 같아."

"저기요, 심장 없으면 죽거든요."

미선은 바닥에 누운 고은을 내려다보며 경고했다. 그러자 고은은 뭐가 재미있는지 입가에 계속 미소를 머금었다. 술기운 때문일지라도 고은이 웃어 미선은 기분이 좋았다. 양주라고 다 나쁜 건 아니구나. 이렇게 사람을 다르게 변화시키는 걸 보니 어쩌다 한 번씩은 괜찮지 않을까 싶었다.

"이고은, 괜찮아?"

미선이 여전히 고은에게 시선이 머무른 채 물었다. 고은은 눈을 감은 채 가만히 누워 있었다.

"……응."

"안 괜찮은 거 같은데요?"

"미선아."

"……왜?"

"미선아."

"안 괜찮은 거 맞네. 확실하네요."

"나…… 너무너무 좋은 사람이 있어."

"……."

미선은 놀라 입을 벌린 채 고은을 바라봤다.

"그 사람을 도저히 못 잊겠어."

고은이 두 번째 고백을 한 그 순간이었다. 뒤쪽에서 인기척이 느껴졌다. 고은은 눈을 감은 채 그대로 누워 있었고, 미선은 고개를 돌려문 쪽을 바라봤다. 그녀는 반쯤 감기던 눈을 동그랗게 떴다.

"너희들……."

태진이 문턱 앞에서 말을 잊은 채 입을 벌리고 서 있었다. 바닥에누워 있는 고은과 미선을 번갈아 바라보다 그나마 멀쩡한 사촌 동생에게 시선이 꽂혔다. 미선은 반쯤 일어나 억울한 표정을 지었다.

"내, 내가 안 먹였어! 고은이가 먹자고 한 거야. 진짜야."

"지금 그게 중요해?"

태진은 짧게 대답하고 고은의 곁으로 다가갔다. 바닥에 무릎을 꿇듯 몸을 내린 그가 고은의 얼굴을 살폈다. 조심스럽게 몸을 흔들자 스르르 고은의 눈이 떠졌다. 그녀는 그를 바라보며 웃었다. 여태껏 태진에게는 한 번도 보인 적 없는 무장 해제 된 모습이었다. 그러면 안 된다고 생각하면서도 그는 가슴 안이 뜨거워지고 말았다. 얼굴까지 달아오르기 전에 태진은 고은과 마주한 시선을 피했다.

"뭐 하고 있어?"

고은의 몸을 일으켜 세우다 미선을 바라봤다.

"오빠가 업게?"

"안 그럼 여기서 재울 거야?"

"오빠."

미선이 의미를 담은 낮은 목소리로 그를 불렀다. 태진은 잠시 미선과 시선을 맞췄다. 무슨 뜻으로 말한 건지 그도 너무 잘 알고 있었다. 그래서 그는 더 모른 척할 수가 없었다.

"네가 말한 부담이나 선이 어떤 건진 모르겠지만 지금은 내 생각이 맞다고 생각해."

"오빠, 그래도……"

"네가 이러고 있었으면, 내가 널 업어서 집에 안 데려다줬을 것 같아?"

태진은 낮은 한숨을 쉬며 되받아쳤다. 미선은 더 이상 그의 행동을 막을 수가 없었다. 태진이 고은을 업고 일어나는 걸 조용히 도와주었다. 이고은이 양주 한 잔에 이렇게 정신을 못 차릴 줄 몰랐고, 자신은 그에 비해 너무 멀쩡해 상황이 이상해졌지만 어쨌든 고은을 집에 데려다주긴 해야 했다.

그렇게 생각하고 보니 그녀 혼자는 역부족이었다. 어쩌면 오히려 그녀가 태진에게 도움을 요청했을지도 몰랐다. 미선은 대충 학원 불만 끄고 고은과 자신의 가방을 챙겨 나왔다. 태진은 고은을 업은 채로 천천히 바닷가 반대편 쪽 골목으로 걸어 들어가기 시작했다. 그 뒤를 미선이 종종걸음으로 따라붙었다.

"얼마나 마신 거야?"

축 늘어진 고은의 몸을 느끼며 태진이 뒤쪽을 향해 물었다.

"얼마 안 마셨어. 진짜야. 딱 한 잔 마시고 이러는 거라니까?"

미선이 억울해하며 급하게 대답했다. 태진은 그 말이 거짓이 아니란 걸 알았다. 미선은 표정을 보면 어떤 생각을 하는지 쉽게 이해되는 타입이었다. 그에 반해 고은은 감정을 잘 드러내는 사람이 아니었다. 그들이 처음 만났을 때도 그랬다.

단체로 우르르 앉아 미팅을 하던 자리였다. 누구라도 한마디를 더 해야 눈에 띄었고, 그런 여자애들에게 남자들의 표가 몰렸다. 고은은 외모적으로 사람을 끄는 매력이 있었지만 너무 말이 없는 편이었다. 어린 남자들의 눈에 그 모습이 심심해 보였을지도 모르겠다.

고은을 마음에 둔 사람은 그 혼자였다. 그게 얼마나 다행이었는지. 태진은 내성적인 성격 때문에 뒤늦게 미팅 주선자를 통해 고은의 연락처를 알아냈지만 그녀는 이미 번호를 바꾼 뒤였다. 몇 번이고 대학교 앞에 가서 무턱대고 고은을 기다린 적도 있었다. 어떻게 한 번을 안 마주칠까. 하늘을 원망하기도 했다. 그때 그는 왜 더 적극적으로 그녀를 찾아낼 생각을 하지 못했을까. 뒤늦게 고은을 만나고 나서 많이 후회했다. 그리고 고은을 업고 있는 지금도 후회되기는 마찬가지였다.

"고은이가 좋아하는 사람……. 넌 누군지 알아?"

묵묵히 걸어가던 태진이 불쑥 물었다. 미선은 고개를 돌려 사촌 오빠를 바라봤다. 그렇게 당신에게 감정이 없다고, 부담스러워한다고 말을 해도 그는 뻗어 가는 마음을 어쩌지 못하는 걸까. 왜 사랑의 작대기는 쌍방이 아니라 한쪽으로만 흐르는 거지. 미선은 자신이 안타까울 정도였다.

"몰라. 이고은이 그런 거 얘기하는 앤가. 아깐 나도 듣고 놀……."

아차차. 미선은 말을 뱉다가 자신이 실수를 한 걸 깨닫고 황급히 입을 닫았다.

"나도…… 들었어."

태진이 곧바로 고백했다.

"아…… 참, 타이밍 한번 뭐 같네."

미선이 속엣말을 꺼내 버렸다. 태진은 잠시 작은 웃음을 흘려보냈다. 그도 그렇게 생각했다. 고은이 그런 고백을 할 사람이 아닌데, 그 말을 그가 듣게 되었다. 미선이 그에게 찾아와 고은의 뜻이란 것처럼 자신의 친구에 대한 마음을 접으라고 했을 때 예상했으면서도 가슴이 아팠다.

고은이 힘든 건 그도 싫었다. 그래서 애써 감정을 비우려 노력했다. 약국을 마치고 집으로 돌아갈 땐 일부러 고은의 학원 근처를 꼭 지나쳤는데 미선이 다녀간 이후론 그 행동도 하지 않았다. 운동을 시작했고, 매일 밤 바닷가를 미친놈처럼 뛰었다. 오늘도 그런 날이었다.

그러다 발길이 또 제멋대로 고은의 학원 앞에 멈춰 섰다. 당연히 집으로 돌아갔을 시간이라 찾은 것이다. 하지만 환하게 밝혀진 공간을 보자 그는 심장이 뛰었다. 돌아서야 한다고 생각했지만 이성이 마음을 이기지 못했다.

그리고 고은의 취중진담을 들었다. 좋아하는 사람을 잊을 수 없어 독주를 마신 여자가 더 안쓰럽고 그의 심장을 울리면 그는 이제 어찌해야 할까. 태진은 고은을 업고 가는 내내 깊은 한숨을 여러 번 내쉬어야 했다. 아주 우습게도 고은의 집으로 가는 길이 조금 더 길기를 바랐다. 눈앞의 빌라 건물 보는 순간, 그는 자신이 아주 진한 짝사랑을 다시 시작한 것만 같았다.

"어, 이 번호 아닌가?"

3층에 도착해 미선이 자신이 아는 비밀번호를 눌렀지만 맞지 않는 번호였다. 고은이 학원을 개원할 때 같이 전단지를 돌리고 이런저런 일을 도와주느라 집에 자주 들르게 되면서 알게 된 번호였다. 번호가 너무 쉬워 고은에게 바꾸라고 했지만 굳이 그럴 필요가 없단 말을 들었던 게 기억이 났다.

"고은아. 이고은."

태진의 어깨에 기대 잠든 고은을 흔들어 깨워 봤지만 그녀는 정신을 차리지 못했다. 그렇다고 자정이 넘은 시간에 고은의 할머니를 깨울 순 없었다. 1층 불은 벌써 꺼져 있었고 3층으로 올라올 때도 행여나 들키지 않도록 조심하고 또 조심했다. 고은이 이렇게 술에 취한 걸 알면 할머니 은금이 얼마나 속상해할지 미선이 더 잘 알았다. 그런 할머니 때문에 고은이 또 죄책감을 느낄 게 뻔했다.

"아…… 어쩌지."

"2층은?"

태진이 가만히 있다가 미선에게 물었다.

"응?"

"거기 비워져 있지 않아? 살았던 사람이 나갔다며?"

"아, 맞다! 거기 침대하고 큰 물건은 그대로 있어."

미선은 아주 좋은 아이디어라고 칭찬하듯 태진의 어깨를 두드렸다.

"근데 거긴 비밀번호 없어?"

아직 좋아하긴 이르다며 그가 물었다.

"아……. 어, 아니다. 거긴 내가 아는 3층 번호랑 같을 거야. 거기 뒷정리 나도 도와줬거든. 헷갈린다고 똑같이 해 놓는다고 했어. 그 번호 아니면 진짜 어쩔 수 없다. 우리 집에 데려가든지 해야지."

"그게 고은이 할머니 귀에 더 빨리 들어가겠다."

미선은 부모님과 함께 살았다. 그리고 미선의 어머니는 고은의 할머니와 아주 친밀한 사이였다. 진짜 어쩔 수 없다면 태진은 자신의 집으로 데려가야겠다고 생각했다. 그는 약국으로 가서 간이침대에서 자면 그만이었다. 처음부터 그렇게 할 걸 그랬나. 뒤늦게 후회가 들기도 했다.

"오, 된다! 오빠, 문 열려!"

먼저 2층으로 내려가 비밀번호를 눌러 본 미선이 호들갑스럽게 태진을 불렀다. 그는 조용하라며 눈빛으로 경고를 날렸다. 은금이 이 소리를 듣고 깨 버리면 모든 고생이 헛수고였기 때문이다. 그렇게 그들은 2층 집 안으로 조용히 들어섰다.

"어? ……여기, 누가 사나."

미선은 어쩐지 공간에서 사람이 지내고 있는 흔적이 느껴져 발걸음을 멈칫했다. 하지만 현관에서 벗어 놓은 신발 같은 건 보지 못했다. 안으로 들어서자 정리된 캐리어 하나가 놓여 있었다. 진짜 누군가 지내고 있는 걸까. 어쩌다 한 번씩 할머니의 먼 친척이 잠시 놀러 오기도 한다는 소리를 들었던 게 뒤늦게 생각났다.

그런데 사람의 인기척이 없었다. 우선은 어쩔 수 없다 결론을 내리고 그들은 고은을 침대가 있는 방으로 옮겼다. 태진이 고은을 침대에 눕히자 그녀는 목이 타는지 눈을 감은 채 작은 목소리로 물만 찾았다.
미선이 급하게 거실로 가 냉장고를 열자 다행히 생수병이 있었다.

"오빠, 여기."

"아니다. 너 좀 있어라."

"어?"

침대에 걸터앉아 있던 태진이 갑자기 일어났다.

"이렇게 잠들면 내일 속병 날 거야. 약 좀 챙겨 가지고 올게."

미선이 말릴 틈도 없이 그는 문을 열고 나섰다. 빌라를 빠져나온
그는 마당에 주차된 차 한 대를 보고 그대로 멈춰 섰다. 차는 흔하게
볼 수 없는 고가의 슈퍼 카였다.

누가 여기에 이런 차를 몰고 들어온단 말인가. 불법 주차인가. 그
렇다면 전화를 걸어 내쫓아야 할 것이다. 차 쪽으로 가까이 다가서자
운전석에 누군가 타고 있는 게 보였다.

뭐지. 그때 차 문을 열고 한 남자가 나왔다. 태진은 그때까지만 해
도 그 사람을 자신이 본 적 있을 것이라 상상조차 하지 못했다. 어둠
속에 가려져 있던 남자가 천천히 그의 앞으로 다가오면서 모습이 자
세히 드러냈다.

"……."

"……."

태진은 남자와 대치하듯 섰다. 남자는 태진을 아는 것처럼 입꼬리

를 올렸다. 웃고 있었지만 그의 표정은 완전히 썩어 들어가고 있었다. 태진의 눈에 그게 너무 잘 보여 자신의 착각이라 의심하지 못할 정도였다.

"그쪽이 왜…… 이 시간에, 여기 있습니까?"

태진이 경계하듯 물었다.

"내가 묻고 싶은 말인데요?"

도하는 어이없다는 얼굴로 웃음을 터뜨렸다. 그러고는 사늘히 표정을 지웠다. 그에게 한 걸음 더 다가온 도하는 머리 하나가 더 위에 있어 태진이 올려다봐야만 했다. 우도하는 섬뜩할 정도로 태진을 빤히 내려다봤다.

8.
내가 안 괜찮아요

잠든 고은은 여러 번 끙끙대며 몸을 뒤척였다. 그 모습을 어둠 속에서 지켜보던 도하는 몸을 움직여 그녀가 팽개친 이불을 다시 꼼꼼하게 덮어 주었다. 그러다 고은의 발개진 눈가와 헝클어진 머리카락을 보고 자연스럽게 손이 움직였지만 가까스로 멈추었다.

그는 다시 뒤로 물러나 벽에 기대앉았다. 고은의 얼굴을 살피기에는 딱 좋은 자리였다. 어둠 속에서도 그녀의 표정이 하나하나 박히듯 눈에 들어왔다. 못 본 건 단 3일 정도일 뿐인데. 이혼하고 못 본 기간보다 더 고은의 생각을 많이 했다. 몸을 섞는다는 게 이런 건가, 싶을 정도였다. 그저 잠자리라고 생각했는데. 그게 아니었던가.

도하는 한수를 만나 휴식 기간을 협상하고 곧장 돌아올 계획이었다. 하지만 그를 포획한 상태에서 가만히 놔줄 한수가 아니었다. 네 부탁을 들어줄 테니 병원에 입원해 다시 한번 쇼를 하고 가라는 거였다. 그래야 대중들이 믿어 줄 거고, 널 기다릴 거라고.

악착같이 간절한 윤 대표의 눈빛에 도하는 그만 쓸쓸하게 웃어 버렸다. 그가 선택한 사람이니 이것도 어쩌면 그가 감당할 업보였다. 짧게 끝날 연기 인생이 지금까지 이어진 것도 어쩌면 너무 순박하고 하나밖에 모르는 윤 대표 때문일지도 모른다는 생각이 들었다.

'알았어요.'

도하가 대답하자 윤 대표가 더 놀랐다. 그가 스스로 병원에 들어가 입원복을 입고 침대에 누웠다. 3일 정도는 괜찮을 것 같았다. 아니, 그 정도라면 고은이 그에게 먼저 연락을 걸어 오겠지. 왜 돌아오지 않느냐 말을 돌려서라도 하겠지. 그런 단순한 장난이 치고 싶었던 것인지도 모르겠다.

하지만 고은에게선 단 한 통의 연락도 없었다. 도하는 하루 종일 그녀의 번호만 저장된 핸드폰을 노려보다가 멍청하게 웃었다. 그래, 이러니 이고은이지. 그렇게 지독하게 꺼지란 말을 반복하는 여잔데. 단 3일 만에 흔들릴까. 그는 혼자만의 의미 없는 밀당을 끝내고 다시 강릉으로 내려왔다. 그랬더니 지금 이 상태로 고은은 그를 맞이했다.

"훗……."

도하의 시선이 침대 옆 협탁에 놓인 약봉지로 옮겨 갔다. 그 남자가 2층 집에서 빠져나오는 걸 두 눈으로 확인한 도하는 웃음조차 나오지 않았다. 그를 기다리는 것까지 바라는 건 욕심이란 걸 알았다. 하지만 잠시였는데. 그동안 다른 남자를 그의 짐도 치우지 않은 방에 들였다는 생각이 들자 가슴속의 피가 제대로 돌지 않는 것만 같았다.

'무슨 일인지 모르겠지만 여기 주차하시면 안 됩니다.'

남자의 경고에 도하는 천연덕스럽게 대답해 주었다.

'여기 집주인 손녀분이랑 다 얘기가 됐습니다.'

'네? 무슨……?'

'내가, 이고은이랑 아는 사이라고. 이제 이해했습니까?'

남자는 잠시 눈동자가 흔들렸지만 평정심을 유지했다. 그러고는 지금의 상황을 상세히도 설명했다. 고은이 좀 취해서 자신이 데려다주게 되었다고. 그러니 지금은 고은을 만날 수 없다는 말까지 하고 돌아가라며 오지랖을 부렸다.

'얼마나 취했습니까?'

'……'

'같이 마셨어요?'

도하가 몰아붙이듯 묻자 남자는 잠시 넋이 나간 상태로 그를 바라봤다. 이제 이해가 되느냔 눈빛으로 도하가 남자를 내려다봤다. 이렇게 눈치가 없어서야 이고은을 차지할 수 있겠냐는 거만한 눈동자로 그가 비웃자 남자는 황급히 인사를 건네고 사라졌다.

그렇게 도망간 줄 알았던 놈이 뒤늦게 약봉지를 들고 나타났다. 그

땐 이미 도하가 2층으로 올라와 고은의 친구와 마주한 이후였다. 고은이 자주 만난다는 공무원 여자는 도하를 보자마자 귀신이라도 본 것처럼 할 말을 잇지 못했다. 도하는 길게 설명하지 않았다.

'여기서 지내기로 고은 씨랑 얘기가 됐습니다.'

'그, 그럼…… 이 집들이…….'

도하의 캐리어를 가리키며 여자가 말을 더듬자 그는 친절하게 자신의 것이 맞다고 인정했다. 그러자 친구는 도망치듯 집을 빠져나가 버렸다. 그리고 얼마 후 초인종이 울렸다. 문을 열자 아까 그 남자가 서 있었다. 도하는 웃음이 터졌다.

'이거, 고은이 먹게 해 주세요.'

남자는 도하에게 약봉지를 내밀었다. 그가 누구든 아무 상관 없다는 눈빛이었다. 그렇게 마음 정리가 쉬워 지금까지 이고은 옆에 붙어 있는 것인가. 도하는 그런 생각밖에 들지 않았다. 자신이 그녀의 전남편이란 말까진 하지 않았다. 그것이 더 자존심이 상해 그는 신경질적으로 약봉지를 낚아채고선 문을 닫았다. 걸쇠까지 걸고 이중 잠금을 해 버렸다.

단 며칠인데 고은은 그에게 많은 감정을 느끼게 해 주었다. 도하는 고은이 잠든 침대로 다가갔다. 술을 많이 마셨다고 했다. 왜. 그 이유가 뭔지 알아내고 싶은 마음이 솟구쳤다. 무엇 때문에 마음이 아파 이기지도 못할 술을 마시고 자신을 짝사랑하는 남자가 집에 데려다주게 했을까. 무슨 사연이 있었던 간에 도하는 그의 부재가 고은에게 아무런 영향도 주지 못했다는 사실 하나만으로 패배감에 휩싸였다. 자리에 앉아 고은을 바라보던 도하의 눈빛이 점점 더 깊어져만 갔다.

○ ● ○

'아프면 나한테 말을 하지 그랬어요?'

'아, 그게……'

도하가 고은을 단숨에 안아 들었다. 고은이 놀라 얼굴을 붉혔지만 그는 신경조차 쓰지 않았다. 가벼운 위경련이었다. 그림 작업이 막바지일 때마다 늘 있는 일이었다. 고은은 대수롭지 않게 여기며 살았다. 어머니도 항상 몸이 약한 그녀를 탓할 뿐이었다.

'죽을 좀 사 올까요?'

'……괜찮아요.'

'내가 안 괜찮아요.'

그가 고은을 침대에 눕혀 놓고 다정한 듯 단호하게 말했다. 고은은 더 이상 거절하지 못하고 잠에 빠져들었다. 자고 나면 모든 게 괜찮았다. 이번에도 그럴 줄 알았다. 새벽쯤 눈을 뜨고 침대에서 내려오던 고은은 그대로 숨을 멈춰야만 했다. 도하가 그녀의 침대 옆 테이블의 의자에 앉아서 잠들어 있었다.

언제부터 그러고 있던 걸까. 고은은 숨을 죽이고 천천히 도하에게로 다가갔다. 심장이 쿵쿵, 제멋대로 뛰었다. 그의 얼굴을 자세히 보는 건 처음이었다. 잠든 모습까지도 그는 티브이 화면에서처럼 멋졌다. 고은은 그의 얼굴로 손을 뻗어 보았지만 끝내 닿지는 못했다. 다시 침대로 돌아와 누운 그녀는 도하를 멀찍이서 바라만 보았다. 그러다 또다시 스르륵 눈이 감겼다.

　다시 눈을 떴을 땐 도하는 보이지 않았다. 거실엔 그가 남기고 간 죽이 덩그러니 놓여 있었다. 고은은 이상하게도 그때 평소보다 더 큰 외로움을 느꼈다. 그녀 혼자만 있기엔 빌라가 너무 크단 생각도 했다. 눈을 감으면 도하의 얼굴이 떠올라 잠들지 못하는 날이 이어졌다. 그걸 도하만은 알아선 안 된다고 생각했다.

　고은은 꿈에서 빠져나오듯 눈을 떴다. 멍한 시선으로 앞을 바라봤다. 익숙한 듯 익숙하지 않은 공간이었다. 그리고 눈앞에 생각지도 못한 사람이 앉아 있었다. 꿈이 이어지는 것처럼 그녀는 이끌리듯 자리에서 일어났다.

　"……윽."

　그때 배 쪽에서 통증이 일었다. 머리가 깨질 듯이 아팠다. 그제야 어젯밤에 무슨 일이 있었는지 깨달아졌다. 고은은 그가 깨지 않도록 천천히 침대 아래로 발을 내렸다. 숙취 때문인지 어질어질한 기분이었지만 더 이상 여기에 머물러 있어선 안 된다는 생각이 들었다. 발을 떼고 걸음을 옮겨 도하 옆을 스쳐 갈 때였다.

탁. 손목이 붙잡혔다. 고은이 놀라 도하 쪽을 바라봤다. 그는 눈을 감은 채 고은의 손을 붙잡고 가만히 있었다. 고은은 그대로 얼음이 된 채 그를 바라보고 있을 수밖에 없었다.

"갈 때 가더라도 약은 먹고 가요."

도하가 천천히 눈을 뜨며 말했다. 고은은 영문을 몰라 그를 바라보기만 했다. 도하는 몸을 일으켜 침대 옆 협탁에 놓인 약봉지를 그녀의 손에 쥐여 주었다.

"어제 약사님이 친절하게 챙겨 주셨어요."

"……."

고은은 그의 말이 곧장 이해되지 않아 눈을 키웠다. 조금 후에야 도하가 말한 사람이 태진이라는 걸 눈치채고 약봉지를 내려다봤다. 숙취 해소제들이었다. 하지만 아무리 기억을 떠올려 봐도 태진을 만난 적이 없었다. 미선과 학원에서 양주를 마시고 바닥에 누워 버린 게 마지막 장면이었다. 그렇다면 도하가 설마 미선까지 만난 걸까.

"혹시 제, 제 친구도…… 만났어요?"

고은이 떨리는 목소리로 물었다. 도하는 단박에 상황을 알아챘다.

"……네. 많이 놀란 것 같던데? 나 여기서 지낸다고 말 안 했어요?"

도하가 한 걸음 다가서며 물었다. 고은은 저도 모르게 뒤로 물러나며 입술을 깨물었다. 그러자 다시 한 걸음 다가온 도하가 그녀의 팔을 붙잡고 자신을 바라보게 했다. 그 바람에 고은의 손에 들려 있던 약봉지가 떨어져 내용물들이 바닥으로 흩어졌다. 그걸 내려다보는 고은의 머리 위에서 도하의 목소리가 깔리듯 들렸다.

"고은 씨는 비밀이 많은 여자네요."

그가 비꼬자 고은이 사늘하게 표정을 바꿨다. 두 사람의 시선이 공중에서 뒤엉켰다. 고은이 이렇듯 가시를 세우고 그를 바라볼 때면 도하는 미칠 것만 같았다. 붙잡고 매달리는 것까지는 바라지도 않았다. 기다렸다고. 왜 늦은 것이냐고. 따뜻하게 말해 주면 그는 고은을 잠시 안아 주고 싶었다. 그러고 나면 어젯밤의 모든 감정들이 한꺼번에 눈 녹듯이 녹아 버릴 테니까.

"······비켜 줘요."

그러나 고은은 그와 시선조차 마주하지 않았다. 더 냉정해져 버렸다. 적어도 이런 재회를 바란 건 아니었다. 또 어디서부터 잘못된 걸까. 다 알았다고 생각했으면서도 또 아무것도 아닌 옛날로 돌아간 것만 같았다.

도하는 이럴 줄 모르고 멍청하게 차에 고은과 은금의 선물을 한가득 싣고 내려왔다. 그녀가 아무런 연락을 걸어 오지 않아도 서운해하지 않기로 마음먹었다. 지금 그가 고은을 보고 있으니까. 그녀가 너무 보고 싶으니까. 그리고 안고 싶으니까.

"꺼지란 말은 안 해서 다행이네."

도하가 한 걸음 뒤로 물러났다. 고은은 곧장 도망치듯 그곳을 뛰쳐나갔다. 그는 웃지도 울지도 못한 채 그 자리에 서 있었다. 주머니를 뒤졌지만 담배는 없었다. 그는 마른세수를 하듯 얼굴을 쓸어 내다가 고은이 떨어뜨리고 간 약봉지를 한참이나 내려다봤다.

○ ● ○

3층 집으로 돌아간 고은은 대충 정신을 차리자마자 미선이 일하는 주민 센터 앞으로 찾아갔다. 가는 길에 전화를 걸었지만 신호음만 갈 뿐이었다. 회의를 하거나 민원을 처리할 때면 전화를 받지 않기도 했다. 지금도 그럴 것이라 생각하는 게 맞았다.

하지만 어쩔 수 없이 불안한 마음에 입술을 깨물 수밖에 없었다. 일이 이렇게 벌어질 줄은 그녀도 예상하지 못했다. 다른 누구보다도 미선에게만은 도하 이야기를 말해야 한다고 다짐했었다. 갑자기 취중 진담을 쏟아 낸 것도 그녀 나름대로 용기를 낸 행동이었다.

"어, 저기 미선 주임님 친구분 아니에요?"

점심시간이라 사람들이 우르르 쏟아져 나왔다. 고은은 고개를 들어 친구를 찾았다. 미선은 동료들 무리에 끼여 있었다. 고은을 발견하고 그녀도 놀란 표정을 감추지 못했다. 동료들에게 먼저 가라는 말을 하고 미선이 천천히 고은에게로 다가왔다.

"미안. 전화 온 거 못 봤어."

미선은 고은의 눈을 똑바로 바라보지 못했다. 알 수 없는 거리감이 이미 생겨 버렸다는 걸 고은은 당연하게 눈치챌 수밖에 없었다. 하지만 미선의 행동을 이해할 수 있었다. 서운한 건 당연했다.

"미선아."

"어쩌지. 나, 팀 사람들이랑 같이 점심 먹기로 해서."

미선이 동료들이 먼저 걸어간 쪽에 시선을 둔 채 난처한 웃음을 지었다. 고은은 더 이상 그녀를 붙잡을 수 없었다. 그저 미안한 웃음을 흘린 후 뒤로 물러났다.

"……그래. 미안, 내가 갑자기 왔어."

"……갈게."

"어. 다시 연락하자."

고은은 미선이 더 신경 쓰지 않도록 괜찮다는 표정을 지어 보였다. 그러고는 그녀가 먼저 미선이 가야 할 방향과 반대편으로 걸어갔다. 상대에게 생각할 시간을 주어야 한다는 걸 잊고 있었다. 미선은 지금 그녀와 이야기하고 싶지 않을 수도 있었다. 그렇다면 고은은 기다릴 수밖에 없었다. 발걸음을 천천히 떼어 내 보지만 마음속에는 알 수 없는 서러움이 차올랐다.

고은은 다시 돌아섰다. 그러자 그녀를 따라오던 미선이 들킨 것처럼 화들짝 놀랐다. 가 버리지도 못할 거면서. 고은이 그렇게 웃어 버리자 미선도 내가 그렇지, 하듯 어깨를 으쓱거리며 따라 웃었다. 그러곤 길게 한숨을 내쉬며 고은에게로 다가왔다.

"진짜 이건 내 스타일이 아니다."

미선이 앞장서 걸었다. 우선 해장부터 하자는 말에 고은은 처음보다 가벼워진 발걸음으로 친구의 뒤를 따랐다. 두 사람은 자주 가는 근처 중국집으로 들어가 자리를 잡고 마주 앉았다.

"이모님, 여기 짬뽕 둘이요."

늘 시키던 대로 주문을 하고 미선은 고은의 앞에 물잔을 건넸다. 고은은 말없이 그녀의 앞에 냅킨과 수저를 가지런히 놓아 주었다. 습관이란 게 참 무서웠다. 어느새 둘은 물든 것처럼 각자의 자리에서 상대를 당연하게 여기며 배려하고 있었다.

"나 많이 서운했어."

미선이 먼저 입을 열었다. 이게 그녀의 스타일이었다.

"미안해."

고은은 친구를 바라보며 진심으로 마음으로 전했다. 미선은 곧장 아니라며 고개를 흔들었다.

"네가 왜 사과를 해. 따지고 보면 네가 사과할 일은 아니지. 그냥…… 나 혼자, 서운할 순 있어. 그건 네가 이해해야 해. 알지? 나, 은근히 질투심 많고 네 일이라면 다 알고 싶어 하는 거? 근데 이것도 참 나쁜 마음이야. 너도 사정이 있으니까 말하지 못한 걸 수도 있는데 나 서운한 것만 생각하고…… 아니, 이거 진짜 무서운 집착 아니냐고."

미선이 잠시 휴, 하고 한숨을 내쉬었다. 고은은 미선이 참 솔직하고 건강한 생각을 가진 사람이란 부러움이 들었다. 그녀는 그러지 못했다. 태생부터 그러했는지 몰라도 모든 일에 솔직해지기가 쉽지 않았다.

자신의 감정을 주변 사람들이 알아주길 바라면서 살아온 어머니 옆에서 지냈기 때문에 더 그런 것일지도 모르겠다. 나쁜 학습이었다. 그게 잘못됐다고만 여겼다. 어머니가 그녀의 모든 행동을 지적하고 그녀를 가르칠 때마다 고은은 더없이 작아졌고, 흔들리는 스스로가 싫었다. 나를 감춰야만 어머니가 좋아했다. 차분하고 조용하며 손이 많이 가지 않는 딸. 어디에서도 착하다는 소리를 듣는 여자가 되길 바랐다. 그게 지옥 같으면서도 고은은 어느새 그런 사람이 되어 있었다.

"아까는…… 그냥, 이런 내가 싫어서 너 보고도 모른 척한 거야. 너랑 있으면 그런 내가 또 나올 것 같아서. 진짜 못났다, 그치?"

고은은 아니라며 고개를 흔들었다. 그러고는 가만히 미선의 손을 잡았다.

"친구 사이에 그런 게 어디 있어. 우도하 씨 일, 말 안 한 건 내 잘못 맞아. 너한테는…… 말해야 했어. 조만간 그러려고 했고. 근데…… 어제, 그렇게 될 줄은 몰랐어."

미선도 고은의 마음을 이미 알고 있었다. 어젯밤 그녀가 불쑥 취중 진담을 한 것을 보고 가슴속에 담아 둔 일이 있다는 걸 눈치챘다. 그게 전남편 우도하에 관한 일일 줄은 몰랐지만 고은은 이미 노력을 하고 있었다.

"근데…… 언제부터 거기 있었던 거야?"

미선은 우선 궁금한 것부터 간단히 물었다.

"얼마 안 됐어. 나도…… 이렇게 오래 있게 될 줄은 몰랐어."

진짜 도하가 다시 나타나리라 예상하지 못했다. 그가 떠난 지 이틀째 되는 날엔 캐리어에 짐까지 싸 두었다. 조만간 윤 대표 편으로 보낼 생각이었고, 그렇게 정리될 줄만 알았다. 고은은 다시 오늘 아침 도하의 얼굴을 떠올렸다.

꿈과 현재를 구분할 수 없어 고은은 더 선을 그었던 것도 같았다. 태진이 놓고 갔다는 약봉지를 굳이 손에 쥐여 주는 그의 마음이 그녀의 머리를 더욱 복잡하게 만들었다. 그의 행동이 태진에 대한 질투심이라고 여기는 짓도 그만하고 싶었다. 그녀를 완전히 휘저으면서 자신이 상처받은 것처럼 구는 눈빛에 오기가 생기기도 했다.

"왜 여기 있는지 물어봐도 돼?"

미선이 조심스럽게 다시 입을 열었다. 고은은 간단하게 웃으며 대답했다.

"기억을 찾고 싶대."

"기억?"

"응. 나랑…… 살았던 기억만 없어졌대."

"흠……."

고은의 말에 미선은 잠시 생각에 잠겼다. 이혼한 아내에 대한 기억이 사라졌다고 해서 그 여자 앞에 나타날 남자가 몇이나 될까. 특히나 톱스타 우도하였다. 사람들의 관심이 부담스러워서라도 함부로 행동할 수 없는 위치였다. 그런 남자가 시골 바닷가 마을의 가구도 없는 빌라 안에서 하루 종일 할 일도 없이 지낸단 말인가. 미선은 도무지 도하의 행동이 이해되지 않았다.

"알아. 나도 잘 이해가 안 돼."

고은이 미선의 표정을 읽어 내곤 먼저 말을 꺼냈다.

"그러면서도 옆에 두는 네 마음은, 어젯밤에 말한 미련 때문이야?"

날카로운 물음 앞에선 고은도 곧장 답을 하지 못했다.

"흠……. 너도 네 마음을 모르는 거구나?"

미선이 되묻자 고은은 잠깐 웃고는 고개만 끄덕였다. 좋아해서 잊지 못한다고 한들 그것은 그녀의 마음일 뿐이었다. 이미 끝나 버린 관계였다. 그리고 도하는 그녀와의 기억을 잃은 사람이었다. 이제 와 그녀가 마음을 고백한다고 해서 달라질 것이 있을까. 고은은 감정의 외

나무다리 위에서 혼자서만 곡예를 하는 기분이었다.

"그래. 뭔지 알 것 같기도 해. 이혼했는데 이제 와서 그러는 이유도 모르겠고. 그러면서 자꾸 옆에 있는 남자를 보는 네 마음도 오죽할까."

"근데, 어차피 돌아갈 사람이야."

고은은 간단히 결론 내리는 척 어깨를 으쓱거렸다. 미선은 그런 친구가 안타까웠다. 싫어서 이혼한 게 아니구나. 그렇다면 다시 잘해 볼 순 없을까. 그런 마음이 들다가도 상대가 우도하라면 그녀라도 쉽게 감정을 정하지 못할 것 같았다. 재결합만으로 끝날 문제가 아니었다. 벌써부터 우도하 팬클럽 단톡방에서는 수많은 억측들이 나돌고 있었다.

도하가 잠적하자 혼자서 소설을 쓰며 이혼한 아내인 고은의 사생활까지 털어 내려고 하는 사람도 있었다. 미선도 확실하게 어떤 말을 해 줄 수 없는 입장이었다. 괜히 한숨만 나오는 것 같아 핸드폰을 내려다보는데 그 단톡방에서 앞다투어 알람이 울렸다. 무슨 사건이 터진 게 분명했다. 미선은 핸드폰을 들고 자세한 내용을 훑었다.

"어, 진짜…… 상태가 심각하긴 한가 보네?"

미선은 조심스럽게 고은에게 도하가 찍힌 사진을 보여 주었다. 그는 입원복을 입은 채 병원 산책로에 서 있었다. 윤 대표도 함께였다. 그 사진을 본 고은은 걱정이 앞섰다. 서울에 다녀온 게 병원 때문이었

나. 연락하지 못했던 게 혹시 이것 때문이라면 그녀가 오해한 것이 맞았다. 고은은 쓸쓸해 보이는 뒷모습이 찍힌 도하의 사진을 한참 동안 내려다볼 수밖에 없었다.

"어제는 멀쩡해 보였는데, 아니었나. ……그래. 기억이 사라진 게 평범한 문제는 아니니까. 눈으로 보이는 게 다는 아닐 테고. 암튼 꾀병이니, 괜히 쇼하는 거라고 맘대로 말 만들어 내는 것들 좀 잠잠해져서 다행이다."

도로 핸드폰을 가져간 미선은 때마침 나온 짬뽕을 먹기 위해 젓가락을 들었다. 고은에게도 얼른 먹으라고 재촉했다. 고은은 알겠다고 웃으며 젓가락을 들었지만 미안함은 쉽게 사라지지 않았다. 고은은 면을 거의 다 남긴 채 가게를 빠져나올 수밖에 없었다.

점심을 먹고 학원으로 돌아가 수업을 하는 내내 아침에 보았던 도하 표정이 떠올랐다. 때마침 할머니 은금이 도하가 돌아왔다고 들뜬 목소리로 전화를 걸어 왔고, 그가 선물까지 한가득 집 안에 들여놓고 갔다며 고마워했다. 서울에서 왜 늦게 돌아왔는지는 아무리 물어도 대답을 하지 않더라는 말을 들을 땐 고은은 가슴 한쪽이 욱신거리기까지 했다.

더 이상은 안 되겠다고 생각했다. 수업을 모두 마치고 집으로 돌아가던 길, 고은은 자신이 오해한 부분에 대해 도하에게 사과하기로 마음먹었다. 2층 문 앞에 서서 초인종을 누르려고 할 때였다. 벌컥 문이 열렸고, 도하가 외출복을 차려입고 걸어 나왔다. 그의 손에는 캐리어가 들려 있었다.

두 사람은 언제나처럼 대치하듯 마주 섰다. 고은의 시선이 다시 한 번 도하의 캐리어 쪽으로 향했다. 어쩌면 그가 돌아온 건 짐 정리를 하기 위해서일 것이란 추측도 자연스럽게 떠올랐다. 그게 당연할지도 몰랐다. 왜 그 생각을 못 했을까. 늘 그래 왔던 것처럼 그녀는 한발이 늦어 버린 채 바보가 되어 갔다.

"나한테 할 말 있어서 온 거 아니에요?"

도하가 먼저 물었다. 고은은 애써 표정 관리를 하며 대답했다.

"그랬는데, 괜찮아요. 이제 가시는 거예요?"

"……."

고은은 도하가 당연히 돌아갈 것이라 여기며 덤덤한 얼굴로 물었다. 하지만 그런 고은의 말을 듣고 도하는 잠시 표정을 굳히다가 낮은 웃음을 터뜨렸다.

"내가 어딜 가는지 알아요?"

"……네?"

"같이 갈래요?"

도하는 캐리어를 끌고 나서며 고은을 돌아봤다. 어딜 가자는 건가. 서울을 말하는 건가. 고은이 어리둥절한 표정을 하고 서 있자 그는 또 장난기가 발동한 듯 그녀의 팔을 붙잡아 재촉했다.

"집까지 데려다줄 테니까 걱정하지 말고."

고은은 도하에게 손이 붙잡힌 채 그의 차 앞까지 이끌려 갔다. 그가 캐리어를 차 안에 넣고 조수석 문을 열어 주자 다시 한번 도하를 바라봤다. 도하는 어깨만 으쓱거렸다. 고은은 계속 피하는 게 더 우습단 생각이 들었다. 무슨 이야기든 도하와 확실한 정리를 해야 한다고 마음먹었다. 그녀가 오해한 부분은 사과를 하고 싶기도 했다.

두 사람이 탄 차는 바닷가 도로를 따라 달리기 시작했다. 어두운 밤이었고, 안개가 자욱한 날씨 때문에 바다는 제대로 보이지 않았다. 고은은 창 쪽으로 고개를 돌린 채 유리에 반사되어 비치는 자신의 얼굴을 바라보고 있었다. 무슨 말이든 꺼내야 했지만 무슨 말부터 시작해야 할지 몰랐다. 우선은 도하와 둘만의 공간에 갇혀 있는 게 그녀에겐 아직도 쉽지 않았다. 긴장이 돼 자꾸만 손끝을 만지작거리는데, 도하가 그것을 힐끗 내려다보는 게 느껴졌다.

"저녁은 먹었어요?"

조용한 분위기를 가르며 그가 말을 건넸다.

"아……. 점심을 늦게 먹었어요."

평소 같았으면 지금쯤 배가 고플 텐데 오늘은 점심에 미선과 먹은 음식도 잘 내려가지 않았다. 학원으로 돌아와 마시는 소화제를 하나

먹긴 했지만 가슴이 답답한 건 여전했다. 아무래도 도하에 대한 생각 때문이겠지. 고은의 성격상 하나에 꽂히면 그것이 해결될 때까지 다른 행동을 잘 할 수가 없었다. 멀티플레이어가 되지 못하는 점이 그녀의 문제라고 어머니는 같이 사는 내내 지적을 했었다.

"배 안 고파요?"

"네, 괜찮아요."

"난 배고픈데."

도하가 슬쩍 한 손을 내려 배를 쓰다듬었다. 아직까지 저녁을 먹지 않고 있었나. 은금이 매번 도하의 식사를 챙긴다는 걸 알고부터 고은은 걱정을 조금 덜긴 했다. 그녀는 학원 일을 하다 보니 일반 직장인들보다 늦은 퇴근을 했고, 그래서 저녁 식사는 학원에서 간단히 때우거나 정 배가 고프면 집으로 돌아와 작은 컵라면 하나를 끓여 먹었다. 은금이 그걸 안타까워하며 마음에 들어 하지 않았지만 그 밤에 할머니에게 밥상을 차리게 하는 것도 고은으로선 못할 짓이었다.

"빨래방 갔다가 편의점에서 라면 하나 먹을래요?"

"빨래……방이요?"

도하에게서 그런 말이 튀어나올 줄 몰랐던 고은이 잠시 그를 건너다봤다. 도하는 뭐가 그렇게 재밌는지 입가에 미소를 머금고 있었다. 고은이 계속해서 이해를 하지 못하자 그는 뒤쪽 캐리어를 눈짓으로 가리켰다.

"이불 빨래 하려고요."

"아……."

그제야 고은에게서 수수께끼가 풀린 듯한 탄성이 흘러나왔다. 그런 줄도 모르고. 오해하고 단념한 후 마지막 인사까지 준비하려 한 그녀 자신이 부끄러워졌다. 고은에게서 흐린 웃음이 새어 나왔다.

"왜요? 나, 서울 돌아가는 줄 알았어요?"

도하가 그걸 알면서도 자신을 차에 태웠다고 생각하니 또 얄미운 마음이 들었다.

"당연히 짐 챙기러 온 줄 알았어요."

"진짜?"

잠깐 신호가 걸려 차가 멈추자 도하가 옆을 바라보며 물었다. 고은은 슬쩍 시선을 피하며 반대쪽으로 고개를 돌렸다. 도하에게선 작은 웃음소리가 새어 나왔다. 그게 좁은 공간 안에 있으니 더 선명하게 들렸다. 고은은 그와 함께 살 때에도 도하의 웃음소리를 좋아했다. 그녀에게 장난을 걸어 놓고 자신이 먼저 웃어 버리는 아이 같은 모습에 이상하리만큼 위로를 받았다. 고은은 또 심장 한쪽이 먹먹하게 아려 오는 것 같아 다시 손끝을 매만졌다.

"그거 습관이에요?"

"네?"

"손 만지는 거."

"아."

고은은 얼른 두 손을 멀리 떼어 냈다.

"불안할 때마다 그러는 거 같은데?"

도하가 다시 차를 출발시키며 혼잣말을 했다. 고은은 아니라고 반박하지 못했다. 사실은 맞았으니까. 이런 습관이 유독 도하와 있을 때 자주 발현한다는 게 문제였지만 이 손동작이라도 하지 않으면 고은은 도하와의 시간을 감당해 낼 수가 없었다.

"손 줘 봐요."

도하가 시선을 앞에 둔 채 자신의 오른손을 내밀었다. 고은은 그의 행동에 놀라 도하의 얼굴과 손을 번갈아 바라봤다. 마치 그녀의 불안을 이 손으로 붙잡아 주겠다는 것만 같았다. 그의 이런 친절이 고은의 마음을 더욱 어지럽혔다.

"괜찮아요."

고은이 단칼에 거절하고 다시 창 쪽으로 고개를 돌렸다. 도하는 쓸쓸하게 웃으며 손을 거뒀다. 이고은이 제 말을 한 번에 들으면 그게 이상하다는 생각도 들었다. 오늘은 만날 일이 없을 것이라 여기며 드라이브나 할 겸 이불 빨래를 캐리어에 챙겨 나왔다. 그런데 문 앞에 고은이 서 있었다. 도하는 좀처럼 표정 관리가 되지 않았다. 이럴 때 아무렇지 않은 척 구는 게 그의 전문 연기였는데 그게 오늘따라 쉽지 않아 애를 먹었다.

"그리고…… 아침엔 미안했어요."

도하가 생각에 빠진 동안 고은에게서 예상치 못한 사과가 흘러나왔다.

"아침? 우리, 무슨 일 있었어요?"

그는 일부러 아닌 척을 했다. 다시 끄집어내고 싶지 않은 기억이었다. 다른 남자와 술을 마신 고은이 그에게 이끌려 잠시나마 같은 공간에 머물렀고, 잠에서 깨선 못 볼 사람을 본 것처럼 도하를 피해 달아나려 했던 순간들. 어떻게든 도하에게서 멀어지려 애를 쓰는 고은을 보는 건 생각보다 더 그의 기분을 가라앉게 만들었다.

"연락이 없어서…… 안 돌아오는 줄 알았어요. 아니, 여기 짐도 있고. 그래도 제대로 정리를 하고 갈 줄 알았는데 돌아오질 않아서……. 할머니가…… 좀 속상해하셨어요."

"고은 씨는요?"

"네?"

도하가 말을 잘라 내며 물었다.

"당신도 나 없어서 속상했어요?"

차는 어느새 작은 빨래방 앞에 멈춰 섰다. 고은은 도하의 물음에 어떤 말을 해야 할지 몰라 한참 동안 그를 바라보다 차 문을 열고 먼저 내려 버렸다. 그랬다고 말하고 나면 무슨 큰일이라도 나는 것처럼 고은은 절대 마음의 브레이크를 풀지 않았다. 도하는 그런 고은이 참

대단한 여자라 생각하며 짧게 웃고는 차 문을 열고 내렸다.

"여기, 돈부터 뽑아야죠."

빨래방 안으로 들어간 고은이 기계 앞에 섰다. 도하가 캐리어를 끌고 들어가자 고은은 세탁기를 열고 그의 이불 빨래를 넣었다. 그러고는 기계를 작동시키기 위해 이리저리 스위치를 눌러 보았다. 그 모습을 뒤에서 지켜보던 도하는 작은 웃음이 터졌다.

"아, 돈부터 넣어야 해요?"

고은이 뒤를 돌아보며 멋쩍게 미소를 지어 보였다.

"어떻게 나보다 더 몰라요?"

도하는 동전으로 바꿔 주는 기계 앞으로 다가서 지폐 한 장을 넣었다. 24시간 무인 빨래방은 늦은 시간이라 손님이 없었다. 그게 다행인지 아닌지는 모르겠지만 도하는 고은과 낯선 공간에서 함께 뭔가를 해 보는 게 신선한 재미로 다가왔다.

같이 살 때는 둘만의 일을 해 볼 기회가 없었다. 생활에 필요한 건 모두 도우미들이 해 주었으니 두 사람은 그저 한 공간에서 지내는 게 다였다. 그것도 서로의 스케줄이 맞지 않으면 일주일 동안 얼굴 한 번 보지 못할 때도 많았다.

그가 만약 연예인이 아니었다면 어땠을까. 다른 사람들처럼 직장을 다녔다면 고은과 더 가까워졌을까. 그녀가 헤어지자는 말까지는 건네지 않았을지도 모른다는 바보 같은 생각까지 들자 도하는 자신도 모르게 쓴웃음을 지었다.

"빨래 다 돌아가려면 시간 좀 걸리는데, 라면 먹으러 갈까요?"

세탁기를 작동시킨 도하가 고은에게 물었다.

"아, 제가 가서 사 올게요."

고은이 먼저 몸을 움직였다. 아무래도 그가 편의점에 들러 물건을 사면 알아채는 사람들이 생길지도 모른다는 생각에서 그러는 것 같아 보였다.

"괜찮아요. 같이 가요."

도하가 물러서지 않고 움직이자 고은이 다시 그를 돌아봤다.

"혹시 모르잖아요. 누가 보면……."

그녀의 걱정스런 눈빛에 도하는 불쑥 가슴속에 있는 진심을 꺼내고 말았다.

"뭐가 그렇게 겁나요?"

"……."

도하의 물음에 고은은 또 입을 닫았다. 가만히 선 채 그를 바라보기만 했다. 흔들리는 눈빛이 모든 걸 말하고 있는데. 그런 티라도 내지 말든지. 도하는 자꾸만 마음이 다급해지고 감정을 참아 내기가 힘들었다. 그는 손을 뻗어 자연스럽게 고은의 뺨을 어루만졌다. 그의 행동에 고은이 놀라 주변을 살피며 손을 끌어 내리려 했지만 도하는 한 손을 더 보태 고은의 얼굴을 두 손으로 감싸 자신만 바라보게 했다.

"서울 가서 고은 씨 생각만 했어요."

가까이 다가온 도하가 고백하듯 말했다. 고은은 시선을 피하지도, 그의 말에 대답하지도 못했다. 심장이 질식할 것처럼 뛰었다. 빨래가 돌아가는 소음마저도 느껴지지 않는 작은 공간 안이 원망스럽기까지 했다.

"도하 씨."

"고은 씨도 그랬으면 좋겠는데."

"……."

"그건 너무 내 욕심인가."

말을 끝맺은 도하가 고은 쪽으로 얼굴을 좀 더 내렸다. 그의 손끝이 고은의 입술을 쓸었다. 그 의미가 무엇인지 잘 알고 있었다. 도하의 시선이 입술에 꽂힌 순간, 고은은 질끈 눈을 감았다. 그때 고은의 주머니에서 시끄러운 벨소리가 울렸다. 고은이 놀라 물러서려 하자 도하가 그녀의 뺨을 더욱 세게 붙잡아 그만 바라보게 했다.

고은은 한 번 더 세게 도하를 밀쳐 냈다. 그러자 그는 또 쉽게 그녀를 풀어 주었다. 장난이었나. 고은은 깊이 생각하지 않고 핸드폰을 꺼내 화면을 확인했다. 할머니였다. 그제야 은금에게 늦는다는 말도 하지 않은 채 이곳으로 와 버렸다는 걸 깨달았다.

"응, 할머니. ……미안, 미안해요. 아니, 내가 늦는다는 문자를 못

보냈어요."

고은은 서둘러 할머니의 걱정을 덜어 주었다. 평소엔 고은을 기다리지 못하고 잠드는 경우가 많았는데 오늘따라 늦은 시간까지 깨어 계셨다.

"응. 걱정하지 마요. 금방 가요."

"할머님이에요?"

통화하는 그녀를 옆에서 지켜보던 도하가 물었다. 그때 핸드폰 너머에서 도하의 목소리를 들은 은금이 윗집 친구와 같이 있는 것이냐고 물어 왔다. 고은은 그렇다 아니다 말을 못 한 채 망설이다가 도하에게 핸드폰을 뺏겨 버렸다. 그는 자연스럽게 통화를 이어 갔다.

"네, 어르신. 같이 빨래방 왔어요. 아…… 제 이불이요. ……하하, 아닙니다. 뭐 하려요. 어르신 허리도 안 좋으신데 번거롭잖아요. 요즘은 이렇게 빨래방에서 금방 빨아요. 다음엔 고은이 거랑 할머님 것도 같이 챙겨 올게요. ……네네. 걱정 마시고 먼저 주무세요. ……네."

도하는 손녀인 고은보다도 더 살갑게 은금과 통화를 마친 후 잘 해결됐다는 듯한 표정으로 핸드폰을 건네주었다. 고은은 자연스러운 그의 행동이 신기해 헛웃음이 흘렀다.

"왜요? 나, 너무 뻔뻔해 보여요?"

"아니, 좀……. 도하 씨가 진짜 우리 할머니 손자 같아 보여서요."

고은이 모처럼 만에 경계를 풀고 말을 이었다.

"손녀사위면 나도 손자나 마찬가지 아닌가."

도하가 너무 당연하게 말을 꺼내 고은은 그저 입이 벌어졌다. 도하는 또 그것이 재미있는지 입꼬리를 올리며 웃었다. 분명 이런 걸 즐기는 게 맞는 것 같았다.

"재밌어요?"

"응. 너무."

도하가 싱긋, 고은을 향해 윙크를 건넸다.

"나는 열라면, 고은 씨는요?"

"아, 저는⋯⋯."

두 사람은 결국 함께 근처 편의점에 들렀다. 가게 주인인 중년 남자는 다행히 그들에게 관심이 없어 보였다. 고은은 다행이라 생각하며 도하의 옆에 서서 컵라면들을 내려다봤다. 그녀가 평소에 즐겨 먹는 라면은 없었다. 외딴 곳이라 종류가 많지 않은 것 같았다.

"저도 똑같은 거 먹을게요."

"이거 많이 매운데 괜찮아요?"

"아⋯⋯."

고은은 평소에 매운 걸 잘 먹지 못했다. 그래도 이미 도하가 두 개의 컵라면을 들고 있었기에 바꾸기도 그랬다. 라면이 다 거기서 거기지. 매워 봤자 얼마나 매울까 생각하며 둘은 계산대 앞에 섰다.

"여기서 드시지 말고 바다 보면서 드세요."

주인은 꿀팁이라도 된다는 듯 두 사람에게 밖을 가리켰다. 이곳에서 라면을 산 사람들 대부분이 그렇게 먹는다고. 쓰레기만 여기에서 잘 처리하면 괜찮다는 말을 건넸다. 도하는 내심 그러고 싶은지 고은을 돌아봤다. 고은은 굳이 그럴 필요가 있을까 싶었다. 그때였다.

"근데 어디서 많이 본 거 같은데……."

주인이 도하의 얼굴을 유심히 살피기 시작했다. 고은이 놀라 얼른 라면 물을 받는 곳으로 도하를 이끌었다. 들켜 봤자 좋을 건 없었다. 고은은 얼른 물을 받아서 밖으로 나가자고 도하를 재촉했다. 그는 새끼 고양이처럼 눈치를 보고 있는 고은이 우스우면서도 귀여워서 그녀의 말을 따라 주었다.

"조심. 뜨거워요."

고은이 라면을 들고 나서자 도하가 문을 열어 주었다. 그는 고은이 들고 있는 컵라면이 쏟아질까 봐 시선을 떼지 않았다.

"안 되겠어요. 줘요."

도하는 밖으로 나오자마자 고은의 손에 들린 컵라면을 가져갔다. 유난스럽다는 생각이 들면서도 고은은 어쩐지 심장이 간지러운 기분이었다. 그러면서도 그가 이렇게 다정한 모습을 보일 때면 어쩐지 목안이 꽉 막히고 말았다.

처음엔 희망고문 같은 것이었다. 그는 그녀에게 친절하지 않은 적이 없었지만 자신이 그어 놓은 선은 절대 넘지 않았다. 그녀가 혹시나 하는 마음을 품으면 여지없이 한 발 뒤로 물러나 그녀의 감정을 송두리째 무너뜨리는 남자였다.

"여기 앉으면 되겠다. 와, 명당이네."

조금 신이 난 목소리로 말하며 도하가 고은을 돌아봤다. 그는 자연스럽게 외투를 벗어 고은이 앉을 자리에 깔아 주었다. 괜찮다는 말을 건넸지만 도하는 고은을 붙잡아 자리에 앉혀 버렸다.

"내가 해 주고 싶어서 그래요."

도하가 바지 주머니에 챙긴 젓가락을 꺼내 컵라면 끝부분에 끼우면서 자연스럽게 말했다. 바다를 보고서 나란히 앉은 두 사람은 잠시 침묵을 즐겼다. 고은은 이 모든 상황들이 전혀 현실 같지 않았다. 그가 기억을 잃었다며 그녀를 찾아온 순간부터, 몸을 섞고 떠났다가 다시 돌아온 그를 보고 있는 지금 이 순간까지.

"그런 생각을 해요."

한참 만에 도하가 입을 열었다.

"얼마나 못해 줬으면 이렇게 착한 고은 씨가 나랑 헤어졌을까."

"아니, 그런 건 아니에요. 못해 주지…… 않았어요."

고은은 사실을 말할 수밖에 없었다. 도하의 시선이 천천히 그녀에게로 닿았다.

"그럼 왜 헤어진 거죠, 우리?"

그의 물음 앞에서 고은은 다시 깊은 우울 안으로 빠져들었다. 솔직해지는 게 맞았다. 그녀에게 남자가 생겼다는 말로 결론이 났고, 우리는 깔끔한 관계였다고. 아마도 지금이 그 사실을 말해야 할 때일지도 몰랐다.

"저한테 좋아하는 사람이 있었어요."

고은의 대답에 도하의 눈빛이 일순간 경직되었다. 고은은 그의 시선을 피해서 라면 쪽으로 눈길을 돌렸다. 이미 익고도 남은 시간이었지만 뜨거운 라면 용기를 그저 붙잡고만 있었다.

"그래서…… 헤어지기로 한 거예요. 그러니까, 도하 씨가 나한테 이렇게 잘해 줄 필요가 없어요. 사라졌다는 그 기억, 그냥 돌아오지 않아도 괜찮을 거예요. 아니, 굳이 떠올릴 필요……."

"라면 불겠다."

도하가 고은의 말을 자르고 라면 뚜껑을 열었다. 이미 퍼져 있는 라면을 젓가락으로 휘저은 뒤 그의 것을 고은 앞에 놓아 주었다. 그러면서도 고은의 얼굴은 바라보지 않았다. 도하의 눈이 차갑게 가라앉아 버렸다는 건 고은도 느낄 수 있었다.

"우린, 어차피 끝난 사이예요."

고은이 쐐기를 박듯 말을 덧붙였다. 도하가 고개를 들어 그런 고은을 바라봤다. 입꼬리를 올려 애써 웃으려 하지만 그의 눈은 슬픔에 젖은 것처럼 끝없이 가라앉아 가고 있었다.

"도하 씨."

"지금도 그 남자를 좋아해요?"

도하가 생각지도 못한 질문을 던졌다. 고은은 그런 사람 자체가 없었다는 걸 말할 수 없었다. 어떤 말로 그의 물음에 답해야 할지 몰랐다. 거짓말은 또 다른 거짓말을 낳을 뿐이었다.

"아뇨. 이젠…… 정리했어요."

그녀의 대답에 도하가 잠시 일그러졌던 표정을 되돌렸다.

"다행이네요. 그럼 문제 될 건 없잖아요?"

그가 그녀를 똑바로 바라보며 자신의 뜻을 전했다. 하지만 전혀 기뻐하지 않는 표정이었다. 그는 한 번씩 무슨 생각을 하는지 알 수 없는 미묘한 눈동자로 그녀를 빤히 바라보곤 했다. 고은은 시간이 아무리 흘러도 그 깊은 속마음까지는 자신이 알 수 없을 것이라 여겼다. 그녀 또한 마찬가지였으니까. 절대로 들키고 싶지 않은 진실이 가슴 안에 꽁꽁 숨겨져 있었다.

"그렇다고 달라질 건 없어요."

고은은 확실하게 자신의 뜻을 전했다.

"내가 달라지게 한다면요?"

도하가 되물었다.

"……"

그녀는 그가 이렇게까지 하는 이유를 알 수가 없어 답답했다. 아무리 잃어버린 기억을 찾고 싶다고 해도 도하의 행동은 집착과도 같았다. 평소 그녀가 알았던 우도하의 모습이 아니었다. 언젠가 변해 버릴 일시적인 행동인 것만 같았다. 그래서 더 두려웠다.

"고은 씨가 부담스러워한다는 거 알아요. 이해 안 되고 미친놈처럼 보이겠지. 아무리 기억을 잃었다고 해도 어떤 새끼가 헤어진 와이프한테 찾아와서 이러겠어요?"

그가 자신의 행동을 객관적으로 자각하고 있다는 걸 알게 되자 고은의 의아함은 조금 잦아들었다. 한편으론 그가 이러는 이유가 있다는 것처럼 들려 그녀는 또다시 희망고문에 휩싸이고 말았다.

"근데, 나도 잘 모르겠어요. 다른 건, 아무것도 못 하겠어요. 그나마…… 고은 씨 옆에 있으면 마음이 조금 편안해져요. 그래서 더 미친놈처럼 집착하고 있는 걸지도 몰라요."

"……병원에선 뭐라고 해요?"

고은이 조심스럽게 물었다. 도하는 그녀의 물음을 단박에 이해하지 못해 잠시 미간을 찌푸렸다. 병원 얘기가 여기서 왜 나오지. 그는 머리를 굴릴 수밖에 없었다.

"친구가 도하 씨 팬이라. 어쩌다 보니…… 병원에 있는 사진 보게 됐어요. 혹시…… 많이 심각해서 입원까지 한 거예요?"

이야기가 이렇게 풀릴 줄은 몰랐다. 도하는 깜찍하게 불쌍한 눈빛을 내놓으며 우선은 분위기를 잡았다. 윤 대표의 불안감과 어그러진 욕망에서 비롯된 쇼에 썩은 얼굴로 동조해 준 게 이런 찬스를 만들어 낼 줄이야. 그러고 보면 한수도 머리가 나쁜 편은 아니었다.

"아……. 뭐……, 병원에서야 매번 똑같은 말만 하죠. 당분간 쉬는 게 좋다고. 기억 때문에 내가 혼란스러워하니까, 마음을 편안하게 만들어 주는 걸 찾아보라고 하더라고요. 그러다 보면 자연스럽게 예전으로 돌아갈 거라고. 뭐, 이건 그냥 의사가 하는 말이고. 고은 씨가 신경 쓸 필요는 없어요."

"……."

고은은 잠시 생각에 잠겼다. 도하는 그 모습에 일말의 죄책감을 느끼면서도 이리도 쉽게 누군가의 말을 믿고 착한 고민에 빠지는 여자가 신기하고 짠했다. 이해할 수 없는 집착과는 또 다른 감정이었다. 고은이 고민 끝에 고개를 들자 그는 한순간에 슬픈 눈동자를 연기하며 표정을 바꿨다.

"그럼…… 괜찮아질 때까지만, ……여기 있어요."

"진짜…… 괜찮겠어요?"

"……네."

"내가 기억 찾겠다고 귀찮게 할 수도 있어요."

"……어, 얼마나요?"

고은이 또 그 말을 진지하게 받아들이자 도하는 큰 웃음을 터뜨렸다. 고은은 영문을 몰라 그를 바라볼 뿐이었다. 도하는 이때를 놓치지 않고 자연스럽게 고은의 손에 젓가락을 쥐여 주었다.

"라면 다 불었어요. 일단 이것부터 먹어요."

"아……."

고은은 또 늦은 대답을 하고선 도하를 따라 라면을 먹기 시작했다. 생각보다 매운맛에 놀란 듯 눈가가 붉어지고 기침을 해 대는 모습이 또 얼마나 귀여운지. 도하는 자신만 알고 아무도 모르게 하고 싶었다.

"기다리고 있어 봐요."

그는 얼른 편의점으로 뛰어가 아이스크림바를 하나 사 왔다. 물을 사 올 줄 알았던 고은은 황당해하며 그것을 건네받고는 라면과 번갈 아 가며 먹었다.

바닷가를 배경으로 라면과 아이스크림을 먹는 고은의 모습이 얼마 나 예쁜지 그녀는 모를 것이다. 도하는 라면을 먹으면서도 입가에서 웃음을 숨기지 못했다.

9.
•이제 진짜 시작할까요?

"어서 오세……."

태진은 일부러 생각을 잠재우기 위해 더 바쁘게 몸을 움직였다. 재고 물건을 정리하다가 문이 열리는 종소리가 들리자 손님인 줄 알고 자리에서 일어났다. 앞에 나타난 사람을 확인한 그는 절로 작은 한숨이 새어 나왔다. 우선 하던 일을 마저 마무리했다.

사촌 오빠의 무관심에 조금 멋쩍어진 미선은 약국 안을 이리저리 살피고 다녔다. 그녀의 손에는 엄마가 전해 주라는 반찬 꾸러미가 들려 있었다. 큰어머니가 돌아가신 이후로 태진은 큰아버지와 서먹한 관계를 유지하며 지냈다. 연결 고리가 되는 건 어쩔 수 없이 미선의 어머니였다.

태진이 고향으로 내려오고 나선 그 역할이 더 커지기도 했다. 덩달아 미선까지 심부름이 늘어나 귀찮아졌지만 같은 동네에 살면서 모른 척할 수도 없었다. 그리고 고은의 일에까지 끼여 버려 미선은 더 사촌 오빠에 대해 신경을 써야만 했다.

"할 말 있어?"

"어?"

물건을 모두 채워 넣은 태진이 박스를 접으며 미선을 바라봤다. 평소 같았으면 반찬 꾸러미만 던지듯 놓고 가 버릴 동생이었다. 하지만 오늘따라 그의 눈치를 보고 있는 게 느껴지니 태진이 먼저 말을 건넬 수밖에 없었다.

"아니, 그냥……."

미선은 무슨 말부터 꺼내야 할지 몰랐다. 태진은 고은의 집에서 우도하를 만났던 날, 미선에게 딱 하나만 물었다.

'그 사람이 고은이 전남편이야?'

뭐라고 둘러대야 했지만 미선은 거짓말이 금방 나오지 않았다. 아는 사실을 모른 척하는 게 얼마나 어려운지 그때서야 절실히 깨달았다.

태진은 이미 우도하가 고은의 전남편이라 결론 내리고 그녀에게 확인하듯 물은 것 같았다. 이럴 때 보면 그는 상황 파악이 빠르고 타인의 감정에 예민한 사람 같았다. 공부를 엄청 잘했으니 머리 돌아가는 게 그녀와는 다르겠지. 미선은 그렇게 생각하며 앞으로의 걱정을 떠올려 보았다.

고은은 아직도 우도하를 잊지 못한 게 분명했다. 그녀는 그가 곧 돌아갈 사람이라고 했지만, 그가 곁에 있는 한 그녀가 다른 누군가를 마음에 담을 가능성은 제로에 가까웠다. 불쌍해지는 건 태진뿐이었다.

그래서일까. 그날 이후로 미선은 사촌 오빠가 머릿속에서 계속 맴돌았다. 차라리 고은이 본인 스타일 아니라고 거절했을 때 마음을 정리했으면 좋았으련만.

"뭐가 그렇게 신경 쓰이는데?"

태진이 애써 웃으며 미선에게 에너지 드링크제를 하나 건넸다. 미선은 그것을 받아 들고 태진을 바라봤다. 잠을 잘 못 자는지 눈 아래의 다크서클이 아주 심하게 진해져 있었다. 더 이상 가만히 지켜볼 수만은 없었다.

"아니, 난……."

"내가 불쌍해 보여?"

미선의 시선을 읽은 듯 태진이 물었다.

"뭐, 뭐래. 불쌍하긴 누가 불쌍해. 아니, 오빠가 어디 빠지는 사람도 아니고. 더 좋은 사람 만나면 되는데 뭐가 걱정이야? 그래서 하는 말인데, 우리 주사님 막내 처제가 아주 괜찮대. 오빠 한번 만나 볼래?"

"……나 아직 고은이 좋아해."

"……캑캑."

태진의 대답을 기다리다 드링크제를 한 모금 마신 미선이 그것을 반쯤 뱉어 내며 눈을 크게 키웠다. 태진은 덤덤한 표정으로 미선에게 티슈를 내밀었다. 입을 닦아 내면서도 미선은 태진의 말을 되짚을 수밖에 없었다. 분명 정리한다고 했었다. 그래서 노력하고 있는 줄 알았다. 아니었나.

"오빠."

"맘 정리하려고 했는데, 잘 안되네. 안 되는 걸 억지로 할 필요가 있을까 싶어서."

"……뭐?"

"고은이가 아직 잊지 못한 그 남자가 전남편 우도하고, 그 우도하가 지금 고은이 옆에 있으니 내가 포기하는 게 맞겠지만…… 이상하게, 찜찜해. 그 남자……가 하는 행동들이 온전히 고은이를 위한 건지 모르겠어."

"오빠, 그건 오지랖이야. 두 사람 문제는 그 둘이 해결해야지. 오빠가 고은이를 좋아하긴 하지만 그렇다고 우도하 씨를 이상하게 생각하는 건 좀 아닌 것 같다."

정색하듯 사실만을 말하는 미선을 보며 태진은 잠시 웃었다.

"고은이는 그 사람이랑 헤어졌어. 내가 아는 이고은이라면 그런 결정을 하기 전, 이미 감정을 내려놓기로 마음먹었을 거야. 못 잊고 그리워할 순 있어. 하지만 그게 현재진행형 사랑은 아니잖아. 더군다나 우도하는 돌아갈 사람 아니야?"

"……."

미선은 태진의 반박에 곧장 반기를 들지 못했다. 그가 한 말을 고은에게서도 들은 적이 있기 때문이다. 정말 고은은 미련을 부리고 있는 걸까. 그 둘은 다시 잘될 수 없는 건가. 미선은 자신이 어느 노선에 서 있는지 헷갈릴 지경이었다. 고은의 행복을 위해서라면 태진 같은 남자를 만나야 할지도 모른다. 하지만 그건 남들이 보기에 그렇다는 거였다. 당사자인 고은을 제외하고는 그 누구도 함부로 왈가왈부할 수 없었다. 어떤 선택을 하든 고은의 자유였다.

"그래서, 맘 안 접고 계속 기다리겠다는 거야?"

"아무 짓도 안 할 테니까 걱정 마."

미선의 생각을 모두 읽은 태진은 단호히 말하고 자리에서 일어났다. 그 역시 두 사람의 문제에 방해자가 되고 싶은 마음은 없었다. 하지만 고은이 그 남자로 인해 또다시 상처받는 것도 원하지 않았다. 자세한 내막은 모르지만 우도하가 이곳에 있는 이유가 명쾌해 보이지 않았다. 인터넷 기사에서 읽은 우도하의 기억 상실에 대한 내용과 어느 날인가 그의 이야기를 하며 고은의 공부방을 찾던 한 중년의 남자가 자꾸만 연결 지어졌다.

"그리고 고은이한테 내가 안다고 말하지 마. 네 입장도 난처할 거아니야?"

지금 누가 누굴 생각해 주는 것인지. 미선은 깊은 한숨이 터져 나왔다. 지금 태진이 하는 사랑이 맞는 걸까. 정답은 없다고 하지만 이것 또한 건강한 행동은 아닌 듯 보였다. 하지만 그녀도 다른 방법이 없었다. 마음은 이성의 잣대에 맞게 흐르는 것이 아니었으니까. 그녀는 조용히 약국을 빠져나왔다. 모처럼 만에 날씨는 화창했고, 바닷가쪽은 구름 한 점 보이지 않았다.

○ ● ○

— 내가 데리러 갈까요?

"아뇨. 걸으면 금방⋯⋯."

— 심심해서 그래요. 벌써 옷 다 입었는데.

고은은 학원 불을 끄다가 도하의 전화를 받았다. 빨래방에 다녀온이후, 두 사람 사이에 특별한 일은 없었지만 고은은 더 이상 그에게날을 세우지 않았다. 스며드는 것처럼 일상을 살았다. 할머니 은금은어느새 도하를 가족처럼 대했다. 그가 해 주는 말들과 표현에 크게 반응하며 행복하게 웃을 때가 많았다. 고은은 그 모습을 옆에서 지켜보며 도하에게 고마움을 느꼈다.

그가 이곳이 편하다는데. 그녀가 무슨 수로 막을 수 있을까. 쉬고 싶은 만큼 쉰 그가 돌아가겠다고 하면, 그때 다시 생각하기로 했다.

그렇게 걱정을 뒤로 미루고 나니 도하를 대하기가 쉬웠다. 마치 예전으로 돌아간 것 같은 기분이었다. 다른 점이 있다면 도하가 그때와 다르게 그녀에게 자주 선을 넘는 행동을 한다는 것이었다.

— 기다리고 있어요. 알겠죠?

"……네. 그럼, 천천히 오세요."

고은은 어쩔 수 없이 도하의 말을 들었다. 문을 닫고 학원 처마 밑에 앉았다. 저 멀리 보이는 바닷가가 오늘은 쓸쓸해 보이지 않았다. 누군가 그녀를 데리러 오고 있다는 사실이 이토록 기분을 좌지우지하게 될 줄은 몰랐다. 그렇게 잠시 무릎에 얼굴을 묻은 채 있다가 깜박 졸아 버렸던 것 같다.

"이고은."

그녀의 이름을 부르는 목소리에 번쩍 눈이 떠졌다. 눈앞에 도하가 있었다. 그는 급하게 뛰어왔는지 잠시 숨을 골랐다. 그 모습에 고은이 벌떡 자리에서 일어났다.

"뛰어왔어요?"

"아니, 운동. 운동했어요."

도하는 괜찮다며 짧게 웃고는 고은의 가방을 가져갔다. 그리고 당연한 듯 그녀의 손을 붙잡고 걷기 시작했다. 이 행동을 익숙하게 느끼는 날이 올 줄은 몰랐다. 도하의 손은 항상 따뜻했다. 그래서 고은의 차가운 손을 녹여 주는 것만 같았다.

"오늘은 괴롭히는 애들 없었어요?"

그는 미선처럼 고은의 일을 걱정했다. 고은은 웃으며 고개를 흔들었다. 아이들 가르치는 거 힘들지 않아요? 언제 제일 바빠요? 전화 통화 하려면 언제가 좋아요? 그는 쉴 새 없이 물었다. 고은은 이제 싫은 내색 않고 모두 대답해 주었다. 그가 그녀의 일상에 대해 궁금해할수록 그녀도 도하의 하루가 알고 싶어졌다.

"도하 씬 오늘 뭐 했어요?"

"나야 뭐, 늘 똑같죠. 할머님이랑 산책하고. 윤 대표가 보낸 대본 좀 보다가 콩이랑 논 거? 아, 그걸 깜박했네."

도하가 잠시 발걸음을 멈췄다. 고은이 궁금함이 담긴 눈으로 그를 바라봤다.

"고은 씨 뭐 하나 궁금해했죠, 하루 종일."

그의 말에 고은은 또 사르르 얼굴이 붉어지고 말았다. 도하는 마치 다른 사람이 된 것처럼 서울에 다녀온 뒤로 그녀에게 많은 표현을 했다. 어쩔 땐 그런 그의 모습이 드라마 대사를 읊는 연기 같기도 했고, 한 번씩은 진심처럼 느껴지기도 했다. 고은은 도하의 시선을 피하며 앞서 걸어갔다.

"손발 없어질라 그래요."

고은이 퉁명스럽게 말하자 도하가 호들갑스럽게 그녀에게로 다가
와 손을 살폈다. 아직 잘 있는데? 안 없어졌구먼. 그의 놀림에 고은은
입꼬리가 올라서는 걸 감추지 못했다. 그냥 웃음이 났다. 그와 함께
있는 이 순간이 선물같이 느껴졌다.

"벌써 다 왔네."

몇 마디 섞지도 않았는데 두 사람은 빌라에 도착해 버렸다. 도하
가 고은을 3층까지 데려다주었다. 데이트의 마지막 코스인 것처럼 그
가 고은에게 가방을 건네주었다. 그것을 받아 들며 고은은 언제나처
럼 고맙다는 인사를 건넸다. 도하는 할 말이 남은 것 같은 표정을 짓
긴 했지만 간단한 저녁 인사만 전했다.

"쉬어요."

마치 결계라도 쳐진 것처럼 손을 잡는 것 이상의 스킨십은 자제했
다. 그리고 어느 순간부터 자신이 그것을 아쉬워하고 있다는 걸 깨달
았다. 현관으로 들어가 문을 닫은 고은은 신발도 벗지 않은 채 긴 한
숨을 내쉬었다.

마음이란 게 그랬다. 적당히가 되지 않았다. 원하던 걸 가져도 더
큰 것을 바라게 되어 있었다. 고은은 자신을 채찍질하듯 고개를 흔들
고는 집 안으로 들어섰다. 가방을 바닥에 내려놓고 샤워부터 했다.

머리에 수건을 두르고 나와 냉장고에서 꺼낸 시원한 캔 맥주 하나
를 마시려고 하는데 초인종 소리가 들렸다. 이 시간에 올 사람은 한

사람뿐이었다. 고은은 천천히 현관문을 열었다.

"혹시…… 바디 워시 남는 거 있어요?"

도하가 난처한 표정으로 물었다. 고은은 얼른 욕실로 들어서서 서랍장을 열었다. 사다 놓은 바디 제품을 꺼내 와 도하에게 내밀었다. 그는 그걸 건네받고 한참 동안 내려다보다가 짧게 웃고는 계단을 내려갔다. 그리고 5분도 지나지 않아서 또다시 초인종이 눌러졌다. 문을 열자 여지없이 도하가 서 있었다.

"실수로 칫솔을 변기에 빠뜨렸네."

고은은 그제야 도하의 티 나는 행동을 읽어 냈지만 모른 척해 보고 싶었다. 알겠다며 다시 욕실에서 한 꾸러미의 칫솔 세트를 가져와 도하에게 내밀었다. 도하는 또 그것을 한참 동안 바라만 봤다. 그리고 고개를 들어 고은에게 시선을 맞췄지만 그녀는 아무 말도 하지 않았다. 도하는 알아들었다는 듯 고개를 끄덕이곤 다시 돌아섰다.

고은은 닫힌 문에 등을 기대고 섰다. 심장이 아픈 것처럼 두근거렸다. 안 되겠다고 생각하며 그녀가 다시 돌아서 문을 열자 도하가 벨도 누르지 않은 채 서 있었다.

"그게. 콩이가…… 제발 3층으로 꺼지라는데, 어쩌죠?"

고은은 웃음이 터졌다. 도하는 그런 고은을 따라 웃었다.

"들어와요."

고은이 용기 내 옆으로 비켜서자 도하가 해냈다는 것처럼 현관으로 들어왔다. 익숙하게 신발을 벗고 집 안으로 들어서는 그의 뒷모습을 바라보는데 고은은 잠시 눈가가 뜨거워졌다. 감정은 불시에 그녀에게 날아드는 것만 같았다. 지금이 그때가 될 줄은 그녀도 몰랐던 것이다.

"안 들어오고 뭐 해요?"

집 안에서 도하가 그녀를 불렀다. 고은은 얼른 정신을 차리고 현관문을 닫았다. 부엌 쪽으로 다가가자 도하는 이미 자신 몫의 캔 맥주를 꺼내 놓고 기다리고 있었다.

"안주 꺼낼까요?"

그가 다시 일어서 냉장고 문을 열었다. 고은은 자신이 하겠다며 냉장고 안을 살폈다. 식사는 대부분 1층 할머니 집에서 하는 편이라 특별하게 먹을 걸 사다 놓지 않았다. 고은은 도하가 요즘 끊기지 않게 채워 주고 있는 과일을 꺼냈다. 접시와 칼은 이미 도하가 식탁 위에 가져다 놓은 상태였다.

그의 이런 행동을 볼 때면 고은은 놀라지 않을 수 없었다. 금수저를 물고 태어난 재벌 3세였다. 그가 직접 요리하고 빨래하는 모습을 쉽게 상상할 수 없었다. 두 사람이 한집에서 함께 살았을 땐, 도하도 모든 걸 도우미에게 맡겼다. 고은이 자신이 먹을 음식은 직접 요리하겠다고 하자, 괜한 짓 하지 말고 편하게 지내란 충고를 건네기도 했었다.

"너무 익숙해 보여서 놀라워요?"

도하는 단번에 고은의 표정을 읽어 낸 것 같았다.

"같이 살 땐 이런 적이 없었거든요."

"아……."

고은의 답에 도하가 잠시 알 수 없는 표정으로 입을 다물었다. 기억 속에 없는 이야기라서 그런 걸까. 고은은 괜한 말을 꺼낸 듯해 미안한 마음이 들었다.

"그냥…… 그랬어요. 그게 당연했거든요."

"내가 그런 말은 안 했어요? 이런 일에 능숙하다고. 고등학생 때부터 한 몇 년 외국에 나가서 지냈었어요. 집에서 붙여 준 도우미가 있긴 했는데 그냥 내가 했어요. 해 보니까, 재밌더라고요. 다시 한국으로 돌아와선 흥미를 잃었지만……."

도하가 고은에게 자신의 과거에 대해 이야기해 준 건 이번이 처음이었다. 그는 말이 많은 사람이 아니었다. 필요한 말만 간단히 했다. 그렇다고 해서 퉁명스럽거나 차갑진 않았지만 고은은 점점 더 그를 마음에 담으면서 연예면 기사가 아니라 그에게 직접 본인의 이야기를 듣고 싶었다. 그게 욕심인 줄 알면서도 도하와 시간이 맞아 같이 저녁 식사라도 하게 되면 용기를 내 그녀의 이야기를 일부러 꺼냈었다. 그 말을 들으면 도하도 자신의 추억을 들려줄 것이라 믿었었는지도 모르겠다.

하지만 도하는 고은의 과거를 듣고 그저 웃어 주기만 할 뿐이었다. 웃고 있는 그의 모습을 보는데도 행복하지 않고 서글픔이 느껴질 때부터 고은 역시 말없이 식사만 했던 것 같다. 그때도 도하는 그녀에게 묻지 않았다. 왜 요즘은 고은 씨 이야기를 하지 않느냐고.

"무슨 생각 해요?"

"……네?"

"맥주 다 식는데?"

도하의 농담에 고은은 흐린 웃음으로 답했다. 어느새 식탁 위에는 그가 반듯하게 깎아 놓은 과일이 놓여 있었다. 도하는 자연스런 손길로 사과 한 조각을 포크로 찍어 고은에게 내밀었다. 고은은 그것을 받아 들고 잠시 도하를 건너다봤다.

왜 이런 혼란스러움을 이제 와서 느끼는 것인지 모르겠지만 고은은 도하가 달라져 보일 때마다 그 모습을 온전히 받아들이지 못하는 기분이었다. 아마도 그녀는 그들의 과거를 기억하고 있기 때문일 것이다. 그는 그녀에 대한 기억을 잊어버렸으니 거리낄 게 아무것도 없을 테지만 고은은 달랐다. 자신도 모르게 현재와 과거를 비교하며 복잡한 감정에 빠져들었다.

"지금 보는 대본은 어떤 내용이에요?"

고은은 생각을 지우기 위해 다른 이야기를 꺼냈다.

"궁금해요?"

도하가 진짜 궁금해 그러느냐는 눈빛을 보냈다. 고은은 여지없이 생각을 읽힌 게 당황스러워 표정을 굳혔다. 신기하게도 도하는 그녀의 모든 걸 알아채는 남자였다. 항상 무겁지도 가볍지도 않은, 적당한 온도를 유지하는 눈빛으로 그녀를 주시했다.

그와 함께 살 때도 마찬가지였다. 고은은 그게 그녀에 대한 호감과 관심에서 비롯된 건 줄 알았지만 시간이 흐른 후, 어떤 상대든 날을 세우고 관찰하며 파악하려 드는 그의 습관이라는 결론을 내렸었다.

"나도 도하 씨 팬이에요."

고은이 일부러 힘주어 말을 건넸다. 그러자 도하는 세상에서 가장 어이없는 거짓말을 들은 사람처럼 소리 내어 웃어 버렸다. 도대체 그는 어떤 생각을 하며, 그녀의 말을 어디까지 믿고 있는 걸까. 고은은 그걸 알 수 없어 결혼 생활 내내 답답했고, 결국엔 모든 걸 버리고 도망쳤다.

"배우 우도하를 좋아하면서…… 왜 헤어졌어요?"

도하는 핵심을 짚어 내듯 직설적으로 물었다. 고은도 이번만큼은 그의 눈을 피하지 않았다.

"그거랑 그건, 다른 거죠."

"난 우리가 여러 가지로 아주 잘 맞았을 것 같은데."

"……."

캔 맥주를 손에서 내려놓은 도하는 집요하게 파고들듯 고은을 바라봤다.

"아닌가요?"

"아니에요."

고은은 반박하듯 대답하고 간단히 웃었다. 이건 정말 그녀의 진심
이었다. 서로를 향한 마음의 깊이가 달랐으니 잘 맞지 않았던 것으로
여기는 게 맞았다. 혼자서만 꾸역꾸역 마음을 흘려보내 봐야 결과는
불 보듯 뻔했다. 고은은 그와 헤어지고 이혼한 걸 단 한 번도 후회하
지 않았다.

"……좀 피곤해요. 이제 그만 마셔요."

고은이 자리를 마무리하듯 캔 맥주를 들고 일어섰다. 그녀가 들고
있는 캔 안에는 아직 맥주가 많이 남아 있었지만 이야기가 깊어질수
록 서로의 상처를 끄집어내는 것만 같았다. 도하가 알아봤자 의미 없
는 과거들이었다. 그들은 이미 한 번의 헤어짐을 경험한 관계였다. 쉽
게 이어 가는 게 어렵다는 걸 고은은 그와 함께 지내면서 조금씩 더
상황으로 깨닫고 있었다.

"먼저 내려가서 쉬세요. 이건 제가 치울……."

고은이 캔 맥주에 남은 술을 싱크대에 부으며 말하고는 뒤를 돌아
보는데 도하가 어느새 그녀의 등 뒤로 가까이 다가와 있었다. 놀라 말
을 멈춘 고은은 언제나처럼 긴장한 채로 그를 올려다봤다. 도하는 잠
시 무표정한 얼굴로 그녀를 직시했다. 그의 한 손에는 깎아 놓은 채

하나도 먹지 않은 사과 조각이 접시째로 들려 있었다.

"내가 또…… 뭘, 잘못했어요?"

그가 싱크대 한쪽에 접시를 내려놓으며 낮은 목소리로 물었다. 고은은 그에게서 조금이라도 벗어나고 싶었지만 도하가 싱크대 선반을 짚고 있어 그와 싱크대 사이에 갇힌 상태가 되었다. 심장은 여지없이 쿵쿵쿵 뛰었다. 몸의 반응을 숨길 수가 없었다. 이럴 때마다 고은은 이상하게도 발가벗겨진 기분이었다.

"좀 가까워졌다고 생각했는데."

도하가 계속해서 말을 이었다.

"나 혼자만의 생각이었나 봐요."

쓸쓸하게 가라앉은 그의 목소리가 고은의 가슴을 찔러 대는 것만 같았다. 고은이 고개를 들어 그를 마주했다. 우리가 가까워지면 뭐가 달라질까요. 그가 이곳에 나타난 이후부터 줄곧 든 생각이었다. 내가 당신을 사랑한다고 말하면. 우리는 다른 연인들처럼 지낼 수 있나요. 그걸 바라는 것처럼 말해 버릴 자신이 싫었다. 고은은 고개를 내리고 그를 벗어나려 했다.

"비켜 줘요."

"나 진짜 변탠가 봐요."

고은의 말을 무시하며 도하가 자조하듯 웃었다. 무슨 뜻인지 이해 못 한 고은이 그를 바라보았다. 입가는 올라서 있었지만, 눈은 서늘했다. 화가 났을 때 도하는 감정 자체를 없애 버리는 편이었다. 악을 쓰거나 말로 그녀를 몰아세우지 않았다. 다만, 눈빛으로 모든 걸 압도해 그녀를 질식할 것처럼 만들었다.

"당신이 이렇게 멀어지려고 하면…… 가슴 안에서 막, 불덩이 같은 게 일어나."

"……"

"꼬이고 꼬인 놈처럼 괴롭히고 싶어져. 무슨 소린 줄 알아요?"

도하의 손이 천천히 고은의 뺨으로 다가왔다. 어르고 달래는 듯한 손길임에도 고은은 도하에게서 사나운 기운이 묻어난다고 느꼈다. 그의 이런 모습을 본 적이 있다. 그가 큰 상을 받았던, 사이코패스 연기를 할 때도 이랬었다. 고은은 그때 도하의 연기를 가장 섬뜩하게 받아들였음에도 지울 수 없는 기억처럼 머릿속에 남아 있었다.

"도하 씨."

"왜? 내가 무슨 짓이라도 할까 봐 무서워요?"

고은은 그가 강제적인 행동을 하지 않을 것이란 걸 알았다. 하지만 심장이 죄일 것처럼 아프고 피가 손끝까지 흐르지 않는 기분이었다. 생각은 어이없게도 그날 밤으로 이어졌다. 도하가 안으로 들이닥칠 때마다 그녀가 가졌던 이상하고도 야릇한 감각. 고은은 생각을 떨쳐 내듯 그를 세차게 밀어 냈다.

"그만해…… 아앗."

실랑이를 벌이는 순간, 아슬하게 놓여 있던 접시가 바닥으로 떨어졌다. 놀란 고은이 무의식적으로 그것을 잡으려 손을 뻗었고, 이미 산산조각이 난 접시의 날카로운 파편이 튀어 오르며 그녀의 살결을 베어 냈다.

"가만, 움직이지 말아요."

그의 목소리가 다급했다. 놀란 건 도하도 마찬가지였다. 도하는 얼른 피가 흐르는 고은의 손부터 붙잡아 당연한 듯이 자신의 입 안으로 가져갔다.

그가 그녀의 손가락을 입으로 세차게 빨았다. 지혈을 위해서라지만 고은은 그의 행동으로 인해 얼굴이 붉어지고 말았다.

"괜, 찮…… 놔, 놔줘요."

고은이 손가락을 빼내려 했지만 도하는 꼼짝도 하지 않았다. 몸속으로 뱀이 기어 들어온 것만 같았다. 고은은 하얗게 질린 채 자신의 손가락을 빨아 대는 도하를 내려다봤다. 처음과 달리 혀까지 굴려 대며 그녀의 피를 빨아 먹는 그의 얼굴을 내려다보는 것만으로 고역이었다.

"……흐읏."

고은은 어느새 신음까지 새어 나오려 했다. 얼른 나머지 손으로 입을 틀어막으려는데 그 손까지 도하에 의해서 저지되어 버렸다. 고은은 모든 손이 결박된 채 도하만 바라봐야 했다. 그걸 원했던 것처럼 도하는 고은에게서 한시도 시선을 떼지 않았다.

"이리, 손 내밀어 봐요."

3층 이곳저곳을 뒤져 약통을 가져온 도하가 침대에 누워 있는 고은에게 말했다. 생각지 못한 피를 흘렸기 때문일까. 아니면 그와 기싸움을 하느라 녹다운이 되어 버린 것인지. 도하의 입 속에 들어가 있던 손가락을 되찾은 고은은 몸을 움직이려다 어지러움을 느끼고 휘청거렸다.

재빨리 고은을 부축한 그는 거리낌 없이 그녀를 안아 들고서 곧장 안방으로 들어가 침대 위에 조심히 눕혔다. 그의 입에서 빠져나온 손가락엔 어느샌가 수건이 엉성한 모양새로 둘둘 말려 있었다. 그것을 본 고은은 또 한 번 현기증을 느끼고 눈을 감았다.

이대로 도하가 돌아가길 원했다. 머리가 아팠다. 가슴까지도 흔들렸다. 그의 모든 것이, 행동 하나하나가 그녀를 예민하게 자극했다. 함께 있어도 괜찮을 것 같아 허락했는데, 막상 같이 있어 보니 쉽지 않았다. 좋았다가도 미치도록 피하고 싶어지는 감정 앞에서 고은은 익숙해지지 못한 채 혼란스러워했다.

"따가우면 말해요."

눈을 감고 있었는데도, 그녀가 잠들지 않았다는 걸 눈치챘는지 그가 말했다. 밀어내고 거부하고 도망쳐도 소용없는 짓일까. 끝내는 이 남자에게 모든 걸 고백해 버리게 될까. 천천히 눈은 뜬 고은이 자신의 손을 붙잡고 조심스럽게 약을 바르고 있는 남자를 바라봤다.

"원래 잘 어지러……."

도하는 약을 다 바르고 밴드를 찾다가 고개를 들었다. 당연히 고은이 눈을 감고 있을 줄 알았는데 그녀는 그를 바라보고 있었다. 시선이 얽혔다. 또 무엇 때문에 눈가가 붉어지는가. 왜 그와 있을 때면 시도 때도 없이 그러는가. 그에게 무슨 잘못이 있는 걸까. 아직도 그 답을 제대로 찾아내지 못해 도하는 답답함을 느꼈다.

"왜 그렇게 봐요?"

일부러 시선을 피했다. 여기서 조금만 더 몰아붙이면 침대 위로 기어올라 가 그녀를 제 아래에 깔아뭉개고선 다그치듯 묻게 될 것만 같았다. 왜 그렇게 날 버리고 떠났냐고. 다른 남자를 좋아하지도 않았으면서 내가 왜 싫어졌느냐고. 왜 날 이런 비참한 기분에 휩싸이게 만들고, 결국 당신 하나만 바라보도록 이 시궁창에 처넣고 있느냐고. 사납게 흔들며 목을 조르려 하다가 끝내는 끝없이 안고 또 안게 될 것만 같았다.

이리도 어렵고 엿같은 수수께끼는 풀어 본 적이 없었다. 도하는 영원히 그 해답을 찾을 수 없어 고은을 놓아주지 못할까 봐 걱정이 되기도 했다. 그 답을 알기 전까지 그의 곁에 붙여 두고 어디도 갈 수 없게 만드는 게 그의 비정상적인 머릿속에서 한참이나 고민한 끝에 나온 결론이었다.

"우리가 이러고 있는 게…… 웃겨서요."

웃기다고 말하는 여자의 눈가는 다 짓물러져 있었다. 울지라도 말든지. 그럼 믿는 척이라도 하지. 울컥하는 감정을 제어하지 못한 도하는 연고와 밴드 갑을 약상자 안에 시끄럽게 집어넣고는 몸을 일으켰다.

거실까지 걸어 나와 현관으로 향하던 발이 또 우뚝 멈춰 섰다. 그는 약상자를 식탁 위에 놓아두고는 다시 안방으로 들어섰다. 고은은 한 팔을 눈 위에 올려 둔 채 눈가를 감추고 있었다. 도하가 그녀의 침대로 다가가 옆에 자리를 잡고 앉았다.

"좋아요. 내가 뭘 많이 잘못했으니 헤어졌겠지. 그건 말해 봤자 고은 씨 마음만 아프게 하니까 됐고, 내 어떤 점이 좋았어요?"

"……."

갑작스런 도하의 말에 고은이 팔을 내렸다.

"하나라도 있으니까 결혼을 했을 거 아니에요?"

"……."

고은은 가만히 그를 보기만 했다.

"진짜 없어?"

"……."

"하……."

"……."

294

"그럼, 만들어서라도 말 좀 해 봐요."

그의 억지에 고은의 입가에 흐린 미소가 걸렸다. 그러자 도하는 잠시 안심하듯 표정을 풀었다. 그가 원하는 게 이런 것이라는 것처럼. 그녀가 우는 것을 보고 있는 게 힘들다는 것처럼.

"그렇게 웃으면 다예요?"

그가 얄미운 말로 장난을 쳤다.

"그래도 웃으니까 낫네. 우는 건 도저히 못 봐 주겠어. 그만 좀 울어요."

도하의 손이 당연하게 고은의 눈가를 훔쳐 냈다.

"아무래도 내가 고은 씨 우는 거엔 내성이 없나 봐요. 자꾸 괴롭혀서 그런다는 건 알겠는데, 진짜 울어 버리면…… 아주, 나쁜 새끼도…… 죄책감이란 걸 느껴요."

도하가 고은을 보지 않고 다른 곳에 시선을 둔 채 고백했다. 그 말이 고은의 가슴을 울렸다. 어쩌면 이런 점이 좋았던 것인지도 모르겠다. 그녀가 모든 걸 포기하고 돌아서고 싶을 때 그는 아무렇지 않게 그녀의 마음속으로 다시 들어왔다.

"도하 씨 때문에…… 우는 거 아니에요."

고은이 잠긴 목소리로 입을 열었다.

"그럼?"

도하가 고은에게 시선을 맞췄다. 어떤 변명을 할지 들어 보겠다는 표정이었다. 고은은 잠시 난처해졌다. 이리저리 불안하게 눈알을 굴리자 도하의 입가에 미소가 걸렸다.

"그렇게 심각하게 생각까지 해야 해요?"

"아니, 그게…… 아, 손 때문에요. 손가락이 아파서……. 울었어요."

고은의 적당한 핑계에 도하는 그저 웃다. 두 사람은 또 같은 웃음을 내놓으며 서로를 바라봤다. 오랫동안 서로를 주시하다 보니 분위기가 다른 쪽으로 흘렀다. 짙어진 눈빛의 도하가 고개를 돌리고선 고은의 다친 손을 붙잡았다. 그러곤 베인 손가락을 감싼 밴드 위를 가만히 쓰다듬었다.

"아, 더는 안 되겠다. 그만 갈게요."

무슨 생각을 했는지 도하가 벌떡 자리에서 일어났다. 그때 고은이 손을 뻗어 도하의 겉옷을 붙잡았다. 생각지 못한 고은의 행동에 도하의 시선이 힘겹게 제 옷을 붙잡고 있는 손으로 내려왔다. 그리고 그 시선은 천천히 고은의 얼굴 쪽으로 올라왔다. 무슨 뜻이냐 묻는다는 걸, 한눈에 알아챌 수 있는 얼굴이었다.

"손가락이…… 아파서요."

고은은 그의 눈빛을 피하며 말했다. 어이없는 핑계라는 걸 알았다. 하지만 손이 먼저 그에게로 뻗어 나가 버렸다. 이렇게 또 도하를 보내 버리면 그 허전함으로 인해 고은은 깊은 우울에 빠질 것만 같았다.

끝이 정해져 있다면, 그것대로 받아들일 테다. 그 상황이 그녀에게 불시에 다가올지라도 지금은 예전처럼 바보가 되고 싶지 않다는 마음이 들었다. 그 이유는 그녀도 모르겠다. 다정한 도하의 눈빛 때문인지, 그의 어떤 점이 좋았느냐고 따져 묻는 뻔뻔한 오기가 고마워서인지, 아니면 그저 더 이상 외롭고 싶지 않은 이기심인지.

이젠 그걸 따지기 싫었다. 마음이 가는 대로 해 보고 싶었다.

"설마, 손만 잡아 달란 소린 아니죠?"

도하가 그녀를 놀렸다.

"맞는데요."

고은도 그를 따라 맞장구를 쳤다.

"아, 내가 왜 싫었는지 한 가지는 알겠다."

뜬금없는 말을 한 그가 몸을 숙여 고은 쪽으로 얼굴을 가져다 댔다.

"눈치가 너무 없었네."

"……."

그가 자연스럽게 고은의 티셔츠 안으로 불쑥 손을 집어넣었다. 차가운 공기가 딸려 들어와 고은의 온몸에 소름이 돋아났다. 그러거나 말거나 살결을 훑어 올리듯 만져 대는 그 손을 밀어 내는데 도하는 몸을 더 아래로 숙여 그녀를 결박했다. 고은이 숨을 참으며 그의 시선을 피하자 그가 한 손으로 턱을 붙잡아 자신을 똑바로 바라보게 만들었다.

"왜? 싫어요?"

그가 속상한 목소리로 물었다. 그녀가 싫다고 하면 물러날 것처럼. 하지만 이미 반응해 버린 그의 몸이 느껴졌다. 고은 또한 아랫배가 묵직해진 상태였다. 이젠 그의 몸이 뜻하는 바가 무엇인지 고은은 너무도 잘 알고 있었다. 그녀가 그를 붙잡지 않았다면 도하는 오늘 밤 그녀를 생각하며 스스로 욕구를 해소했을까. 고은은 이성을 놓아 버린 것처럼 앙큼한 생각까지 머릿속에서 떠올렸다.

"또 무슨 생각 해요?"

도하는 고은이 그를 상상하는 것마저도 질투하듯 불시에 그녀의 몸을 지분거리며 고은의 시선을 자신에게로 끌어왔다. 도하의 손이 더욱 거침없어지자 고은의 목이 단숨에 꺾였다. 그의 손끝이 닿을 때마다 고은은 아랫입술을 깨물며 손가락으로 시트를 움켜쥘 수밖에 없었다.

"흐읏. 도, 도핫 씨……."

그를 저지하려는 고은의 신음 섞인 부름은 오히려 도화선이 되어 도하를 날뛰게 만들었다. 그는 고은의 입술을 한 입에 삼켰다. 축축한 혀가 곧장 밀려들어 왔다. 타액은 금세 농밀하게 섞이며 서로의 입 안을 오고 갔다. 질척하게 얽히는 진한 키스 앞에서 고은은 또 가슴 안이 푹푹 꺼지는 것을 오롯이 느껴야만 했다.

그녀가 더 이상 참을 수 없어 그를 밀어 내려 하면 도하는 놓치지 않겠다는 것처럼 그녀의 머리채를 움켜쥔 채 떨어지지 못하게 만들었다. 입 안의 단물을 모조리 빨아 먹겠다는 듯이 그의 키스는 집요하고 게걸스러웠다. 처음과는 또 달랐다. 온전히 똑같은 감각은 없었다. 그게 신기할 따름이었다. 결국 고은의 눈에서 눈물이 흘러내리고서야 도하가 입을 뗐다.

"하아······."

젖은 숨이 두 사람의 입술에서 동시에 터져 나왔다. 번들거리는 침과 눈물, 타액까지. 모든 것이 뒤섞인 진득한 짠맛이 입 안을 맴돌았다. 몸을 덜덜 떨며 흐트러진 숨을 내쉬던 고은이 도하를 올려다봤다. 도하의 눈빛은 이미 성욕으로 흐트러진 상태였다. 당장이라도 그녀의 안으로 들어오고 싶어 하는 정복욕이 그의 눈 안에 가득 드러났다. 고은은 도하가 이리도 음란한 눈빛으로 그녀를 몰아붙일 때면 머리가 새하얘지고 질식할 것만 같았다.

"그렇게 보지 마요."

"······."

도하가 자신이 물어뜯은 입술을 살살 어루만지며 읊조렸다.

"꼭 발가벗겨 달라고 하는 것 같으니까."

"그게······ 읍."

고은이 변명을 하기도 전에 또 한 번의 깊은 입맞춤이 시작되었다.

입 안의 혀가 뜨겁게 마주 비벼지는 감각을 느끼며 짙은 신음을 내뱉었다. 모조리 도하가 이끄는 강압적인 키스였다.

고은은 아득해지는 정신을 붙잡기에 급급했다. 그가 집요하게 빨아 대는 입술이 얼얼했다. 그만하라고 밀어 내 보기도 했지만 소용없는 거부였다. 고개를 이리저리 바꿔 돌리며 능숙하게 고은의 입 안을 점령하는 그의 눈빛엔 그만 포기하라는 회유가 담겨 있었다. 어차피 벗어날 수 없다는 경고이기도 했다.

고은은 입천장을 핥고 깊숙하게 들어오는 그의 젖은 혀를 받아 낼 때마다 온몸이 간지러웠다. 이미 뱀은 수백 마리나 그녀의 몸을 타고 돌아다녔고, 등줄기를 타고 흐르는 짜릿하고 서늘한 감각이 그녀를 무섭게 자각시켰다.

"흐읏……."

"고은 씨 신음이 너무 달아요. 미칠 것 같아."

도하는 입술을 떼고 귓가로 목표를 바꿨다. 동그란 귓바퀴를 축축이 젖은 혀로 한 번 훑어 내자 고은이 끙끙, 아기 고양이 같은 소리를 내었다. 눈가는 야릇하게 풀려 있고, 얼굴은 이미 엉망으로 흐트러진 상태였다. 이런 쾌락 자체를 느껴 보지 못해 두려워하는 눈동자로 도하를 올려다보기만 할 때면, 그 모습이 얼마나 남자의 악한 본성을 건드리는지 그녀는 모를 것이다.

매달리는 모습에 몸이 반응할 줄은 몰랐다. 도하는 자신이 변태라

는 걸 이미 저번 잠자리로 직시하고 있었지만 이번 기회로 더욱 확신

할 수밖에 없었다. 더 괴롭히고 싶었다. 그의 아래에서 더 울게 해야

만 했다. 도하는 귓가에서 목, 가슴까지 정신없이 혀를 놀렸다.

"하웃…… 으응. 그, 그만……. 하아……."

도하의 입이 고은의 목덜미를 급습하듯 물고 빨아 대자 고은은 이

미 절정이라도 맞은 것처럼 몸을 덜덜 떨었다. 이쪽이 그녀가 자극받

는 곳이라는 걸 극명하게 보여 주는 반응이었다. 도하는 놓치지 않고

고은의 허리를 꽉 붙잡은 채 목덜미를 쪽쪽 빨아 댔다.

"하웃. 하핫. 하…… 웃."

또 한 번의 절정이었다. 이리도 몸이 야할 줄이야. 같이 사는 동안

단 한 번 의심해 보지 않은 점이었다. 철갑 같은 갑옷을 입고 선을 긋

던 여자가 눈동자에 초점을 잃은 채 그를 붙잡고 아래에서 흐느껴 우

는 모습을 한 번이라도 봤다면 자신은 절대 이혼이라는 걸 하지 않았

을 것이다. 절대 놓아주지 않았을 테다.

입술을 깨물며 온 힘으로 신음을 참아 내고 있는 고은을 바라보다

가 도하는 반쯤 상체를 세웠다. 무릎을 꿇은 채 고은을 내려다보던 그

가 물었다.

"빨리 안으로 들어가고 싶은데. 괜찮겠어요?"

목소리는 더할 수 없이 낮았다. 섬뜩할 정도로 가라앉은 눈동자가

작살처럼 그녀를 찍어 누르는 것만 같았다. 이미 그도 한계라는 걸 보

여 주는 것만 같았다.

"……마음대로…… 하웃, 잠……."

고은의 대답이 떨어지기도 전에 그녀의 하체에 걸쳐져 있던 옷들이 모조리 벗겨져 나갔다. 수치스러웠다. 이것이 남녀의 성교라고 해도 모든 게 낯설고 전혀 익숙해지지가 않았다.

"넣으라면서…… 이러면 어떻게 하지?"

고은이 방어하듯 몸을 움츠리자 도하가 말했다.

"도하 씨부터…… 벗으세요."

고은은 자신만 발가벗겨진 게 불만인 듯한 얼굴이었다. 이 상황에서도 자존심을 챙기고 싶은 건가. 도하는 어이없는 미소를 감추며 대답했다.

"알겠어요. ……그렇게 구경이 하고 싶다면야."

그가 티셔츠 끝을 붙잡고 양팔을 들어 단숨에 상의를 벗었다. 나체가 된 그의 근육이 드러나자 고은은 시시할 정도로 빠르게 시선을 피해 버렸다. 이러면서 무슨 오기인지. 도하는 그녀를 더 놀리고 싶어 미칠 것만 같았다. 그가 몸을 내려 한 손으로 고은의 턱을 붙잡았다.

"실컷 보라니까?"

"……."

고은은 곧 눈물이라도 흘릴 것처럼 눈동자를 떨었다. 꼭 그렇게 장난이 치고 싶은 거냐고 묻는 것만 같았다. 도하는 그렇다고 대답하는 것처럼 고은의 입술에 쪽, 하고 입을 맞췄다.

"이제 시작할까요?"

도하가 산뜻한 얼굴로 물었다.

10.
더럽고 음흉한 새끼

탕탕탕. 문을 두드리는 소리에 고은은 번쩍 눈을 떴다. 습관적으로 벽시계를 바라보자 평소 일어나는 시간을 훌쩍 넘기고 있었다. 놀란 나머지 고은이 벌떡 몸을 일으키려는데 무언가에 결박되어 움직일 수가 없었다.

"고은아. 얘가 어딜 갔나⋯⋯. 이상하네."

밖에서 들리는 목소리는 할머니 은금의 것이었다. 손녀가 매일 내려오는 시간에 나타나지 않자 이상함을 느끼고 올라온 것 같았다. 고은은 일어나야만 했다. 그녀가 자신의 허리를 꽉 붙잡고 잠들어 있는 손을 억지로 떼어 내려 하는 순간이었다.

"⋯⋯가지 마요."

도하가 그녀의 목덜미에 얼굴을 묻으며 속삭였다. 그 말이 뭐라고.

고은은 또 가슴이 찌르르 울렸다.

고은은 그를 달래듯 손등을 쓰다듬었다. 그 방법이 통한 걸까. 스르륵 도하의 팔에서 힘이 풀렸다.

"알았어요."

그가 말 잘 듣는 아이처럼 대답했다. 우리가 어젯밤 서로를 죽이지 못해 안달 난 사람처럼 몸을 섞은 게 거짓말인 것 같은 달콤함이 가슴속에 찾아들자 고은은 얼른 몸을 일으켰다.

"하……"

도하는 여전히 침대에 누운 채 고은이 할머니와 나누는 대화를 어렴풋이 들었다. 거짓말도 못 하면서 핑계를 대느라 진땀을 빼는 고은을 바로 옆에서 지켜보지 못해 안타까울 뿐이었다.

평소보다 좀 더 상쾌한 아침을 맞고 있다 생각하며 자리에서 일어나는데 침대 옆 협탁에 놓아둔 핸드폰에서 진동이 울렸다. 그는 당연하다는 듯 그것을 집었다. 고은의 핸드폰이었다. '태진 오빠'란 글자가 화면 안에서 한참을 맴돌다 끊어졌다.

[전화를 안 받네.]

[많이 안 바쁘면 오늘 저녁에 볼 수 있을까?]

[우도하 씨 때문에 할 말이 있어서.]

차례로 들어온 문자를 내려다보며 도하는 헛웃음을 터뜨렸다.

○ ● ○

아무래도 마음에 걸렸다. 며칠 내내 고민해 봤지만 태진은 고은을 만나 제대로 된 사정을 들어 봐야 할 것 같았다. 오지랖이라고 미선이 말려도 모른 척할 수가 없었다. 만약 그가 예측한 대로 불상사가 터지거나 고은이 상처받는 일이 생긴다면 그는 지금을 두고두고 후회할 것만 같았다.

무엇보다 우도하가 이상한 뜻을 가지고 '기억 상실'이란 거짓말로 그녀의 옆에 붙어 있는 것이라면 누구보다 고은이 가장 먼저 그 사실을 알아야만 했다. 그가 지켜본 고은은 겉으론 강해 보여도 마음은 여렸다. 당연히 기억 상실에 걸린 전남편을 내치지 못하고 곁에 둘 수밖에 없었을 것이다.

우도하가 그것을 어떻게 이용할지 그도 확실히 알진 못했지만 연예계가 얼마나 더럽고 계산적인 곳인지는 친한 친구가 대형 엔터테인먼트 변호사로 일하고 있기에 귀동냥으로 들어 잘 알고 있었다.

그가 전화로 우도하에 대해 흘리듯 말하자 친구는 물 만난 고기처럼 우도하에 대한 악평을 쏟아 냈다. 마침 자신의 기획사에 소속된 배우와 우도하가 현장에서 몇 번 감정싸움을 벌여 그 뒷수습을 하느라 애를 먹었었다고 했다.

친구는 우도하의 비정상적인 행동부터 지적했다. 그는 여성 편력

이 심했고, 심지어 회사의 미성년자 연습생까지 건드렸다는 소문이
나돌아 그 회사의 대표가 골머리를 앓았다고 했다. 그래서 그런 이미
지를 모두 상쇄시키고 분위기를 반전하기 위해서 그의 빵빵한 집안에
서 계약 결혼을 추진했고, 그에 대한 증거들이 한동안 연예계에 떠돌
았다고 알려 주었다.

태진은 그제야 고은이 왜 이혼을 하고 강릉으로 내려왔는지 이해
가 되었다. 지금 우도하를 받아 주고 있는 게 그 계약의 연장선일 수
도 있다는 추측도 할 수 있었다.

어느 것 하나 확실하지 않은 루머일지도 모르지만 그런 일이 모두
터무니없이 양산되지 않는다고 했다. 연예인 가십을 보며 주변 관계
자들이 가장 많이들 하는 말이 아니 땐 굴뚝엔 절대 연기가 나지 않는
다는 것이었다.

"하아……."

태진의 한숨이 유난히 더 깊게 뱉어졌다. 이젠 정리할 것도 없는
약국 내부를 쓸고 닦으며 시간을 죽였지만 핸드폰엔 아무런 알람도
뜨지 않았다. 고은에게선 어떤 연락도 없었다. 채팅은 확인한 듯 읽지
않음 표시가 사라졌지만 답장이 오지 않았다. '우도하'란 말은 쓰지
말 걸 그랬나. 잠시 후회했지만 그 이유가 아니면 고은이 이제 그를
상대하지 않을 것이란 서글픈 확신도 찾아들었다.

"후……."

태진이 핸드폰을 내려다보며 다시 한번 긴 숨을 내쉴 때였다.

"약사님, 고민이 많으신가 봐요?"

열어 놓은 문 안으로 누군가 들어왔는지도 몰랐다. 태진이 고개를 들자 거짓말처럼 우도하가 자신의 앞에 서 있었다. 놀라서 벌떡 일어나 버리는 바람에 핸드폰이 아래로 떨어졌다. 느긋하게 카운터 쪽으로 다가온 도하가 몸을 반쯤 기댄 채 그의 핸드폰에 시선을 두었다.

"얼른 주우세요. 기다리는 연락 있는 것 같은데."

뱀 같은 웃음이었다. 태진은 도하를 바라보며 그런 생각을 할 수밖에 없었다. 잘생긴 얼굴이란 건 너무도 자명했다. 하지만 얼굴 안에 진짜는 없었다. 순수함 따윈 찾기 힘들었다. 진실보다는 거짓이 더 잘 어울리는 눈빛을 가진 남자였다.

— 그 자식 능구렁이 같은 면이 많아서 조심해야 해. 그런 놈들 상대하기가 얼마나 어려운지 모를 거다. 왜냐면 무서운 게 없거든. 연기도 심심해서 한다잖아. 집이 그렇게 빵빵한데 돈이 중요하겠냐? 무서울 게 없는 새끼들은 루머 같은 걸로 협박해 봤자 콧방귀도 안 껴. 다 까발리고 같이 죽자고 덤벼 봤자 상대방이 더 손해라니까?

왜 지금 친구의 말이 떠오른 건지 모르겠지만 태진은 천천히 핸드폰을 주워 올리며 우도하의 행동을 추리해야 했다. 우연처럼 이 타이밍에 그가 약국에 나타날 이유가 뭐가 있겠는가. 태진이 고개를 들어 눈을 맞추자 도하는 서늘하게 표정을 지우고 그를 바라봤다.

"나한테 말해요."

"……무슨 말씀입니까?"

태진은 손안에 땀이 나 핸드폰을 움켜쥘 수밖에 없었다.

"나에 대해 할 말 있다면서요?"

도하는 간단하게 모든 걸 오픈했다. 고은의 핸드폰에 들어온 태진의 문자는 곧장 삭제해 버렸다. 나중에 고은이 왜 자신의 핸드폰을 만졌냐고 따져도 둘러댈 말은 많았다. 가장 간단한 이유가 있었다. 이 샌님 새끼가 당신한테 접근하는 게 싫다고. 더 깊이 설명하자면 질투가 맞다는 말까지 할 생각도 기꺼이 있었다.

"고은이…… 핸드폰을 함부로 뒤져 봤다는 말입니까?"

태진이 불쾌함에 목소리를 높였다.

"약사님이 화낼 일은 아닌 것 같은데?"

도하는 그러거나 말거나 간단히 대답하고 웃었다. 그게 중요하지 않다는 뜻이었다. 왜 그녀를 불러 자신의 얘기를 꺼내려 했는지, 그 이야기가 뭔지 얼른 꺼내 보라며 태진을 빤히 내려다봤다.

태진은 가만히 상대를 직시하는 도하의 눈빛을 오랫동안 감당하기가 힘들었다. 연쇄 살인마 연기까지 유연하게 해 대는 배우였다. 태진과는 다를 수밖에 없었다.

"당신이랑 할 얘기는 없습니다."

태진이 시선을 피하며 돌아서려 했다.

"고은 씨도 알아요? 약사님이 이렇게 쥐새끼 같은 놈인 거?"

눈 하나 깜짝하지 않고 도하는 상대의 신경을 건드렸다. 태진은 단숨에 화를 감추지 못하는 얼굴로 도하를 노려봤다. '새끼'나 '놈'을 운운하는 천박한 인성의 사람이라면 더 생각할 것도 없었다. 고은과 도하는 어울리지 않았다. 고은이 이 사람으로 인해 상처만 받을 게 뻔해 보였다.

"함부로 남의 핸드폰을 훔쳐보는 분과 제가 나눌 말은 없습니다."

도하는 어이없음에 헛웃음을 터뜨렸다. 먼저 뒤에서 호박씨를 깐게 누군데. 끝까지 고상하게 눈을 피하는 샌님 같은 놈과 고은이 어울릴 리 없었다. 두 사람이 한방에 들어가 몸을 섞는 상상을 하는 것만으로도 그의 자존심이 상하고 역한 기운이 가슴 깊은 곳에서부터 올라왔다.

"고은 씨가 왜 남입니까?"

감정의 흔들림 하나 없이 도하가 되물었다.

"헤어졌으면 끝인 사이 아닌가요?"

태진도 지지 않았다. 도하는 그가 고은과 자신의 사이를 알고 있다는 사실을 곧장 눈치챘다. 전남편인 걸 알았다고 해서 태진이 나설일은 없었다. 그는 고은과 뭣도 아닌 사이였다. 그렇다면 다른 단서를 쥐고 있는 게 확실했다, 이 인간에게 유리할. 고은과 자신이 멀어질 수밖에 없는 이유. 도하는 빠르게 머리를 굴렸다. 답은 하나밖에 없었다.

"뭘 알고 떠드는지 모르겠지만 함부로 유언비어를 퍼뜨리면 큰일 나요, 약사님. 인생 살면서 누구한테 고소 같은 거 당해 본 적 없죠? 다른 사람은 몰라도 연예인 일에는 함부로 끼어드는 게 아닙니다. 아 시겠습니까?"

도하는 이쯤에서 경고가 먹힐 것이라 생각했다. 그가 무슨 단서를 가지고 있든 상황을 자신에게 유리하게 만들면 그뿐이었다. 없던 사 고도 있는 것처럼 지어내는 게 기획사란 곳인데 한낱 바닷가 마을 약 사가 뭘 알겠는가. 감정에 치우쳐 인생을 말아먹기 전에 그만 발을 빼 라고 경고해 주는 것도 그로선 많이 배려한 행동이었다.

"내가 증거도 없이 말을 할 거라 생각합니까?"

도하가 돌아서려 하자 태진은 아직 포기하지 않았다는 듯 말했다. 그는 조용히 자신의 핸드폰을 들었다. 그러고는 사진첩에 들어가 동 영상 하나를 클릭했다. 화면이 재생되자 그걸 도하의 눈앞으로 들이 밀었다.

"……."

핸드폰을 내려다보던 도하의 눈빛이 싸늘하게 가라앉았다. 씨발. 목 끝까지 욕이 차올랐다. 고개를 들자 태진은 자신의 핸드폰을 그가 빼앗기라도 할 것처럼 곧장 주머니에 넣었다.

"그래서 어쩌라고."

그가 비웃듯 입꼬리를 올렸다.

"우도하 씨."

"소리도 나오지 않는 CCTV 영상 하나 가지고 무슨 협박을 하겠다는 건데?"

태진이 보여 준 화면 안에는 윤 대표가 등장하고 있었다. 약국에서 뭐를 사는지 그가 카운터 앞을 알짱거렸다. 그러고는 핸드폰을 들고 통화를 시작했다. 그 내용이 아마도 이 약사의 의심을 사게 만든 것으로 추측되었다.

"고은이한테 다 설명할 겁니다."

태진은 물러나지 않았다.

"해요."

도하는 간단히 말했다.

"고은 씨가 누구 말을 믿을지 나도 궁금하네요."

이것은 진심이었다. 그가 거짓으로 기억 상실인 척 그녀에게 접근했다는 것을 들킨다고 한들 무슨 큰일이 나 버릴 것이라 생각하지 않았다. 물론 배신감을 느끼겠지. 그렇다면 그는 설명할 것이다. 왜 이렇게 할 수밖에 없었는지. 그들의 꼬인 관계의 첫 시작은 고은이 있지도 않은 남자를 만들어 낸 순간이었다. 상대의 거짓을 탓하기엔 고은도 도하도 서로 다를 게 없는 입장이었다. 적어도 도하는 그렇게 생각했다.

"당신은 고은일 진짜 좋아하는 게 아니군요."

더 이상 말을 섞고 싶지 않아 약국 문턱을 나서는데 태진이 기어이 하고 싶던 말을 뱉었다. 도하가 천천히 뒤돌아섰다. 좋아한다는 게 무엇인가. 이 남자가 생각하는 그 감정은 무엇이기에 그를 이토록 죄인 취급을 하는가.

"아, 약사님이 하는 머저리 같은 짝사랑, 그게 진짜라고 말하고 싶은 거예요?"

도하가 진지한 눈빛으로 되받아쳤다.

"적어도 저는 좋아하는 상대에게 거짓된 행동을 하지 않습니다."

"네. 약사님은 그렇게 사세요. ……평생."

어금니를 사리물며 도하는 충고의 말을 전했다.

"나는 더럽고 음흉한 새끼라 감정 표현을 이렇게밖에 못 해요. 그걸, 씨발, 내가 왜 약사 양반 앞에서 설명하고 있는지 모르겠지만…… 오지랖 부리는 것도 적당히 하시고, 앞으로 우리 일에 신경 꺼 주시길 부탁드립니다."

도하는 깍듯하게 고개를 숙여 태진에게 인사를 건네고 약국을 돌아 나갔다. 태진은 도하가 시야에서 사라질 때까지 버티고 서 있다가 한참 만에 낮은 한숨을 내쉬며 자리에 주저앉았다. 손안에 땀이 흥건했다. 그리고 가슴에 박히듯 남은 도하의 말들이 그의 심장을 찔러 대는 것만 같았다.

○ ● ○

하여간 일 처리 하는 게 딱 윤 대표다웠다. 그 많은 약국 중에. 굳이 골라잡아 들어간 곳이 고은의 짝사랑 남이 일하는 장소였다. 거기서 아주 중요한 단서나 함부로 흘려 대고. 그렇게 입조심을 하라고 일렀거늘. 애초에 사람이 조금 철두철미한 구석이 부족했다. 그게 좋아 지금껏 윤 대표 곁에 붙어 있는 꼴이 되었지만 이런 상황이 생길 때마다 도하는 단전에서 올라오는 깊은 짜증을 다스리기 어려웠다.

그는 연거푸 담배를 피워 대고 다시 고은의 빌라로 향했다. 이미 그녀는 출근을 한 시간이라 서두를 것은 없었지만 윤 대표에게 전화를 걸어 확실한 대책을 마련해 놓을 필요는 있었다. 세워 둔 차에서 예전 핸드폰을 꺼내야겠다고 생각하는데 저 멀리서 익숙한 실루엣이 보였다.

윤 대표는 도하의 차 옆에 자신의 세단을 세워 두고 차에서 내려 마당 앞을 배회하고 있었다. 그의 발걸음은 한눈에 봐도 초조해 보였다. 뭔가 벌써 일이 터져 버린 걸까. 샌님인 줄 알았더니 그새 행동력을 보인 건가. 도하는 서늘하게 표정을 바꾸고는 한수의 앞으로 다가섰다.

"왜 이러고 있어요?"

"어, 도하야!"

한수는 도하의 존재를 알아채자마자 그에게로 달려들 듯 다가왔다.

"전화하기 전에 알아서 찾아오고."

"뭐?"

"내 빡침이 거기까지 닿았어요?"

한수는 잠시 도하의 말을 이해하지 못한 채 멍하게 서 있었다. 이양반은 사고의 회로가 막히면 눈치까지 없어진다는 것도 문제였다. 도하는 더 설명하기 귀찮아서 빌라 쪽으로 걸어갔다. 한수는 당연하다는 듯이 그의 뒤를 졸졸 따라왔다.

"왜 왔어요?"

"……그거, 그러니까. 큰일 났어."

지금 상황보다 더 큰일이 생긴 건가. 도하는 하얗게 질려 있는 한수의 얼굴을 마주하자 머리가 지끈거렸다. 윤 대표는 꼭 마지막 결정을 앞두고 우유부단하게 굴며 선택을 하지 못하는 경우가 많았다. 결단을 내리며 저지르는 건 늘 도하였고, 그로 인한 결과를 받아들이며 뒷수습을 하는 건 한수였다. 두 사람의 관계는 이미 그렇게 자리 잡힌지 오래였다.

"입단속 안 한 거 말고 또 있어요?"

2층으로 올라간 두 사람이 현관으로 들어서자마자 도하는 냉장고 문을 열며 아무렇지 않게 물었다. 당장이라도 몸속에 알코올을 들이

붓고 싶은 심정이었다. 하지만 냉장고 안에 술이 들어 있을 리 없었다. 그는 차선책으로 생수병을 집어서 꺼냈다.

"……너, 너 그거, 어떻게…… 알았어?"

한수가 놀라 말까지 더듬으며 도하를 바라봤다. 진짜 약사가 한수의 전화번호까지 알아내 그 영상을 보낸 건가. 그러기엔 윤 대표가 이곳으로 달려온 시간에 대한 알리바이가 부족했다. 영상을 미리 보내 놓은 후 그에게 문자를 할 만큼 엉큼한 놈처럼은 보이진 않았다.

"방금 약사 만나고 오는 길이에요."

도하는 덤덤하게 말하고는 생수를 단숨에 마셔 비워 냈다.

"약사? 그 사람은 또 누군데?"

윤 대표는 도하의 말을 이해할 수 없다는 것처럼 눈을 동그랗게 뜨고 되물었다. 그렇다면 그가 찾아온 이유는 또 뭐란 말인가. 도하는 깊은 한숨을 내쉬며 머리를 거칠게 쓸어 올렸다.

한수는 멈칫 뒷걸음질 쳤다. 우도하가 얼마나 화가 났는지 한눈에 느껴져 더 이상 다가설 수가 없었다.

그도 일이 이렇게까지 커질 줄은 몰랐다. 단 한 번을 빼놓고는 도하의 기억 상실에 대한 속사정을 입 밖으로 꺼낸 적이 없었다. 툭 치면 탁 하고 나오듯이 만들어 낸 시나리오를 진짜 겪은 일처럼 술술 외울 정도였다. 그 단 한 번. 그러니까 매니저 재식이 그에게 전화를 걸어 기자들이 냄새를 맡고 찔러 대는 중이란 말에 대충 잘 둘러대라는 짜증을 냈을 뿐이었다.

"그럼 대표님은 누구한테 협박받은 거예요?"

도하는 이 일에 또 다른 인물이 개입되었다는 걸 단번에 알아챘다. 상황이 더 복잡하게 흘러가고 있었다. 약사 앞에선 호기롭게 모든 걸 밝히라고 말했지만 기억 상실이 거짓말이라는 게 들통 나 봐야 좋을 건 없었다. 어떻게든 덮고 지나가는 게 그에게 여러모로 유리했다.

"재식이 그 자식이 배신 때렸어. 나도 진짜, 너무 기가 차서 지금 말이 안 나와. 내가 그 새끼를 어떻게 거둬서 일자리를 줬는데! 어, 이렇게 뒤통수를 쳐? 녹음해서 그걸 가지고 날 협박할 줄 누가 알았냐고! 진짜 도하야, 나는 그때 딱 한 번 말한 것밖에……."

"말을 한 건 확실하군요."

설마, 하는 기대감도 있었다. 도하는 윤 대표의 영상만 확인했기에 그가 어떤 말을 꺼냈는지 정확히 알지 못했다. 약사가 넘겨짚어 가며 소설을 쓴 것일 수도 있으니 우선은 잡아뗄 작정이었다. 하지만 통화 음성까지 쥐고 있는 배신자 새끼가 나타날 줄은 몰랐다.

"걔 이름이 재식이었어요?"

도하는 매니저의 이름도 몰랐다. 그런 녀석에게 자신의 블랙카드까지 맘껏 쓰라고 건넸다. 그 돈이 아깝기보단 그렇게 어리숙한 얼굴을 한 어린놈이 상대의 약점부터 잡을 생각을 했다는 게 씁쓸했다. 윤 대표에게 늘 아무도 믿지 말라고 충고했지만 그는 항상 남에게 쉽게 정을 주었다. 그러다가 뒤통수를 맞은 게 한두 번이 아니었기에 도하는 그저 다 마신 생수병을 손으로 일그러뜨릴 뿐이었다.

"일단 내가 잘 달래 볼게. 원하는 건 돈이지 뭐. 뻔한 거 아니겠어? 없는 놈이니까 혹한 거지. 알아보니까 홀어머니가 큰 교통사고를 당하셨대. 돈이 당장 필요한데 나올 곳은 없고. 집도 이미 아버지 빚 때문에 저당 잡혀서 신용불량자 상태거든."

"그런 새끼를 왜 내 옆에 꽂았어요?"

도하는 한심한 생각에 날카롭게 되받아쳤다.

"야, 말이 나와서 그렇지. 네 옆에 누굴 붙여? 멀쩡한 놈들도 한 달도 못 버티고 나가떨어지는데. 그렇게 악착같이 돈이 필요한 새끼들만 남아 있는다고. 나도 진짜 내 딴에는 한다고 한 건데……."

"아, 골 흔들리니까 더 말하지 마요."

도하는 윤 대표에게 손을 휘저었다. 평소엔 단박에 해결점을 찾아내던 그인데 오늘따라 유난히 머리가 멍했다. 이 문제를 어떻게 헤쳐나가야 할지 감이 오지 않았다. 약사야 그가 말한 대로 밀고 나가면 고은에게 일러바치는 일은 없을 것 같은데, 매니저가 붙잡고 있는 단서를 기자들에게 뿌리고 나면 상황은 그대로 끝장이었다.

그는 희대의 거짓말쟁이 배우가 되어 연기 인생이 자동적으로 종료되겠지. 아니면 앞으로 늘 꼬리표처럼 따라붙을 것이다. 어차피 배우 생활에 미련 따윈 없었다. 도하는 이미 이 일에 신물이 난 상태였다. 이 사건으로 인해 연예계를 떠난다 해도 아쉬움 따윈 생기지 않을 것이다.

단지 고은이 걸렸다. 그래서 머리가 아팠다. 눈앞에 안개가 자욱한 기분이었다.

"고은 씨만 모르게 하면 돼요."

도하가 한참 만에 입을 열었다. 윤 대표는 그의 말을 이해할 수 없어 되물었다.

"……뭐?"

"아니, 나중엔 알게 되더라도…… 지금은 아니에요."

이제야 조금 마음을 열었다. 몸을 섞으며 그를 거부하는 일이 줄어들었다. 그런데 그의 행동 자체가 모두 거짓이라는 걸 알고 나면 어떻게 나올지는 뻔했다.

"야! 고은 씨야, 알아도 그만이지. 너 어차피 다시 돌아갈 생각이었잖아. 재결합 같은 거 진지하게 생각하지도 않는다며? 그럼 무슨 상관이야. 진짜 문제는 네 연기 인생이야. 지금 이거 기사라도 뜨면 넌 바로 매장이야. 무슨 뜻인지 알지? 너는 괜찮을지 몰라도 난 아니다. 내가 악착같이 덮을 테니까 걱정하지 마."

"지금 이 사달을 만든 사람이 누군데."

도하는 쓰게 헛웃음 짓고는 쓰레기통에 생수병을 버렸다.

"어쨌든 지금 여기 있는 것보다 서울에서 사태 파악을 하는 게 맞아."

한수는 도하를 데려갈 생각으로 내려온 길이었다. 그가 몇 달은 쉬고 싶다고 했기에 휴가를 주긴 했지만 여기서 지내는 동안 또 어떤 구설수에 오를지 모를 일이었다. 아무리 결혼을 했었던 사이라고 해도 도하가 이곳에서 기거하고 있는 걸 사람들이 기사로 접한다면 수많은 소설들을 써 댈 것이다. 그것은 고은에게도 곤욕이었다.

"지금은 못 가요."

"우도하!"

"……."

"너 진짜 왜 그래? 도대체 네가 여기서 원하는 게 뭐야?"

한수는 진짜를 알고 싶었다. 도하가 이곳에 있는 이유. 정말 고은과 잘해 볼 생각이라면 이 방법이 아닌, 더 로맨틱하고 깔끔한 방법이 많을 것이다. 그런 시나리오를 쓰는 건 그의 전문이었다. 도하가 도움만 요청한다면 그는 기꺼이 거기에 보조를 맞춰 줄 생각도 있었다.

"나 때문에 헤어지자고 했다는 말이요."

도하가 뒤를 돌아보며 처음으로 진심을 입 밖으로 꺼냈다.

"뭐……? 그게 무슨 말이야?"

"날 좋아해서, 그래서 그런 엿같은 거짓말을 하고 떠났다는 얘기."

"……."

"그것만…… 그것만, 들으면 돼요."

한수는 도하의 말을 뒤늦게 이해하고 입을 벌렸다. 그들의 이혼에 그런 속사정이 있는 줄은 몰랐다. 서로 합의한 것이 아니었나. 도하가 일방적으로 헤어짐을 당한 것이란 말인가. 그래서 이토록 집착하듯 고은의 옆에 붙어서 그녀의 진심을 알아내려고 하는 걸까.

"하……. 너도, 진짜……."

그제야 모두 이해가 되었다. 우도하의 성격이라면 그러고도 남을 것이다. 그의 인생에서 자신을 차 버린 여자가 있기나 했을까. 언제나 거절하는 쪽은 도하였다. 그런 녀석이 이별을 당했으니 제대로 된 연기조차 하지 못했던 것이다. 태진은 진실을 알고 나자 오히려 마음이 홀가분해졌다.

"다 왔어요. 이제 고은 씨가 진실을, 털어놓기만 하면 돼요."

도하가 섬뜩하게 낮아진 목소리와 반짝이는 눈동자로 한수에게 설명했다. 한수는 자신도 모르게 소름이 돋았다. 이것은 집착일까, 아니면 비틀린 사랑일까. 도하는 아무래도 '사랑' 자체를 머릿속에 떠올리지 않는 것 같았다. 그렇다면 고은은 어떨까.

"야옹!"

그때였다. 베란다에서 고양이가 크게 우는 소리가 들렸다. 도하는 직감적으로 이상함을 느꼈다. 그는 현관 밖으로 뛰어나가 빌라 마당을 내려다봤다. 그가 같이 지내는 내내 지켜본 콩이는 익숙한 사람의 냄새를 맡으면 우는 습성이 있었다. 이 시간에 누가 나타난 걸까. 도하는 재빨리 계단 쪽으로 발걸음을 옮겼다.

고은은 골목 벽에 달라붙은 후 숨을 참기 위해 입부터 막았다. 사지가 덜덜 떨리는 것만 같았지만 절대 들켜선 안 되었다. 빌라 밖으로 나온 도하가 마당 이곳저곳을 살펴보는 발걸음 소리가 심장을 밟는 것처럼 가까이에서 들렸다.

고은은 눈을 질끈 감고 아예 숨을 내쉬지 않았다. 엄마에게 혼이 나던 어린 날, 방 안에서 이불을 뒤집어쓴 채 수없이 해 왔던 행동이었다. 끝까지 성공한 적은 단 한 번도 없었지만 그 대신 그녀는 수영장에서 누구보다 잠수를 잘하는 특기가 생겼다. 물속에 몸을 담그고 고은은 아예 숨 자체를 지웠다. 심장이 없는 것처럼. 사라진 것처럼.

"하아⋯⋯."

역시나 이번에도 끝까지 성공하지 못했다. 터트리듯 숨을 뱉으며 고은은 울음까지 쏟아 냈다. 다행히 도하의 발걸음 소리는 더 이상 들리지 않았다. 고은은 그 자리에 무너지듯 주저앉았다. 그녀의 한 손에는 도하에게 전해 주려 했던 케이크 상자가 들려 있었다.

'점심도 안 먹는다네? 무슨 일이 있는 건가?'

학원 오픈 준비를 마치고 숨을 고를 때였다. 할머니에게서 걸려 온

전화를 받으며 도하를 떠올렸다. 그녀가 평소와 다르게 1층으로 내려오지 않아 3층까지 올라왔던 할머니를 달래기 위해 아래로 내려간 사이 도하는 이미 3층에서 사라지고 없었다. 고은은 급하게 침대와 방을 치웠다. 어젯밤의 흔적을 그대로 놔둔 채 출근을 하고 싶진 않았다.

3층을 모두 치우고 나서도 도하는 돌아오지 않았다. 2층으로 내려가 봤지만 그곳에도 도하는 없었다. 어딜 가 버린 걸까. 이젠 그것이 궁금해질 수밖에 없는 사이가 되었다는 걸 고은은 인정할 수밖에 없었다. 그녀의 모든 신경이 도하에게로 향해 있었다. 거부할 수 없는 잠자리는 이제 그녀가 더 애를 태우며 기대하고 있는 꼴이었다.

어젯밤이 자꾸만 떠오르려던 순간, 고은은 정신을 차리기 위해 자리에서 일어났다. 핸드폰을 챙겨 3층으로 올라가는 사이, 미선에게서 문자가 들어왔다. 같이 점심을 먹을 수 있느냐는 물음이었다. 고은은 고민 끝에 안 될 것 같다고 채팅창에 적어 넣었다.

미선과 마주 앉으면 분명 지금 그녀의 기분을 감추지 못할 게 뻔했다. 도하의 이야기가 자연스럽게 흘러나올 테고 앞으로를 고민해야만 할 것이다. 고은은 피할 수 있다면 최대한 그러고 싶었다. 문자를 보내고 채팅창을 닫던 고은은 태진의 부재중 전화 기록이 남아 있는 걸 뒤늦게 확인했다. 그녀는 직감적으로 이상함을 느꼈다.

채팅 어플을 열어 그와 나누던 대화창을 목록에서 찾았지만 보이지 않았다. 누군가가 그것만 지운 것이 아니라면 납득할 수 없는 상황이었다. 고은은 여러 사람에게서 날아오는 채팅들을 지우거나 삭제해서 정리하는 편이 아니었다. 그대로 놔둔 채 신경조차 쓰지 않는 그녀의 습관을 한 남자는 몰랐던 걸까.

고은은 도하가 일부러 태진의 채팅창을 삭제했다고 확신했다. 그리고 지금 그가 있는 곳이 약국일지도 모른다는 추측을 했다. 왜. 도대체 왜. 지나친 집착과 예민함 때문이라고 여기고 싶었지만 고은의 마음은 이미 그의 행동을 질투라고 결론짓고 있었다.

그 역시 그녀와 같은 감정일까. 고은은 어젯밤 그와 잠자리를 하며 얼굴도 알지 못하는 그의 옛 여자들을 질투한 자신을 떠올렸다. 그리고 그녀의 채팅창을 지운 도하의 무례한 행동을 그것과 연결 짓고 있었다.

우습게도 고은은 그의 행동이 싫지 않았다. 그 소유욕 앞에서 그녀 자신이 미소를 보이고 있다는 걸 섬뜩하게 깨달았다. 이젠 부정할 수 없는 감정이었다. 사랑이었다. 그것도 현재 이어지고 있는. 더 깊어져만 가는. 이젠 욕심이 나게 되어 버린.

고은은 재빠르게 학원을 정리해 놓고 근처 카페에 들러 케이크를 샀다. 점심도 먹지 않았다는 그가 걱정이 되었다. 볼일이 있어 집에 들렀다며 전해 줄 생각이었다. 그의 얼굴이 보고 싶었다. 태진을 만나 무슨 얘기를 했는지도 알고 싶었다. 단순한 마음이었다.

하지만 그게 아주 위험한 확인이 될 줄은 몰랐다.

'고은 씨만 모르게 하면 돼요.'

'……너 어차피 다시 돌아갈 생각이었잖아. 재결합 같은 거 진지하게 생각하지도 않는다며? 그럼 무슨 상관이야……'

'도대체 네가 여기서 원하는 게 뭐야?'

'나 때문에 헤어지자고 했다는 말이요.'

'날 좋아해서, 그래서 그런 엿같은 거짓말을 하고 떠났다는 얘기.'

'그것만…… 그것만, 들으면 돼요.'

'다 왔어요. 이제 고은 씨가 진실을, 털어놓기만 하면 돼요.'

그와 윤 대표가 나누는 대화들을 들은 고은은 발을 움직일 수가 없었다. 그의 모든 행동이 거짓말이었다는 것보다 그가 그녀의 마음을 전부 알고 그것을 실토하게 만들려고 이곳에 있었다는 사실에 고은은 더 참을 수 없는 비참함과 사무치는 배신감을 느꼈다.

방음조차 되지 않는 낡은 빌라를 탓해야 할까. 듣지 말았으면 좋았을걸. 몰랐다면 이 지독한 수치심은 느끼지 않고 그와 마무리를 했을 텐데. 하지만 이미 되돌릴 수 없었다. 모든 진심을 듣고 말았다.

고은은 콩이가 우는 소리를 듣자마자 계단을 뛰쳐 내려갔다. 들고 있는 케이크 상자 속이 도망치는 그녀의 찢긴 마음처럼 난잡하게 뒤엉키는 소리가 들렸지만 멈출 수가 없었다.

숨어 버릴 것이다. 절대로 들키지 않을 것이다. 그가 원하는 대로 고백 따위 하지 않을 테다. 영원히. 그녀가 도하를 사랑했었던 사실까지도 지워 버리고 악착같이 뒤돌아서 버리며 복수할 것이다. 울음을 참지 못한 고은은 무릎 위에 얼굴을 박고 두 주먹을 불끈 쥐었다.

"무슨 일이야? 어디 갔다 와?"

식탁에 앉아 있던 윤 대표가 현관으로 들어서는 도하를 올려다봤다. 2층으로 올라왔던 사람은 그의 예상과 달랐다. 고은일 줄 알았으나 은금이었다. 빌라 뒤쪽 텃밭에서 걸어 나오는 은금을 보고서야 그는 안심할 수 있었다.

콩이가 자꾸 울기에 밥을 주러 올라갔다가 누가 와 있는 것 같아 다시 내려왔다고 했다. 도하는 아는 지인이라 둘러댔다. 그리고 콩이의 밥은 깜박했다며 얼른 주겠다 대답했다. 은금은 손님이 왔으면 점심 식사를 대접하겠다고 말을 덧붙였다.

도하는 두 사람을 만나게 해선 안 된다고 느꼈다. 은금이 한수를 만나면 당연히 그의 직업도 들통날 것이다. 금방 서울로 올라가야 할 사람이라 신경 쓰시지 않아도 된다고 말하자 은금은 그러냐며 애써 친절을 더 강요하지 않고선 다행히도 몸을 돌렸다.

"일단 대표님부터 올라가요. 난 정리 좀 하고……."

도하가 한수를 보내려 할 때 그의 주머니에서 핸드폰이 울렸다. 당연히 그를 협박하고 있는 재식일 줄 알았으나 윤 대표의 표정이 평소와는 또 달랐다. 무슨 일이냐며 도하가 눈빛으로 묻자 그는 얼른 핸드폰을 도하에게 내밀었다.

[도하아버님]

화면에는 그렇게 찍혀 있었다. 첩첩산중이라는 말을 이럴 때 쓰는 걸까. 무시하면 그만일 테지만 도하는 일단 통화 버튼을 눌렀다.

"네."

— 이제 네가 받는구나.

"바빠요. 용건만 말해 주세요."

도하가 차갑게 말을 받았다.

— 할아버지가 편찮으시다. 병원으로 와.

아버지의 핑곗거리는 언제나 같았다.

"저까지 굳이 갈 필요 있습니까?"

우 회장이 병원을 들락거리는 것이야 연례행사였다. 늘 그때마다 마음의 준비를 해야 할 것처럼 의사들은 호들갑을 떨었지만 아무 일도 일어나지 않았다. 이번에도 그럴 게 분명했다.

— 내가 널 봐주는 것도…… 여기까지란 것만 알아라.

아버지의 전화는 일방적으로 끊겼다. 그리고 그의 비서를 통해서 녹음 파일 하나가 날아왔다. 한수가 매니저 재식에게 협박받았던 내용과 동일했다. 그리고 도하의 연예계 생활을 확실하게 정리할 수 있는, 어린 시절 비정상적인 행동들을 하던 도하의 사진도 함께 첨부되어 있었다.

"……하."

도하는 잠시 어처구니가 없음에 웃었지만, 그의 눈가엔 서글픔이 내려앉아 있었다. 사진들을 다시 한번 가만히 내려다보는 그의 눈동자가 깊어졌다. 이 협박을 하기 위해서 얼마나 참았을까. 제 뜻대로 되지 않는 아들을 한 손에 쥐고 흔들 수 있는 단서를 모으며 기다려 온 아버지. 그가 얼마나 처절하게 불쌍한 사람인지 도하는 다시 한번 씁쓸하게 깨달아 버렸다.

"가요."

도하가 자리에서 일어났다.

"어?"

"서울."

그는 말을 마치자마자 곧장 현관을 빠져나갔다. 이리도 만나고 싶다는데 찾아가 줘야겠지. 그렇게 원한다면야.

황급히 도하를 따라나서던 한수는 도하가 마당으로 나가지 않고 1층 집으로 들어서는 걸 발견했다. 그리고 얼마 후 그가 문을 열고 다시 나왔다.

"괜찮아?"

한수의 물음에 도하는 그저 고개를 끄덕일 뿐이었다. 그러고는 빌라 마당에 멈춰 서서 뒤로 돌아섰다. 낡은 건물이 그사이 이렇게 익숙해질 줄은 몰랐다. 그런 마음이 들었다는 것도 신기했다.

연기를 하면서 '정'이라는 게 무슨 감정인지 이해하지 못해 곤란했던 적이 많았다. 윤 대표는 그때마다 자신을 떠올리라고 했다. 네 옆에서 지긋지긋해하면서도 널 떠나지 못하는 내가 바로 '정'의 표본이라고. 도하는 그때도 온전히 그 감정을 이해하지 못했다. 빌라를 보다 한수에게로 시선을 돌린 도하는 조금 전 자신의 손을 연거푸 움켜쥐던 은금의 따뜻한 눈동자를 떠올렸다.

"형."

도하가 한수를 불렀다.

"어?"

한수를 형이라고 부른 적은 손에 꼽혔다. 도하가 정말 힘든 순간이거나 기쁜 일이 있을 때. 그러니 대부분은 윤 대표일 때가 많았다. 한수는 도하를 안타까운 얼굴로 바라볼 뿐이었다. 그가 해 줄 수 있는 건 없었다. 지금 상황에서도 그는 자신의 이익을 생각할 수밖에 없는 인간이었다. 도하의 스캔들을 막아야 그가 살고, 그가 살아야 도하가 산다고 멍청하게 단정 지었다.

"고은 씨, 잠깐만 만나고 가요."

"그, 그래. 알겠어."

그제야 도하는 발걸음을 옮겨 자신의 차 문을 열었다. 차에 오르자 서늘한 공기가 그를 감쌌다. 시동을 켜기 전 도하는 다시 한번 빌라를 올려다봤다. 도하는 간단한 문자로 서울행을 말하고 싶지 않았다. 고은의 얼굴을 보고 싶었다. 잠시 서울에 다녀오게 되었다고. 혼자 있을 수 있겠느냐는 능글거리는 말도 덧붙이며 그녀를 안심시키고 싶었다.

차는 고은의 학원 앞에 정차했다. 한수는 차 안에서 대기하고 있었고, 도하는 학원 쪽으로 발걸음을 옮겼다. 벌써 학원 안은 아이들로 북적였다. 고은이 그들과 함께 어울리며 일하는 모습을 제대로 본 건 이번이 처음이었다. 도하는 문 앞에 선 채 창문 너머로 고은을 하염없이 바라보았다.

"선생님. 누구 왔어요!"

한 남자아이가 참지 못하고 고은에게 일러 주었다. 창문 쪽으로 시선을 옮긴 그녀는 도하를 확인하고 그대로 표정이 굳었다. 놀란 것도 같았다. 이 시간에 그가 나타날 리 없었으니. 하지만 고은은 상기되지 않은 채 덤덤한 얼굴로 문 쪽으로 다가왔다. 반갑게 맞아 줄 거란 상상은 하지 않았지만 그래도 서운함은 제멋대로 생겨 버렸다.

"무슨 일이에요?"

고은이 도하 앞에 선 채 물었다.

"집에 일이 생겨서 서울 좀 다녀와야 할 것 같아요."

"……"

그녀는 조용히 그의 차 뒤쪽에 세워진 세단을 확인했다.

"얼마 안 걸릴 거예요."

도하는 말을 빠르게 덧붙였다. 그때 부어오른 고은의 눈가가 그의 눈에 들어왔다. 그는 당연한 것처럼 손을 올려 그곳을 만지려 했다. 하지만 그럴 수 없었다. 고은의 손이 날카롭게 그의 손을 내쳤다. 둘의 시선이 서늘하게 얽혔다.

"……그래요. 조심해서 다녀와요."

고은이 짧게 웃어 주었다.

11.
두 번째 청혼

서울로 올라가는 내내 도하는 생각했다. 그 눈빛, 붉어진 눈가, 알 수 없는 차가움. 촉이라면 그는 다른 남자들보다 훨씬 더 예민하게 발달되어 있었다. 의도치 않게 눈칫밥을 먹고 자란 탓이었다. 아니라고 생각했지만 새어머니와 함께 살기 시작하면서부터 도하는 그녀를 의식할 수밖에 없었다.

그의 교복만은 절대 자신이 다리지 않는 철저함으로 두 사람 사이의 선은 자연스레 그어졌다. 그 또한 차라리 그편이 편했다. 좋은 사이가 되자고 귀찮게 달려들었다면 더 골치가 아팠을지도 모른다. 하지만 이복동생들이 태어나면서부터 미세하게 뒤바뀐 집안 분위기 속에서 도하는 위태롭게 줄을 타는 광대의 기분을 맛봐야만 했다.

아버지와 어머니, 그리고 동생들. 그들만 찍은 단란한 가족사진을 서재의 책상 아래 칸에서 발견했을 때 밀려오던 고독과 울분, 자연스런 외로움은 그를 더욱더 자신의 세계에 갇히게 만들었다. 그래서 누구보다 더 사람의 표정과 감정, 행동들에 예민했고 그걸 특기로 살려 연기를 할 수 있었다.

'……그래요. 조심해서 다녀와요.'

그렇게 말하며 고은이 웃었다. 그가 서울로 간다는데 웃어 줄 여자가 아니었다. 차라리 무표정이었다면 그는 의심하지 않았을 것이다. 이고은은 너무 맑았고, 그는 너무 약았다.

이렇게 된 이상 앞으로 벌어질 일을 생각할 수밖에 없었다. 고은이 이미 모든 걸 알고 숨기고 있는 것이라면 그녀는 절대 그의 곁에 있으려 하지 않을 것이다. 어떤 핑계를 갖다 대서라도 그에게서 도망치려 하겠지.

도하는 초조해지고 말았다. 정신이 딴 데 팔린 탓에 앞을 제대로 보지 못했고 급하게 브레이크를 밟았다. 다행히 스포츠카는 아슬아슬하게 앞차 뒤꽁무니를 박지 않고 멈춰 섰다.

곧장 한수에게서 전화가 걸려 왔다. 그는 지금이라도 당장 세단에서 내려 도하의 차에 올라탈 것처럼 소리를 질러 댔다. 너 이렇게 죽으면 다 무슨 소용이냐고. 제발 정신 차리라고 소리치는 그에게 도하는 그렇게 쉽게 죽을 생각 없다며 간단하게 말하고 전화를 끊어 버렸다.

"하……."

앞차가 출발하기 전에 도하는 창밖을 내다봤다. 아직도 바닷가 근처였다. 되돌아가고 싶은 마음이 굴뚝같았다. 고은의 얼굴을 보며 결판이라도 내고 싶었다. 하지만 아버지가 어떤 사람인지 그는 잘 알고 있었다.

생각에 빠진 채 머리카락을 신경질적으로 헝클어뜨리던 도하는 잠시 살아날 방법을 떠올린 것처럼 눈동자를 반짝였다. 그때 신호가 바뀌고 앞차가 출발했다. 도하는 망설임 없이 액셀을 세게 밟아 도로를 달려 나갔다.

"도착하셨습니다."

비서의 간단한 보고에 이형은 간단히 고개를 끄덕였다. 병원 VIP 실에 따로 마련된 비밀 공간의 넓은 통유리 앞에 서서 밖을 내려다보고 있던 그의 눈에도 도하의 슈퍼 카가 아주 확실하게 들어왔다.

VIP 병동은 주차장까지 따로 마련되어 일반 환자들과 섞이는 것을 전면 차단해 두었다. 돈의 힘을 보여 주는 아주 간단한 예였다.

누군가는 평생을 벌어도 가지지 못할 지위와 명예를 태어난 순간부터 당연스레 얻는 사람들이 있었다. 이형도 그 부류에 속했다. 그리고 그가 낳은 도하까지 그 금빛 나는 수저를 그저 그의 핏줄이라는 이유 하나만으로 나기도 전부터 얻는 행운을 가졌다.

"이쪽으로 안내할까요?"

"아니. 아버지부터 만나 봐야지."

"네, 알겠습니다."

그런데 우도하는 그걸 감사하게 여기지 못하는 돌연변이였다. 태어날 때부터 제 어미를 온갖 고통 속에 몰아넣으며 간신히 세상 빛을 보았다. 세찬 울음 대신에 헐떡이는 숨소리를 내뱉으며 자신의 아비를 모르는 사람처럼 바라보던 아이였다.

정을 주기가 쉽지 않았다. 당연했다. 아내에 대한 사랑이 모두 식은 후에 낳은 자식이었다. 아버지는 근본도 없는 배우에게 인생을 저당 잡힌 그를 탓했다. 변명할 여지도 없었다. 아이를 책임지라던 여자가 밤마다 만나고 다니던 남자들을 알고 있었지만 받아 주었다. 다시 사랑이 생길 줄 알았다. 자식을 낳으면, 그의 피를 가지고 태어난 아이를 보면 모든 게 용서될 줄 알았다.

하지만 이미 끝난 마음을 이어 붙이는 게 얼마나 힘든 것인지 이형은 처절하게 깨달을 수 있었다. 태어난 자신의 아이마저 방치한 채 매일 밤 술을 마시던 여자. 그에게 다가와 외롭다며 안아 달라 울부짖던 여자. 그녀가 죽어 버려야만 모든 게 끝날 거라 생각했다.

그 시간은 예상보다 빨랐다. 그는 새로운 삶을 준비할 수밖에 없었다. 사랑만이 전부인 것처럼 살아온 시간에 대한 대가는 무시무시했다. 아버지의 자리를 물려받기 위해 밤낮으로 피나는 노력을 해야 했다. 아버지의 눈에 들어야만 사업을 이어받을 수 있었으니. 왕의 자리를 시도 때도 없이 노리는 무리들을 물리치기 위해선 감정 따윈 가져선 안 되었다.

그가 앞만 보며 달려가는 동안 큰아들은 멍청하게 제 어미를 닮아갔다. 이젠 그 방황을 바로잡아야 할 때였다. 더 이상은 그도 물러날수가 없었다. 늘 후계자를 걱정하던 아버지가 급작스런 뇌출혈 증세를 보이고 입원한 직후 유산 상속 작업이 발 빠르게 진행되고 있었다.

"안 보던 사이에 많이 늙으셨네요."

병실 쪽으로 걸음을 옮기던 이형이 오랜만에 듣게 된 목소리에 고개를 돌렸다. 비서의 안내를 받으며 나타난 도하는 그를 보자마자 제식의 인사를 건넸다. 이형은 잠시 도하의 행색을 훑어 내렸다. 마음에 드는 거라곤 제 잘난 모습을 가꾸는 철저함이 있다는 것뿐이었는데요즘은 그것마저 포기한 것처럼 보였다.

"들어가자."

그 역시 자신의 방식대로 아들을 이끌었다. 도하에게서 낮은 웃음이 새어 나오는 걸 들었지만 그는 괘념치 않으며 병실 문을 열었다. 우석문 회장은 여전히 약에 취해 잠들어 있었다. 어쩔 땐 그 시간이하루를 넘겨 버리기도 했다. 간신히 눈을 뜨면 석문은 우습게도 도하를 찾았다. 가까스로 입을 떼 그 녀석을 데려오라고 했다.

"얼마나 사신대요?"

도하가 자신의 할아버지를 내려다보며 안부 인사를 건넸다. 이형의 눈이 아들에게 날카롭게 꽂혔다. 도하는 그 눈빛을 흔들림 없이 받아 내며 입가에 미소를 걸었다. 그에게 뭘 바라냐는 웃음이었다.

"여기서까지…… 제가 연극을 해야 해요?"

연기라면 이제 신물이 나 버린 상태였다. 차라리 솔직한 게 이 어른을 대하는 손자로서의 도리가 아니겠느냐며 도하는 먼저 병실을 빠져나갔다. 할아버지 석문에게도, 아버지 이형에게도 그는 아무런 감정이 없었다. 그들은 그저 핏줄일 뿐이었다.

아버지 또한 이제 와 화해를 나누며 지난날을 용서하는 광대 같은 짓을 하기를 바라진 않을 것이다. 자신이 앉아 있는 허수아비 자리에 그도 데려다 놓고 싶은 건가. 그러고 나면 속이 후련할까. 곧 죽어도 그 여자의 끼가 남은 아들을 고쳐 쓰고 싶은지. 어리석은 아비의 길을 가려 하는 이형에게 도하는 진지한 얼굴로 거래를 제안했다.

"원하시는 게 뭡니까?"

대기실 방으로 넘어간 도하는 이형보다도 먼저 테이블에 자리를 잡고 앉았다. 병문안은 그저 핑계일 뿐이란 걸 안다. 그는 도하에게 바라는 게 생겼고 그걸 강요하기 위해 아들의 약점을 잡아내 비열한 방법으로 협박했다.

"다 정리하고, 후계자 수업부터 받아라."

이형은 돌려 말하지 않았다. 그런다고 눈치 빠른 도하가 모르지 않을 테니까. 차라리 정면 승부를 하는 게 아들을 끌어들이기 쉽다는 걸 잘 알았다. 그래서 그는 자료를 모으고 폭탄을 던질 인물을 섭외했다. 상대는 너무도 쉽게 그들에게 단서를 제공했고, 그 방법이 통했는지 도하는 생각한 것보다도 이르게 그를 찾았다.

"저한테 아예 관심 끊으신 줄 알았는데요."

도하는 비딱하게 앉은 채 주머니에서 터치 라이터를 꺼내 이리저리 만져 댔다. 아버지는 언제나 예의 바르지 못하고 산만한 그의 행동을 지적했다. 고칠 생각은 없었다. 그런 피가 그에게 있겠지. 그 모습 그대로 살고 싶었다.

"어차피 그쪽 생활에 미련이 없다는 걸 알고 있다."

이형이 아들을 직시하며 현실을 일깨워 주었다. 그래, 아버지니까. 남들보다야 그를 잘 알고 있을 것이다. 그래야 자신에게 이득 되는 패로 쓸 수 있을 테니. 도하도 아버지의 관심을 이해한다. 어린 날에는 그 모든 것들이 신물 나고, 역겨운 이해타산의 노리개가 되는 것 같아 싫었는데 지금은 생각이 달라졌다.

"아버지 자리라도 넘겨주시게요?"

도하는 선을 넘다 못해 주제 파악조차 하지 않았다. 아버지의 눈빛이 짙어지자 가슴속에서 통쾌함이 일었다. 진짜 그 자리에 앉으면 어쩌려고 이러는지. 아들에게 자리를 뺏긴 채 빈털터리가 된 재벌가의 뒷방 늙은이들을 아직도 보지 못했나. 그리될 수 없게 모든 조치를 취해 놓았다고 생각하고 돌아서는 순간, 그 뒤통수를 내리치는 게 금수 저를 물고 태어난 아이들의 성정이었다. 부족한 것이 없었으니 딱히 무서울 것도 생기지 않았다.

"내 자리를 뺏을 수 있을 정도로 능력을 키우면, 못 줄 것도 없다."

하하하. 도하는 박장대소를 참으려 잠시 애를 쓸 수밖에 없었다. 무슨 엿같지도 않은 연극을 이리도 어색하게 하시는지. 내뱉는 대사 마다 거짓이었다. 도하는 만지던 라이터를 다시 주머니에 넣고 두 손 을 맞잡았다.

"그래요?"

그가 간단히 받아쳤다.

"그럼 해 볼게요."

그의 말에 오히려 놀란 건 이형이었다. 이리도 쉽게 받아들일 줄은 몰랐다. 악착같이 지켜 내려고 하던 반항심이 아닌가. 그의 생각이 잘 못된 것인지. 이형은 아들의 눈 안의 감정을 단번에 읽어 낼 수가 없 었다.

"그 대신 부탁이 있어요."

그래. 그렇지 않고서야. 아들의 뒷말을 들은 이형은 그제야 안심하 고 굳은 얼굴을 풀었다.

"재혼을 해야겠어요."

도하가 아버지의 눈을 정면으로 바라봤다.

"이젠 외로운 집이 싫더라고요."

간단하게 어깨를 으쓱거린 그가 자리에서 일어났다. 이형은 잠시 멍해진 표정으로 공간을 빠져나가는 아들의 뒷모습을 바라봤다. 결혼. 그 단어를 올릴 때부터 이형은 한 여자를 끌어올 수밖에 없었다.

○ ● ○

"너는 진짜…… 너같이 매정한…… 새끼는……."

윤 대표에게서 전화가 걸려 온 건 잠들지 못한 채 침대 위에서 눈만 끔뻑이고 있을 때였다. 아버지의 뜻을 따르려면 우선은 연예계 일을 정리하는 게 순서였다. 한수를 만나기 위해 사무실로 찾아간 도하는 곧장 자신의 뜻을 전했다. 그는 처음엔 눈만 끔벅거리며 꿈이라도 꾸는 것처럼 앉아 있었다.

한수는 머릿속이 새하얘졌다. 새로운 작품에 들어갈 준비를 하고 있던 녀석이었다. 그러니 지금의 긴 휴식만 잘 정리하면 될 줄 알았다. 집안 사업엔 전혀 관심이 없는 줄 알았는데 아니었던가. 그가 쏟아지는 물음을 내뱉기도 전에 도하는 계약서의 위약금보다 세 배 정도 돈을 올려 주겠다고 제시했다. 모자라면 더 얹어 주겠다는 말도 덧붙였다. 그 말을 듣자마자 한수는 사무실을 박차고 뛰쳐나갔다.

그러고는 만 하루 동안 종적을 감췄다. 도하는 서울 빌라로 돌아가 기다렸다. 예상한 것처럼 한수는 술에 취한 채 도하에게 전화를 걸어왔다. 어디냐고 물었고, 그래, 와라, 이 새끼야, 와서 결판을 내자, 꼬인 발음으로 한수가 추태를 부렸지만 술 취한 그의 목소리에선 쓸쓸함이 배어 나왔다.

도하는 곧장 청담동 술집으로 날아갔고 커다란 시크릿 룸을 빌려놓고 아무도 들이지 않은 채 홀로 술만 푸고 있는 한수를 마주했다. 그는 방 안으로 들어서는 도하를 보자마자 실실 웃어 댔다. 웃는 건 한수의 또 다른 주사였다.

"뭐가 그렇게 아쉬워요. 위약금 다 준다는데. 진짜 나랑 평생 일할 생각이었어요?"

도하가 한수에게서 멀찍이 떨어진 대각선 자리에 앉고는 그의 말을 받아쳤다.

"하아……. 그래, 내가 말을 말아야지."

"……."

"가! 이 새끼야, 가 버려."

"오라 가라 하는 것도 이번이 마지막이에요."

그가 딱한 눈빛으로 한수를 바라봤다. 윤 대표는 곧 눈물이라도 쏟을 것처럼 그를 노려봤다. 누가 보면 오해하고도 남을 분위기였다. 그가 결혼하기 전까진 그런 말도 나돌았다. 우도하 취향은 남자가 아니냐고. 그 상대가 소속사 대표여서 그런 빵빵한 집안의 남자가 다 쓰러

져 가는 소속사와 무슨 약점이라도 잡힌 것처럼 종신 계약을 맺고 있
는 것이라고.

"……형."

도하가 한수를 달래듯 목소리에 힘을 풀었다.

"그래, 알아. 나도 안다고. 너, 언젠가는 나한테서 떨어져 나갈 거
라고. 뒤통수나 세게 안 맞음 다행이다, 그렇게 생각하며 살았어. 근
데…… 네놈이…… 내가 생각한 것보다 더 오래 내 옆에 붙어 있었
어. 그러니까…… 나도 욕심이 생기고, 정이란 게 안 붙겠어?"

"다 내 잘못이라고요?"

싱겁게 웃으며 도하는 글라스 잔 하나를 가져와 술을 따랐다. 너
왜 안 마시던 술을 먹느냐며, 윤 대표는 취한 상태에서도 그의 뒷일을
걱정했다. 이젠 그와 계약을 정리하고 매니저 일을 그만둬야 하는 상
황임에도 윤 대표는 몸에 새겨진 반사 동작처럼 도하를 말렸다.

"그래. 이제 내가 뭔 상관이냐? 마셔라, 마셔. 왕창 취해도 신경 안
쓰고 버리고 갈 테니까."

"형이나 집 잘 찾아가요. 데려다줄 생각 없으니까."

도하는 여전히 재수 없는 말로 윤 대표의 부아를 치밀어 오르게 만
들었다. 한수가 이 새끼, 저 새끼, 욕을 내뱉다가 갑자기 고개를 숙이
더니 흐느끼듯 웃어 버렸다. 그 웃음에도 역시 서운함과 서글픔이 담
겨 있었다.

상황이 이렇게 급박하게 변화할 줄은 도하 역시 예상하지 못했다. 솔직히 말하자면 즉흥적인 감정으로 아버지의 제안을 받아들였다. 그것에 대한 후회는 없었지만 그도 자신이 그런 결정을 내릴 줄 몰랐다. 이 모든 게 한 여자 때문이라는 결론도 아직은 내릴 수 없었다.

"근데, 하나만 묻자."

한수가 술잔을 내려놓고는 도하를 바라봤다.

"갑자기 이런 결정을 한 이유가 뭐야?"

"……."

도하는 말없이 한수의 눈빛을 마주했다. 뭐라고 설명해야 할까. 아니, 설명할 수 있을까. 이 말도 안 되는 감정들을 누군가에게 입으로 내뱉고 나면 도하는 그 스스로가 자신을 더 견디지 못할 것만 같았다.

그는 쓰디쓴 독주를 단숨에 입 안으로 털어 넣었다. 목에서부터 불이 타오르는 감각을 느꼈다. 곧 가슴이 무겁게 데워지고 몸이 순식간에 나른해졌다. 도하는 또다시 자신의 잔에 술을 따랐다. 그 모습을 한수가 불안한 눈빛으로 지켜봤지만 그에겐 이제 도하의 행동에 간섭할 권리가 없었다. 인연은 그렇게 쉽게 이어지고 멀어져 가고 있었다.

○ ● ○

파도가 발에 닿았다가 다시 멀어져 갔다. 고은은 좀 더 바닷가 쪽으로 걸음을 옮겼다. 잠이 오지 않아 홀로 밤 산책을 나왔다. 새벽이라고 해야 하나. 벌써 시계는 12시를 조금 넘어가고 있었다.

평소엔 겁이 나 잘 하지 않던 행동이었다. 할머니 은금의 걱정도 있었다. 하지만 이젠 어느 무엇도 두려움의 대상이 되지 않는 기분이었다. 절벽의 끝에 서면 무서울 게 아무것도 없다는 그 마음을 그녀는 이제야 이해했다.

그래서 아버지는 아무런 망설임 없이 뛰어내렸을까. 그때 이리도 자신을 원망하고 그리워할 딸의 존재에 대해서 잠시라도 생각은 했던 걸까. 마음속엔 또 다른 외로움이 찾아들었다. 감정이란 것이 참 신기했다. 같지가 않았다.

도하를 좋아하고 마음에 담으면서 느꼈던 슬픔과 지금의 가슴을 도려내는 서글픔은 또 달랐다. 끝이라고 여기면서도 마음 한구석에 작은 희망을 품고 있었는지도 모른다. 그랬겠지. 멍청하게도.

도하는 서울로 올라간 후 자주 그녀에게 전화를 걸어 왔다. 고은은 받을 때도 있었고, 받지 않을 때도 있었다. 받고 나선 평소처럼 그의 말을 받아 주었다. 이것이 연기란 걸까. 도하가 그녀를 상대로 벌였던 짓이 이런 것일까. 그녀는 이 불편하고도 불쾌한 마음을 그가 즐긴다는 게 소름 끼쳤고, 그가 자신이 닿을 수 없는 곳으로 완전히 멀어진 것만 같았다.

참 우스웠다. 다정한 그의 품 안에서 심장이 떨리던 날들이었다. 이제는 그에게 고백해도 되지 않을까, 가능성을 품었던 순간이었다. 그가 보고 싶었고, 그와 진짜 관계를 이어 가고픈 욕심까지 생기는 중이었다.

마치 누군가 안 된다고 그녀를 일깨워 주는 것만 같았다. 더 빠져선 안 돼. 헤어 나오지 못하면 넌 죽어 버릴 거야. 그렇게 경고하듯이 그녀를 그 빌라로 이끌었던 걸까. 고은은 웃음이 났다. 무수한 생각과 추측들이 허무해져 가기만 했다.

그때 주머니 안에서 진동음이 울렸다. 30분 전에도 걸려 왔던 도하의 전화였다. 오늘은 더 이상 연극을 할 자신이 없었다. 고은은 그의 다정한 목소리에 고래고래 악을 쓴 후 울분을 토해 내고 울어 버릴 것만 같았다. 그만두라고. 왜 나한테 이런 짓을 하는 것이냐고. 내가 그리도 우습냐며. 당신의 결혼 제안을 멍청하게 승낙한 내 잘못에 대한 대가라면 이미 다 치렀다고. 나를 제발 놓아 달라고. 흐느끼며 울어 버릴 것만 같았다.

하지만 고은은 절대 그러고 싶지 않았다. 이젠 그에게 눈물 따윈 보이지 않을 생각이었다. 네가 원하는 연극의 끝에서 스스로 질려 버리도록 만들어 버릴 테다. 나는 너로 인해 아무것도 달라지지 않는다는 것을 보여 줄 생각이었다. 절대 사랑했다고 말하지 않았을 것이다. 그렇게 계속 다짐해 왔다. 하루에도 수십 번 주먹을 쥐고 어금니를 깨무는 순간의 연속이었다.

다시 전화가 울렸다. 고은의 생각은 여지없이 다른 길로 빠져 버린다. 가장 완벽한 복수는 무엇일까. 아버지가 그녀에게 했던 것처럼. 가장 멍청하고 잔인한 방법을 떠올리는 바보가 되어 간다.

고은은 이끌리듯 한 발 더 바닷가 안으로 발을 들였다. 그러자 파도는 이제 그녀의 종아리 위쪽까지 차올랐다. 걷어 올린 바지가 젖어 가고 있었다. 그것을 초점 없는 눈으로 내려다보고 있던 순간 누군가에 의해 몸이 획, 하고 돌려졌다.

"⋯⋯너!"

태진이 하얗게 질린 얼굴로 그녀의 앞에 서 있었다. 운동복 차림의 그는 땀에 흠뻑 젖은 채였다. 바닷가를 돌다가 발견한 익숙한 뒷모습에 그는 설마, 하는 마음이 들었다. 아닐 것이라고, 잘못된 것이라 시선을 돌렸다가 다시 보면 여자는 더 깊게 바닷가 쪽으로 걸어 들어갔다.

그때부터 태진은 뛰기 시작했다. 고은이 맞든 아니든 일단은 구해야 했다. 그게 그의 본능이었다. 다리를 반쯤이나 바닷가에 담그고 있는 여자를 돌려세우자 그는 두 번 놀라고 말았다. 정말 고은이 맞을 줄은 몰랐다.

"……오빠."

고은은 아무 일 아니라는 것처럼 웃었다. 그러고는 그에게 잡힌 손을 빼냈다.

"운동 중이었어요?"

"고은아."

태진이 그녀를 다시 붙잡으려 하자 고은은 한 발짝 뒤로 물러났다. 그녀의 눈에선 이미 눈물이 흐르고 있었다. 태진은 가슴속이 찢기는 것만 같았다. 왜 이런 사랑을 하니. 이런 건 사랑이 아니야. 사랑이 뭐라고. 사랑 따위가 뭐라고 너는…….

고은은 태진의 시선을 피하며 모래 쪽으로 걸어 나가 벗어 둔 신발을 집어 들었다. 바지가 허리까지 젖어 버렸지만 어쩔 수 없었다. 그녀는 신발을 꿰어 신었다. 그러다 다리에 힘이 풀려 바닥에 주저앉았다. 뒤늦게 그녀 자신이 무슨 짓을 하려고 했는지 깨닫고 말았다.

"괜찮아?"

태진은 고은이 밀어 내도 그녀의 몸을 붙잡았다. 고은을 부축해 젖지 않은 모래 쪽에 앉히고는 손수 신발을 신겨 주었다. 고은은 그 모습을 무연히 내려다봤다.

"오빠는…… 내가 왜 좋아요?"

그동안 일부러 묻지 않았던 질문이다. 그렇게 묻는 것부터가 태진에게 여지를 준다고 생각했으니까. 그렇게 칼같이 굴었던 자신이 우스웠다. 누구를 배신하지 않기 위해서였나. 그 상대가 도하였다는 생각만으로도 신물이 차오르는 기분이었다.

"나 같아서."

태진은 아주 간단하게 대답했다.

"미련하고 바보 같아."

그가 손을 뻗어 고은의 흐트러진 머리카락을 쓸어 내 주려 했다. 고은은 그가 하는 대로 가만히 있었다. 내칠 힘 또한 없었다.

태진은 고은이 가만히 있자 용기를 내듯 그녀의 뺨을 살짝 어루만졌다. 하지만 자신을 제어하듯 후다닥 손을 떼어 냈다.

"가자. 데려다줄게."

태진은 아무 일 없었다는 것처럼 고은을 일으켜 세웠다. 그의 손길에 이끌려 바닷가를 벗어난 고은은 해변도로가에 세워진 택시 한 대와 마주하고 걸음을 멈췄다. 차 안에 택시 기사를 그대로 둔 채 한 남자가 바닷가 쪽을 보며 담배를 피우고 있었다. 고은과 눈이 마주친 그는 흐리게 웃고선 바닥으로 담배를 던지고 그것을 천천히 발로 비벼 껐다.

3층 집의 비밀번호를 누르려던 고은의 손이 멈췄다.

"콩이는요?"

도하가 다시 한번 그녀에게 물었다. 조금 전 그는 2층 집으로 들어

가고 그녀는 3층 계단을 마저 올랐다. 문 앞에 서 있는 시간이 길었던 걸까. 어느새 도하가 3층에 올라와 있었다. 고은은 비밀번호를 누르지 않고 돌아섰다.

"보냈어요."

"어딜?"

"원래 임시 보호하고 있던 거였어요."

고은은 사실대로 말했다. 그녀가 키울 수 없는 고양이었다. 시간을 끌 필요도, 감정에 연연해서도 안 되는 일이었다. 도하는 잠시 허탈한 웃음을 흘렸다. 그리고 고은을 바라봤다. 마치 자신이 버림받은 것처럼 상처받은 눈빛이 된 그를 고은은 이해할 수 없었다.

아니, 하지 않는 게 맞다. 고은은 다시 돌아서 비밀번호를 누르려 했다. 도하는 여전히 그녀를 바라보고 있었다. 그는 그녀의 집 비밀번호를 알아내려는 것처럼 빤히 지켜보며 시선을 돌리지 않았다. 고은은 상관하지 않고 바꾼 번호를 눌렀다. 의미 없는 숫자 조합이었다. 그리고 그가 지금 알게 되었다 한들 다시 바꾸면 그만이었다.

"얘기 좀 해요."

도하가 그녀를 따라 현관으로 들어오며 말했다. 거실로 들어서던 고은이 그를 돌아봤다. 무겁게 가라앉은 두 눈이 서로를 응시했다.

"네. ……해요."

"일단 그 전에 먼저 씻어요."

그가 그녀의 젖은 옷을 내려다봤다. 바닷가에서 마주한 그는 간단히 헛웃음을 내놓으며 이 밤에 물놀이라도 한 것이냐는 가벼운 농담을 건네곤 아무렇지 않게 고은을 자신 쪽으로 데려와 택시에 태웠다. 태진은 그의 행동을 막지 못했다. 도하는 태진을 잠시 바라보다가 말없이 고은이 탄 택시의 뒷자리에 몸을 구겨 넣었다.

바닷가에서 빌라까지 차를 타고 오는 동안 아무런 대화도 나누지 않았다. 도하는 젖은 고은의 바지를 뚫어질 듯 내려다볼 뿐이었다. 집 앞에 도착한 후 택시에서 내린 도하는 운전기사에게 젖은 시트의 세탁비까지 더해 비용을 지불했다. 그걸 지켜보던 고은은 말없이 뒤돌아섰다.

그가 다시 돌아왔지만 이제 그녀에겐 아무런 마음의 동요도 일지 않는 일이 되어 버렸다. 도하가 태진과의 사이를 오해해도 상관없었다. 멍청할 정도로 견고하게 쌓은 그녀의 순결은 이미 한 남자에 의해서 더럽혀진 후였다. 그가 화낼 이유 또한 우스웠다. 그것 역시 연극일 테니까. 이젠 그 어떤 것에도 속지 않을 것이다.

"안 찝찝해요?"

그가 물었다. 고은은 그런 생각이 들었다. 애초부터 할 말이라는 게 있었을까. 있었다면 그는 그녀가 모든 거짓을 눈치채기 전에 자신이 먼저 진실을 고백했어야 했다. 그랬다면 고은은 이렇게까지 비참함을 느끼진 않았을 것이다.

"그럼 씻고 나올게요."

고은은 고집부리지 않고 도하의 말을 들었다. 옷방으로 들어가 갈아입을 옷을 가지고 나온 그녀가 욕실로 들어서는 걸 보고 나서야 도하는 낮은 한숨을 내놓았다.

그는 부엌으로 들어가 냉장고 문부터 열었다. 생수를 꺼내 단숨에 한 병을 그 자리에서 마셨다. 그러곤 쓰러지듯 의자에 앉은 그는 지끈거리는 관자놀이를 문질렀다.

한수가 먹던 술은 생각보다 더 독했다. 팽팽 머리가 도는 와중에도 마지막 선물이라는 것처럼 그를 집으로 데려다주고 도하는 자신의 빌라로 되돌아가던 중이었다. 창밖으로 도시의 불빛이 스쳐 갔다. 밤이 되면 불빛 하나 없는 바닷가 마을과는 완전히 상반된 모습이었다.

이 꺼지지 않는 네온사인이 유난히 그의 마음을 감성적으로 만들기 때문이었을까. 도하는 고은에게 전화를 걸었다. 하지만 그녀는 받지 않았다. 시간을 보니 퇴근을 하고 잠자리에 들 시간이었다.

그녀는 그를 이전처럼 온전히 받아 주지도, 그렇다고 아예 무시하지도 않았다. 아무렇지 않게 전화를 받을 때면 그의 시답잖은 농담에도 웃어 주었다. 하지만 도하는 그 안에서 느껴지는 거리감을 눈치채지 못할 사람이 아니었다. 그는 고은이 자신의 거짓말을 알고 있다는 가능성과 아직은 모른다는 가능성 두 가지를 저울질해 보다가 그런 자신이 역겨워 웃음을 터트렸다.

받지 않는 전화를 끊고 나자 어느새 집 앞에 도착했다. 지갑에서 카드를 꺼내 택시 기사에게 내밀던 그는 갑자기 강릉으로 가 달라는 말을 건넸다. 기사는 자신이 잘못 들은 줄 알았는지 그를 돌아봤다. 바닷가 강릉을 말하느냐고 재차 물었다. 도하는 그렇다고 대답만 한 후 다시 뒷좌석에 몸을 묻었다.

운전사가 차를 돌려 고속도로를 탈 즈음 그는 다시 고은에게 전화를 걸었다. 하지만 이번에도 받지 않았다. 이상하리만큼 좋지 않은 상상들이 그에게 날아들었다. 술을 마셨기 때문일지도 모른다. 그는 그렇게 자신을 세뇌시켰다.

이럴 줄 알았으면 사람을 하나 붙여 놓을 것을, 후회가 되기도 했다. 지금이라도 당장 고은의 상황을 보고할 사람을 구해야겠다는 다짐이 들었다. 왜 그 생각을 못 했을까. 그의 약점을 가지고 호시탐탐 기회를 노리고 있는 약사를 감시할 필요도 있었다.

마지막으로 한 번 더 전화를 걸었을 땐 그는 이미 해안도로를 타는 중이었다. 새벽이라 도로는 뻥 뚫려 있었고, 빨리 가 달라는 그의 재촉에 택시 기사는 자신의 운전 실력을 뽐내듯 속도를 높였다.

도하가 고은의 집 근처에 다다랐을 때였다. 창밖으로 어두운 바닷가 중앙에 서 있는 남자와 여자가 보였다. 심장 끝이 반응하듯 정지했다. 도하는 택시 기사에게 급히 차를 세워 달라 요청했다.

잠시 기다려 달라는 말을 한 뒤 차 문을 열고 나온 그는 멀리 보이는 광경에 머리 전체가 차가운 얼음물에 처박힌 것만 같은 기분을 느꼈다. 시린 냉기가 전신을 타고 흘러내렸다. 남자가 여자의 얼굴 쪽으로 손을 뻗어 뺨을 어루만질 때에야 그가 주먹을 움켜쥔 채 입술을 짓씹고 있었다는 걸 깨달았다.

"하아……."

도하는 참고 있던 숨을 뱉으며 짧게 웃었다. 얼른 주머니를 뒤져 담배부터 찾았다. 그러는 와중에도 시선은 두 사람에게서 떨어지지 않았다.

담배 하나를 입에 물고 불을 붙이자 둘은 자리에서 일어나 그가 있는 도로가 쪽으로 걸어오기 시작했다. 남자는 당연한 것처럼 여자의 손을 붙잡고 있었다. 여자는 거절하는 방법조차 잊은 것처럼 남자를 따라 걸었다. 그러다 그와 눈이 마주쳤다.

'……'

'……'

고은은 놀라는 기색도 없이 그를 바라봤다. 바지는 허리까지 다 젖은 채 입이 새파랗게 얼어 있었다. 죽도록 미운 배신감과 안도한 걱정이 동시에 찾아왔다. 도하는 그런 감정들이 그를 엄습해 올 줄 몰랐다. 그는 저벅저벅 걸어가 고은을 태진에게서 멀어지도록 했다. 다른 남자의 손에 잡혀 있는 그녀를 데려와 택시 안에 태웠다.

무례하고도 독단적인 그의 행동에 태클을 거는 사람은 없었다. 태진 역시 도하가 그럴 것이란 걸 예상이라도 한 듯 그 자리에 가만히 서 있었다. 쥐새끼 같은 놈. 덤벼서 가지지도 못할 거면서 주제넘두록 남의 것을 탐했다.

도하는 모두 비운 생수병을 일그러뜨리곤 베란다 쪽 분리수거함에 넣었다. 그때 뒤쪽에서 욕실 문이 열리는 소리가 들렸다. 뒤돌아서자 물이 뚝뚝 흘러내리는 머리카락을 늘어뜨린 채 고은이 그의 앞에 서 있었다. 욕실 안에서 울었는지 눈가가 발갛게 부풀어 그의 비틀린 욕정을 자극했다.

자신이 미친놈이란 건 이미 알고 있었지만 이 정도로 형편없이 몸의 지배를 받을 줄은 몰랐다. 젖은 머리카락에 맺힌 물방울이 그녀의 잠옷 위로 흘러내려 속옷이 비칠 정도였다. 그제야 도하는 다른 생각이 들었다. 일부러 이러는 걸까. 이리도 그를 못살게 구는 게 그녀의 작전인 건가.

"머리 안 말려요?"

"……괜찮아요."

고은은 도하를 지나쳐 부엌 식탁에 앉았다. 공기엔 사늘함이 흘렀다. 이럴수록 그가 더 자극받는다는 걸 그녀는 모르는 것이다. 어차피 그녀가 이길 수 없는 싸움이었다. 벗어날 수 없다면 포기하는 게 빠르다는 것을 알려 줄 필요가 있었다.

"안 본 사이에 고집이 더 세졌네."

도하가 고은의 맞은편에 자리를 잡고 앉으며 일부러 가벼운 농담을 던졌다. 고은은 반응조차 하지 않았다. 그녀의 시선은 도하의 얼굴이 아닌 반대편 어딘가의 허공에 머물러 있었다. 꼴도 보기 싫다는 뜻인 건가. 그의 입가에 씁쓸한 미소가 그려졌다.

"할 말이 뭐예요?"

"연예인은 그만하기로 했어요."

도하의 폭탄선언은 예상하지 못했던지 고은의 눈동자가 그에게 와 닿았다. 도대체 무슨 생각인 거냐고 묻는 것만 같았다. 도하는 손을 뻗어 식탁 위에 올려진 고은의 손을 붙잡았다. 그가 잡지 못하게 고은이 손을 움직였지만 도하의 행동이 더 빨랐다. 그녀는 잡힌 손을 빼내려 손을 비틀었지만 그의 완력을 당해 낼 수는 없었다. 도하는 서늘하게 식은 얼굴로 고은을 건너다봤다.

"……어리석게 힘 빼는 짓 하지 말아요."

"……."

고은은 입술을 깨물며 자신의 감정을 참아 내고 있었다. 다 터뜨리고 싶겠지. 꺼지라고. 사라지라고. 더 이상 날 괴롭히지 말라고. 그렇게 야멸차게 말해도 도하는 들어줄 수가 없었다. 이미 그렇게 되어 버렸다고 그녀에게 말할 것이다.

"그거 알아요?"

도하가 부드럽게 말을 꺼내며 고은의 손을 다정하게 쓸어 냈다. 서로가 아주 소중한 연인들의 애틋한 스킨십이라도 흉내 내는 것처럼 그의 행동은 자연스러웠다. 그럴수록 고은의 얼굴은 더욱더 하얗게 질려 갔다. 이렇게 얼굴 위로 모든 게 다 드러나는 사람이 무슨 연극을 하겠다고. 도하는 고은의 손에 깍지를 끼며 그녀에게 시선을 맞췄다.

"고은 씨는 눈만 보면…… 다 보여요."

"……"

"그래서 쉽기도 하고, 귀엽기도 해요."

그가 입꼬리만 올려 가볍게 웃었다. 하지만 눈빛은 매서웠다. 고은은 더 이상 감추는 방법을 잊은 것처럼 차오르는 눈물을 어쩌지 못했다. 그때 도하가 자리에서 일어났다. 고은의 손을 잡은 채였다. 그는 고은에게로 다가가 그녀의 맞은편 바닥에 무릎을 꿇고 앉았다.

"간단하게 생각해요, 우리."

도하가 고은을 달래듯 말하며 그녀의 눈물을 닦아 주었다. 고은은 자신의 아래로 몸을 낮춘 남자를 바라봤다. 지금 그녀가 보는 사람은 도대체 누구일까. 그녀가 아는 우도하는 어떤 모습이 진짜인 걸까. 머릿속이 혼란스럽게 얽혀 들어가는 것만 같았다.

아무 생각도 하고 싶지 않았다. 지금은 그의 어떤 말도 듣고 싶지 않았다. 고은이 질끈 눈을 감은 후 그를 밀어 내고 자리에서 일어나려는 순간이었다. 그녀의 손가락 안으로 이질적인 무언가가 들어찼다.

고은은 눈을 뜨고 경악하듯 그것을 내려다봤다.

　"나랑…… 다시, 결혼해 줄래요?"

12.
내 옆에만 있어 줘요

고은이 그에게 붙잡힌 손을 빼내려 했지만 도하는 놓아주지 않았다. 청혼이라니. 그녀는 두려움이 가득한 눈빛으로 그를 내려다봤다. 첫 번째 결혼은 프러포즈조차 없었다. 당연한 것처럼 집안끼리 알아서 예물들을 처리했고 결혼식장에선 보이기 위한 쇼처럼 그녀의 손에 반지가 끼워졌다.

그 반지를 받고 단 한 번도 꺼내 본 적은 없었다. 서랍 안에 모셔 놓기만 하고 이혼하던 날, 그 방 서랍장에 그대로 놓아두고 나왔다. 진짜 결혼이 아니었으니. 서로가 원하는 걸 얻기 위한 계약이었으니. 그게 당연하다고 생각했다.

"생각할 시간은 많이 못 줘요."

그가 못 박듯 말했다.

"그리고……."

"……."

"거절도 안 되고."

도하는 독단적인 말을 내뱉고 자리에서 일어났다. 고은에게서 헛
웃음이 터졌다. 자신의 손에 끼워진 반지는 첫 번째 결혼 때보다 더
값이 나가 보이는 다이아였다. 이제 그녀는 이걸 주머니에 넣고 다닌
그의 속마음에 감동할 만큼 멍청한 바보가 아니었다.

"또 무슨 연극을 해야 하죠?"

도하가 따뜻한 꿀차를 만들어 그녀 앞에 내놓을 때 고은이 물었다.
이런 친절에 속는 것도 진실을 알기 전에나 가능했다. 그는 이미 고은
이 그 사실을 알고 있다는 것 또한 눈치챘을 것이다. 그러니 이런 족
쇄를 미리 준비해 가져왔지.

"고은 씨가 할 연극은 없어요."

도하가 그녀의 앞자리에 앉으며 진지하게 말했다.

"예전처럼 따뜻하게 나를 대해 주기만 하면 돼요."

"……."

고은이 갑자기 미친 사람처럼 웃기 시작했다. 끅끅. 터진 웃음은
끝내 체념의 눈물로 바뀌었다. 고개를 든 그녀가 도하를 찌르듯이
노려봤다. 고은은 자신의 손에 끼워진 반지 빼내 그에게 던졌다. 작
은 반지는 그의 가슴에 부딪친 뒤 튕겨 나가 바닥 어딘가로 사라져

버렸다.

"거절하면 어떻게 할 거예요? 나를 가둬 두기라도 할 생각이에요?"

"……."

"왜……? 도대체, 나한테 이러는 이유가 뭐예요?"

고은의 눈에선 하염없이 눈물이 흘러내렸다. 도하는 말이 없었다.

"……."

"……그거 알아요? 내가 다 지워 버리고 싶어 하는 거. 당신을 만난 순간부터 지금까지. 영원히 당신 모르는 순간으로 돌아가고 싶다고!"

흐느끼며 악을 쓰던 고은이 자리에서 일어나 휘청거렸다. 급하게 식탁을 움켜쥐는 순간, 도하가 다가와 그녀를 붙잡았다. 놓으라며 버둥거리는 그녀의 어깨를 바짝 움켜쥐고 고은이 그를 올려다보게 만들었다.

"그럼 나한테 뭘 바란 건데?"

도하가 민낯을 드러내는 것처럼 그녀를 직시했다.

"사랑한다고 속삭여 줄까요? 너무 보고 싶어 미칠 것 같다고 그렇게 말할까? 그럼 뭐가 달라지지? 나 싫다고 떠난 건 당신이야. 나한테 상처 준 건 너라고."

"……."

고은의 얼굴이 하얗게 질렸다. 그녀를 옭아매는 도하의 눈빛이 더 검게 짙어졌다.

"내가 미친 새끼인 거, 당신이 더 잘 알잖아. 그래도…… 이런 놈이라도, 좋다고 내 밑에서 흐느낀 건 너 아닌가?"

짝. 고은의 손이 순식간에 도하의 뺨을 갈랐다. 그를 밀치고 벗어난 그녀는 도망치듯 안방으로 들어가 문을 잠가 버렸다. 그러고는 주저앉았다. 온몸의 피가 모두 아래로 빠져나가 질식할 것만 같은 아찔한 현기증이 일었다. 더 이상 울면 안 된다. 우는 것조차 아깝다는 걸 알면서도 고은은 가슴이 찢기는 것만 같아 참을 수가 없었다.

탁탁. 울음을 삼켜 내며 그녀는 고통스런 심장을 손으로 때렸다. 이젠 그만할 때도 되지 않았느냐고. 더 바닥인 삶이 어디 있다고. 빨려 들어가듯 물속으로 걸어 들어가던 자신이 두려웠다. 고은은 아버지가 되고 싶지 않았다. 그럴 순 없었다.

고은이 들어간 안방 문 앞에 선 도하는 심장 끝이 저릿하게 타들어 가는 기분에 주먹만 내내 움켜쥐었다. 고은의 울음소리가 방문 틈 사이로 흘러나와 모두 그에게 전해졌다. 이런 걸 바란 건 아니었다. 그런 말을 해선 안 되었다. 하지만 그는 방법을 몰랐다. 이런 감정은 느껴 본 적이 없었다. 가지고 싶은데 어찌하면 될까. 내 옆에 두고 싶은데 날 보지 않으면 나는 어째야 한단 말인가.

'넌…… 소중한 걸 잃어 봐야 해.'

어릴 적 아버지 이형이 했던 말은 그의 가슴에 물음표로 꽂힌 채 내내 남아 있었다. 잃어버리지 않을 것이다. 지금까진 소중한 것이 없는 채로 살았지만, 이젠 그에게 소중해진 것을 손에 쥐게 된다면 절대 놓지 않을 것이다. 어떤 방법을 동원해서라도. 못 할 줄 아는가.

아버지 본인은 못 했겠지. 그러니 여러 사람을 잔인한 무시의 지옥에서 버티도록 만들었으며, 처절하게 죽어 나가도 모른 척했다. 손을 그은 어머니가 욕조에서 피를 흘리고 누워 있는데도 그의 눈빛엔 작은 흔들림조차 없었다. 고사리 같은 손으로 피가 쏟아지는 어머니의 손목을 붙잡고 울부짖은 건 오직 그녀가 낳은 아들뿐이었다.

도하는 고은의 방 문 앞에 주저앉아 자신의 손목을 내려다봤다. 검지로 손목을 긋는 시늉을 해 보았다. 시시한 웃음만 터져 나왔다. 죽긴 왜 죽는가. 어머니란 사람에 대한 연민을 느끼는 게, 어느 순간부턴 이기적인 도피라는 생각만 들었다. 도망치는 것만큼 멍청한 게 없는 법인데.

"다…… 울었어요?"

고은의 울음소리가 잠잠해지자 도하가 물었다. 고은은 대답하지 않았다. 아직 그에 대한 화가 남아 있겠지. 안다. 얼마나 배신감을 느꼈을지. 그러나 도하는 고은이 터뜨리듯 자신에게 쏟아 낸 것이 오히려 만족스러웠다.

미움 또한 감정이었고, 울음은 떨쳐 내지 못한 마음의 비였다. 그래서 도하는 고은이 울 때마다 심장이 아파 오면서도 한편으론 안심했다. 자꾸만 울려 보고 싶은 철없는 생각까지 들었다.

고은은 알까. 그녀로 인해 자신이 얼마나 많은 감정들을 경험하고 받아들이는 중인지.

"거짓말한 건…… 내가 미안해요. 변명 같은 거 할 생각 없어요. 고은 씨가 어떻게 생각하든 내가 그런 놈인 건 변하지 않을 테니까. 맘껏 욕해요. 때려도 좋고. ……도망만 가지 마요."

"……"

"그냥…… 내 옆에만 있어 줘요."

그의 고백이 체념처럼 서글펐다.

○ ● ○

햇살이 잠든 고은의 눈을 찔렀다. 커튼을 치고 잠드는 편이라 이리도 햇살이 쏟아질 리 없는데. 고은은 그런 의아한 생각을 하다가 천천히 눈을 떴다. 그리고 자신이 침대가 아니라 방문 앞에서 쭈그린 채 잠들어 버렸다는 걸 깨달았다.

그래서 방 안으로 들어온 햇빛이 그녀의 얼굴 위에 내리쬔 거였구나. 고은은 느린 사고를 하다가 자신이 왜 이렇게 잠들어 있었는지를 뒤늦게 기억해 냈다.

갑자기 나타난 도하가 그녀에게 청혼을 했고, 그녀는 그가 제게 건넨 반지를 던져 버렸다. 악을 쓰며 악담을 퍼붓는 그녀에게 그는 잔인한 현실을 직시하게 만들었다. 그녀는 도망치듯 방 안으로 도피했다. 그러고는 눈물을 흘리다 잠든 기억밖에 없었다.

'그냥…… 내 옆에만 있어 줘요.'

문득 떠오른 그 말을 들었던 건 꿈속에서였을까. 고은은 멍하니 베란다 쪽을 바라보다가 현관문을 두드리는 소리에 놀라 몸을 일으켰다. 도하 때문에 잠가 놓은 방문이 보였다. 고은은 잠시 문 앞에서 멈칫했다. 설마, 그가 아직도 이 집에 있는 걸까.

천천히 문을 열고 나서자 허무하게도 공간 안에는 아무도 없었다. 여전히 현관문을 두드리는 소리에 고은은 우선 그쪽으로 향했다. 문을 열자 할머니 은금이 서 있었다.

"또 늦잠 잤어? 전화도 안 받고."

요새 자주 그러는 이유가 뭐냐는 눈빛이었다. 고은은 핸드폰을 어디에 둔지도 모른 채 잠들었다는 게 신기할 따름이었다. 도하가 떠난 후 많은 밤을 불면으로 보냈다. 학원 수업도 매끄럽게 이어지지 못했다. 말수가 전보다 많이 줄어들어 은금이 도하의 빈자리를 넌지시 입에 올리기도 했다.

"늦게, 잠들었어요. 미안, 할머니. 금방 준비하고 내려갈게요."

"그래. 늦었다. 얼른 해."

고은은 할머니를 보내고 다시 집 안으로 들어섰다. 그녀의 머릿속은 어쩔 수 없이 도하의 존재를 의식할 수밖에 없었다. 그는 2층으로 내려간 걸까. 아니면 다시 서울로 떠났을까. 관심조차 주지 않겠다고 마음먹었지만 그게 쉽게 되지 않았다.

정신을 차리기 위해 고은은 냉장고부터 열었다. 차가운 생수 한 잔을 마시면 이성이 되돌아올 것 같았다. 물병을 넣고 문을 닫는 순간이었다. 고은의 발가락 사이에 딱딱한 무언가가 걸려들었다. 고은이 놀라 발을 떼고 그것을 내려다봤다. 어제 그녀가 도하에게 던져 버렸던 반지다.

고은은 멍하니 아래로 시선을 주다가 반지를 주워 들었다. 망설임 없이 싱크대로 다가가 그것을 흘려보내기 위해 주먹 쥔 손을 아래로 펼치려는데, 그게 쉽지 않았다. 멍청한 웃음이 흘렀다. 고은은 손을 위로 펼쳐 반지를 자세히 내려다봤다.

대충 출근 준비를 하고 3층에서 내려오던 고은은 2층 현관문을 바라봤다. 하지만 곧장 시선을 거두고 발걸음을 옮겨 1층으로 내려갔다. 비밀번호를 누르고 거실로 들어서자 은금이 준비한 음식 냄새가 공간을 가득 채우고 있었다. 은금은 고은을 보자마자 밥을 푸고 찌개를 식탁으로 가져왔다.

"얼른 먹자."

"네. 할머니도 얼른 앉아요."

고은은 더 이상 아무 생각도 하고 싶지 않았다. 그때 마당 쪽에서 빵빵, 세게 클랙슨 소리가 울렸다. 고은과 은금은 동시에 수저질을 멈췄다. 잘못 들은 걸까, 생각하는 사이 또 한 번 세차게 누군가를 부르는 듯한 차 소리가 들렸다.

"누구야, 예의 없이."

조용한 바닷가 마을에선 있을 수 없는 일이었다. 주변 이웃에게도 피해가 되는 것 같아 은금은 불편한 얼굴을 하고 자리에서 일어났다. 베란다 쪽으로 향한 그녀는 낯선 차를 보고선 고은에게로 고개를 돌렸다.

"고은이 너, 누구 올 사람 있어?"

"……아뇨."

고은 역시 수저를 놓고 식탁을 벗어났다. 이렇게 마당에서 모두가 다 듣도록 그녀를 찾을 사람은 없었다. 만약 도하라면 그냥 1층으로 들어왔을 것이다. 그녀도 이상한 생각이 들어 베란다 밖을 내다보다가 현관을 나섰다. 마당으로 내려가자 그제야 차 안에서 대기하고 있던 사람이 문을 열고 나왔다.

"맞게 찾아왔네. 그렇게 불렀는데 왜 이제야 나와?"

"……."

"넌 어째 그렇게 한결같니? 뭐 하고 섰어? 같이 트렁크 짐 좀 옮겨."

고은은 갑자기 나타난 어머니 앞에서 어떤 말도 할 수가 없었다.

정화는 트렁크 근처에 서서 가만히 저를 지켜보고 있는 딸을 바라봤다. 변한 것은 없어 보였다. 달라질 딸이 아니란 것도 잘 알았다.

언젠가 자신의 손을 벗어나려 할 것이란 것 역시 예상은 했었다. 혹시나 하고 들이민 정략결혼 이야기에 군말 없이 나설 때부터 알아차리고 있었다. 이걸 기회로 지옥보다 못한 어미의 그늘에서 벗어나고 싶은 거구나.

예상이 들어맞듯 고은은 정확히 1년을 살고 이혼을 입에 올렸다. 이미 도하의 집안과 거래를 주고받은 정화로서도 아쉬울 건 없었다. 고은이 임신이라도 해서 그 집안과 끊을 수 없는 인연을 이어 갔으면 하고 바라기도 했으나, 그건 혼자 애쓴다고 될 일이 아니었다.

우도하가 어떤 인물인지는 그녀의 눈에도 단번에 읽혔다. 부족한 것 없이 자란 금수저에 배우로 성공할 만큼 영민함까지 갖췄다. 딴따라라고 무시하던 시대는 지난 지 오래였다. 그의 이미지로 벌어들이는 수입은 우 회장의 회사를 먹여 살리고도 남을 것이다. 도하의 새어머니이자 우이형 부회장의 안사람인 최미란 관장은 이미 그걸 잘 파악하고 도하를 알맞게 이용했다.

그렇게 서로가 합의하에 각자의 이득을 챙긴 결혼이 오래 이어지지 못했다고 해서 아쉬워할 사람은 없었다. 더군다나 맹물 같은 고은은 눈 높기로 소문난 도하의 기준에 미치지도 못했을 것이다. 집안일을 봐주는 외부인을 포섭해 얻어듣자니 둘은 따로 잠들고, 한방에 들어가 이야기를 나눈 적도 없다고 했다.

뭘 바라겠는가. 정화는 그저 혀를 찰 뿐이었다. 고은은 그런 딸이었다. 어릴 적부터 제가 가져갈 수 있는 몫을 따지지도 못했다. 자신의 아버지처럼 그림이라는 환상 속에서 살며 흔하지 못해 안달 난 듯 평범한 삶을 원했다. 욕심을 부릴 수 있는 기회조차도 놓치는 멍청한 바보였다.

"계속 그렇게 서 있기만 할 거야?"

정화가 다시 한번 다그쳤다. 우이형 부회장을 따로 만나고 곧장 백화점에 들렀다. 모두 최고급으로만 사서 차에 실었다. 그러고는 바로 이곳으로 내려왔다.

고은이 친할머니 곁에서 지내며 작은 학원을 운영 중이라는 말을 전해 들었을 땐 코웃음이 쳐졌다. 정략결혼까지 하며 어미 곁을 떠나 도망간 곳이 고작 거기인가. 그리고 학원이라니. 미술을 시킨다고 어릴 적부터 그녀에게 쏟아부은 돈이 얼마인데. 정화는 울화가 치밀어 가슴이 홧홧하게 타올랐지만 참았다. 얼마나 갈지 지켜보겠다는 심산도 있었다. 네가 바라는 그런 평범한 삶에서 버텨 낼 수 있을 만큼 버텨 내라고. 그게 네가 바란 삶이면 자신도 이젠 받아들여 주겠다고.

"이게 다…… 뭐예요?"

고은이 뒤늦게 정화의 곁에 다가와 섰다. 트렁크 안에는 한우와 과일 세트가 한가득이었다. 정화는 그것을 하나하나 꺼내어 딸 손에 한 움큼 들려 주었다. 비서가 따라나서겠다고 했지만 그녀는 일부러 말렸다. 괜히 사람을 끌고 와서 거리감을 느끼게 할 필요는 없었다.

"네가…… 어쩐 일이냐?"

그때 마당으로 걸어 나온 은금이 정화를 보고 눈살을 찌푸렸다. 얼마 만에 보는지조차 잊은 지 오래인 죽은 전남편의 어머니였다. 고은의 아버지인 이강이 죽은 뒤 그녀가 고은을 데리고 재혼을 한다고 했을 때, 은금을 다시 만날 날이 있을까 생각했었다. 그대로 끝난 인연이었다. 어린 고은이 한 번씩 할머니 얘기를 하면 그녀는 입 밖으로도 꺼내지 말라며 차가운 얼굴로 매를 들었다. 과거는 과거로 묻어야 한다는 게 그녀의 인생 철칙이었다.

"그동안 잘 지내셨어요, 어머니?"

정화는 얼굴을 환하게 바꾸며 은금에게 웃어 보였다. 가면을 쓰는 것에는 이골이 나 있었다. 이런 늙은 노인 하나 상대하지 못해 다시없을 기회를 놓쳐 버릴 순 없었다.

우이형 부회장은 도하가 배우 인생을 정리하고 회사를 물려받기 위해 준비 중이란 이야기를 꺼냈다. 이미 자식들이 이혼하고 관계를 정리한 전 사돈을 불러 놓고 할 말은 아니었다. 정화는 곧장 그의 뜻을 알아챘다. 재혼을 말하는 거구나. 고은에게, 자신에게, 다시 기회가 왔구나.

"일단 왔으니 들어와라."

은금은 정화가 낑낑대며 들고 있는 선물 꾸러미를 못마땅한 표정으로 내려다보다가 긴 한숨을 내쉬고는 집 안으로 들어가 버렸다. 정화는 은금의 성격 또한 잘 파악하고 있었다. 그런 아들을 낳은 어미이니 똑같이 야멸차지 못했다.

정화가 재혼을 하겠다고 했을 때, 그녀의 손에 죽은 아들의 보험금 전부를 쥐여 주던 양반이었다. 그래서 돈이라면 물불을 가리지 않고 가지고 봐야 했던 그녀도 이강의 보험금만큼은 노인에게서 뺏어 오지 않았다. 노인은 그동안 모아 놓은 돈과 아들의 보험금을 합쳐 지금의 빌라를 샀다. 그리고 그때의 선택은 지금 그녀에게 결과적으로 더 큰 이득을 가져오게 만들었다.

"낡아도 너무 낡은 거 아니니?"

짐을 들고 걸음을 옮기던 정화가 건물을 한 번 올려다봤다. 현재 자신이라면 절대 하루도 살지 못할 곳이었다. 이런 허름한 집에서 고은은 잘도 먹고 생활을 했다. 앞서 걸어가 짐을 내려놓은 정화는 1층 문을 여는 자신의 딸을 잠시 바라봤다.

"들어오세요."

고은은 정화가 들고 온 물건까지 전부 부엌 쪽에 가져다 놓았다. 정화는 딸을 따라 거실 안으로 발을 들였다. 간단히 훑어본 내부는 예상한 대로 시간의 때가 묻은 오래된 물건들만 가득했다.

"마실 거 드릴까요?"

앉을 생각도 없이 멀뚱히 서 있는 그녀에게 고은이 먼저 물었다. 정화는 그제야 정신을 차리고 물을 달라고 했다. 오래 있을 맘으로 온 것도 아니었다. 간단히 할 말만 하고 돌아서면 모든 일은 알아서 풀릴 것이었다. 정화는 찝찝한 거실 바닥에 슬그머니 엉덩이를 내려놓으며 자리를 잡고 앉았다.

"어머님은…… 여전하시네요."

모호한 뜻이 담긴 말이었다. 정화는 거실 소파에 앉아 있는 은금을 올려다보며 입꼬리를 살짝 올렸다.

은금 역시 그녀를 그렇게 바라보는 듯했다. 너 또한 세월이 흘렀는데도 달라진 게 없구나. 끝난 인연인 우리가 이렇게 얼굴을 마주하고 앉아야 할 이유가 생긴 것이면 얼른 말하라는 단도직입적인 표정까지. 아들의 장례를 치르면서 단 한 번도 울지 않았던 은금은 모습만 늙었을 뿐 성정은 여전한 상태로 그렇게 앉아 있었다.

"할 말만 해."

은금이 딱 잘라 말하자 부엌에 서 있던 고은이 잠시 할머니를 바라봤다. 어머니가 찾아온 이유는 대충 짐작되었다. 도하가 말한 재혼과 연관이 있겠지. 어머니가 어떤 사람인지 그녀가 누구보다 잘 아니까.

하지만 할머니 은금까지 그 일에 마음을 쓰게 하고 싶진 않았다. 고은이 찾아오지 않았다면 지금까지도 편안하게 사셨을 양반이었다. 고은은 물컵을 들고 어머니에게 다가갔다.

"저 만나러 오신 것 아니에요?"

고은은 두 사람의 대화를 중지시키듯 분위기를 가르고 정화를 바라봤다. 고은이 이러는 이유를 정화도 모르지 않았다. 결혼에 대해 은금에게 얼마나 말했는지는 모르겠지만 고은의 성격상 자초지종을 자세히 말하진 않았을 것이다. 다 지난 일이라고 웃기만 했겠지.

정화는 딸의 눈을 마주하며 그 안에 담긴 뜻을 똑똑하게 읽어 냈다. 지금의 일을 은금이 몰랐으면 하겠지. 마음 쓰게 하고 싶지 않겠지. 착해 빠진 행동을 해야만 하는 병이 고쳐지기란 쉽지 않은 법이니까. 정화도 굳이 은금까지 이 일에 끌어들이고 싶지 않았다. 오히려 자세한 내막을 발설하지 않는다는 약속으로 하면 고은을 서울로 데려갈 수도 있을 것이다.

"그래. 어머님한테 인사드렸으니 너 지내는 곳 좀 보자."

정화가 곧장 몸을 일으켰다. 은금이 그런 둘을 이상한 눈초리로 바라보는 게 느껴졌지만 정화도 고은도 내색하지 않았다. 둘은 자연스레 현관을 빠져나와 3층으로 올라갔다. 정화는 계단을 오르면서도 낡은 빌라의 이곳저곳을 눈으로 훑었다. 정말 도하가 이곳에 찾아와 같이 지났다는 건가. 그 시간이 짧았다고 해도 그녀로선 이해하기 힘들었다.

아니, 그런 마음은 어디에서 오는 걸까. 재혼이라는 단어를 입에 올렸을 땐 바라는 게 있다는 것이었다. 정화의 입장에선 마다할 일이 아니었지만 아무리 생각해도 도하의 집안 쪽에서 챙길 이득이 없어 보였다. 결혼이라는 이슈가 필요한 거라면 다른 빵빵한 재벌가 여식과의 재혼이 회사에 더 도움이 될 것이다. 결혼도 합병이라 하지 않던가. 고은과 결혼할 때야 배우라는 이미지 때문에 그것까지 챙길 수가 없는 거라고 여겼었다. 하지만 이젠 그래도 상관없지 않은가.

"여기예요."

고은은 어머니에게 안내하며 집 안으로 먼저 들어섰다. 그리고 정화가 뒤따라 들어오기 전에 식탁 위의 반지를 챙겨 주머니에 넣었다. 어쩐지 이걸 보여 줘선 안 될 것만 같았다. 정화가 어떤 반응을 보일지는 뻔했다. 거기에다 고은이 설명할 말은 없었다.

지금 그가 벌이는 짓에 진심이란 하나도 없다는 걸 어떻게 이해시킨단 말인가. 은금에게조차 말할 수 없는 비밀이었다. 고은은 우선적으로 현재의 상황을 모면하는 쪽으로 생각을 정리했다.

"앉으세요."

고은은 자신이 먼저 식탁에 가서 자리를 잡고 앉았다. 딸이 지내는 곳을 대충 훑던 정화는 자신의 상상과 다를 것이 없었는지 곧장 고은의 맞은편으로 다가왔다. 가방을 식탁 위에 내려놓은 그녀는 자연스러운 동작으로 그 안에 들어 있던 돈 봉투를 꺼냈다.

"결혼 준비 할 때 써."

얼마나 많은 말들이 생략된 걸까. 고은은 봉투를 내려다보며 쓸쓸한 웃음을 흘려 냈다. 도하와 다시 재혼할 것이냔 물음도, 그래 보는 게 어떠냐는 설득도, 그녀의 의중을 묻는 말도 없는 일방적인 통보였다.

"필요 없어요."

고은은 봉투를 다시 정화 쪽으로 밀어 냈다.

"자존심을 부리고 싶니?"

그것조차 그녀에겐 해당 사항이 없다는 말처럼 들렸다. 고은은 잠시 어머니를 바라봤다. 우리 사이가 왜 이렇게까지 어긋나게 된 걸까. 어디서부터 잘못된 건지. 그것을 바로잡을 수 없다는 걸 깨달은 지도 이미 오래전이라 고은은 화조차 나지 않았다.

"맨몸으로 가도 받아 줄 거예요."

거부할 생각이 없어 보이는 고은의 말에 정화의 얼굴엔 안도감과 화색이 돌았다.

"그래. 이건 기회야. 놓치면 그게 병신이지."

정화가 그제야 고은의 맞은편 의자에 자리를 잡고 앉았다. 고은은 어머니를 똑바로 바라봤다.

"그 대신, 약속 하나만 지켜 주세요."

"뭔데?"

"할머니한테 피해 가는 거 싫어요. 제가 이럴 거라 생각하고 여기 오신 거 알아요."

"너 하기에 달렸어. 내가 어떤 사람인지 네가 더 잘 알잖아."

"그러니까 말씀드리는 거예요."

고은은 목소리에 더욱 힘을 주었다.

"어머니는 여기서, 아무것도 하지 마세요."

그녀는 정화를 보며 단단하게 경고했다.

○ ● ○

'너 같은 애가 무슨 재주로 우 서방 맘을 다시 돌렸는지는 모르겠지만 이젠 그때랑 달라. 네가 대성 안주인이 될 수 있는 기회라고. 무슨 말인지 알아듣니? 다시 헤어질 생각은 꿈도 꾸지 말라는 거야. 네 새아빠도 너한테 다시 기대하고 있어. 너만 잘하면 양쪽을 다 가질 수 있다고. 그 누구도 실망시키지 마. 그럼, 나도 가만있지 않을 테니까. 죽어도…… 거기서 죽어.'

어머니가 쏟아붓고 간 말들 중에 가슴에 새겨진 건, 마지막 말뿐이었다. 죽어도 거기서 죽으라니. 소리 없는 웃음이 샜다. 멍하니 화장대에 앉아 립스틱을 바르던 고은의 손이 멈췄다. 립스틱은 방향을 잘

못 잡아 위치가 어긋나 버렸다. 고은은 비뚤어진 립스틱 자국을 가만히 건너다봤다. 그러다 한참 뒤에야 티슈를 뽑아내 입술에 바른 립스틱을 모두 지웠다.

무슨 변화가 생겼든 간에 우선은 학원을 가야 할 시간이었다. 고은은 가방을 챙기고 핸드폰을 들었다. 그때 도하의 번호로 전화가 들어왔다. 고은은 잠시 서서 그 이름을 내려다봤다. 전화는 곧 끊겼고, 뒤이어 문자가 들어왔다.

[언제 데리러 갈까요?]

빠른 정리를 재촉하는 말이었다. 고은은 그의 일방적인 행동에 감정 따윈 가지지 않았다. 기어이 그녀가 자신의 곁에서 죽은 식물처럼 시들어 가는 걸 지켜보고 싶다면 그렇게 할 것이다. 가슴이 텅텅 비어 버린 몸뚱이가 어디에 있든 무슨 상관일까.

[정리되면 연락할게요.]

고은은 간단하게 답장을 남기고 현관을 빠져나갔다.

○ ● ○

"다……시, 오신다고요?"

"네. 뭘 그렇게 놀라세요?"

"아, 아뇨. 자, 잘되셨어요. 축하드려요."

빌라 집안일을 책임지던 김 여사가 도하의 말에 내색하지 않은 채 고개를 숙였다. 도하는 갑자기 그녀를 따로 불러 집 안 이곳저곳을 새롭게 단장해 달라고 부탁했다. 그의 표정이 평소와는 달랐다. 얼마간 집을 비우고 여행을 떠났던 그는 다른 사람이 되어 돌아온 것 같았다. 흥분된 눈을 하고 있으면서도 무언가에 쫓기는 사람처럼 보이기도 했다. 김 여사는 우이형의 현재 부인인 최미란 관장에게 도하에 대한 보고를 남기는 일을 비밀리에 겸하고 있었다.

"아, 여사님."

문을 열고 나서던 그녀는 도하의 부름에 다시 돌아섰다.

"네?"

"고은 씨가 자주 해 먹던 음식들 리스트 좀 저한테 알려 주세요."

"……네?"

김 여사는 곧장 알겠다는 대답이 나오지 않았다.

"왜요? 설마, 벌써 다 잊으셨어요?"

도하는 그 정도도 기억해 놓지 못한 그녀를 탓하는 눈빛이었다. 김 여사는 아니라며 다 기억한다고 대답한 뒤 응접실을 빠져나갔다. 예전 부인이 자주 먹었던 음식 리스트를 뽑아 오라니. 도하가 그런 부탁을 할 거라고는 단 한 번도 생각해 본 적이 없었다.

우이형 부회장의 아들이자 대성물산의 장남은 어릴 적부터 성격이 예민하고 날카로웠으며 상대방에게 관심을 가지는 타입이 아니었다.

자신의 아버지 생신도 그녀가 일러 주지 않으면 기억하지도 않았다. 알아두어야 할 의미를 찾지 못하는 얼굴이었다.

그래. 이런 집안의 사람들이 정상으로 살 순 없다고 생각했다. 일반인들은 상상하지도 못할, 차고 넘치는 부를 가졌지만 그것이 충족된 삶은 또 다른 결핍을 가져오기 마련이었다. 모자람을 감추기 위해, 그들이 더 악랄하게 변할 때면 그 주변인들이 힘들었다. 그녀도 우 회장 집안사람들을 대하면서 남몰래 울어 본 적이 한두 번이 아니었다.

김 여사는 주방 쪽으로 돌아 나가 헬퍼들의 쉼터인 작은 방으로 들어섰다. 주머니에서 핸드폰을 꺼낸 그녀는 익숙한 번호를 터치하고 통화 버튼을 눌렀다. 전화는 곧장 연결되었고 상대의 목소리가 들렸다.

"네, 사모님. 접니다."

그녀의 음성이 평소보다 더욱 긴장한 듯 떨려 왔다.

○ ● ○

"이러는…… 이렇게 갑자기 간다고?"

미선은 받아들일 수 없다는 표정이었다. 고은은 차근차근 주변을 정리했다. 공부방은 생각했던 것보다 쉽게 받아서 해 주겠다는 선생님이 나타났다. 그녀가 모집해 놓은 회원들이 제법 되었기에 탐을 내는 사람이 많다는 소문이 거짓은 아니었던 모양이다.

공부방만 정리된다면 더 이상 시간을 끌 필요는 없었다. 할머니 은 금은 어머니 정화가 다녀간 날부터 어느 정도 눈치채고 있는 것 같았 다. 자신이 어딜 간다고 해도 말릴 분이 아니었다. 고은이 어머니의 재혼으로 은금과 떨어져야 할 때 할머니는 어느 누구보다 야멸차게 그녀를 밀어냈다. 네가 살 곳은 거기라고. 다시는 여기 올 생각 하지 말라고. 그때 고은이 흘렸던 눈물은 아직도 가슴 깊숙이에 지워지지 않는 상흔처럼 남아 있었다.

"자주 놀러 올게."

고은이 맞은편에 앉은 미선의 손을 꼭 잡아 주었다.

"너는…… 그런 말부터 나와?"

어쩐 일인지 미선의 눈가가 붉어졌다. 생각지도 못한 친구의 눈물 에 고은은 가슴이 아리듯 아팠다. 사람의 정이란 참 무서운 것이었다. 미선과 함께 저녁 식사 대신 맥주 한 잔을 나누던 그때로 돌아갈 수 없을 것이란 생각이 들자 고은도 아쉬움이 몰려왔다.

"진짜 너한테 내가 많이 고마워하는 거 알지?"

"몰라."

미선은 토라진 척 코를 풀며 눈물을 닦아 냈다.

"그리고…… 미선아. 우리 할머니…… 좀 부탁해."

"야, 당연한 건 부탁하지 말고! 너, 정말 우도하랑, 아니, 그 사람이랑 다시 잘돼서 서울 가는 거 맞아? 그것부터 제대로 말해 봐."

매일 그녀를 지켜본 미선이 모를 리 없을 것이다. 고은의 표정이 그다지 기뻐 보이지 않는다는 걸. 억지로 웃고는 있지만 이렇게 도망치듯 도하의 곁으로 가는 건 고은이 원한 게 아니라는 걸 미선은 당연히 알아챌 수밖에 없었다.

"몇 번이나 같은 말을 하게 해. ……진짜야. 나, 그 사람…… 좋아하는 거 알잖아."

그 마음만큼은 진심인 걸 알기에 미선은 더 이상 의심의 말을 붙일 수가 없었다. 하지만 고은이 왜 행복해 보이지 않는 걸까. 자신의 걱정이 낳은 착각인 걸까. 친구의 얼굴을 아무리 들여다봐도 답이 나오지 않았다.

"그럼, 그 사람도 너 좋아하는 거…… 맞지?"

미선은 다시 한번 확인하듯 물었다. 고은은 잠시 친구의 얼굴을 바라봤다. 뭐라고 말해야 할까. 바싹 말라 있던 가슴이 찢기며 갈라지는 것만 같았다. 고은은 차오르는 눈물을 삼켜 내며 가방 안에서 반지를 꺼내 친구 앞에 내밀었다.

"……헐. 뭐야. 청혼 반지야?"

이 정도는 보여 줘야 안심하겠지. 고은은 그 생각으로 도하가 건넨 반지를 끝내 버리지 못했다. 결국 그녀도 반지를 이용해 주변 사람들을 속인 꼴이 되었다. 이제 도하를 맘껏 욕할 수 있을까. 고은은 점점 더 되돌아갈 수 없을 것만 같은 길로 접어드는 기분이었다.

"근데 왜 안 끼고 있어?"

미선이 호들갑스럽게 반지를 고은에게 건네주었다. 고은은 어쩔 수 없이 미선이 보는 앞에 반지를 꼈다. 묵직한 무게의 링이 네 번째 손가락을 감쌌다. 다이아는 고은의 하얀 손 위에서 더할 수 없이 영롱하고 아름답게 빛을 냈다.

"진짜 예쁘다."

미선이 웃으며 고은을 바라봤다. 고은도 그녀를 따라 웃어 주었다. 더할 수 없이 행복한 신부처럼.

고은은 반지를 낀 채 집으로 돌아갔다. 마당 입구엔 익숙한 차가 세워져 있었다. 차체에 기대서서 담배를 피우고 있던 그가 고은의 발걸음 소리를 듣고 그녀가 있는 쪽으로 시선을 들었다.

"……늦었네요."

그가 조용한 인사를 건네 왔다. 준비가 다 되면 연락하겠단 말을 건넸지만 그는 믿지 못한 것 같았다. 고은은 그가 다시 서울로 올라간 날부터 알고 있었다. 그녀의 일상을 미행하는 사람이 붙었다는 걸. 그것이 누구에게 보고되고 있는지는 뻔했다.

그는 이미 그들에게서 고은의 상황을 전해 들었을 것이다. 학원은 다른 이에게 넘겼고, 가장 친한 친구와 마지막 인사를 나누고 집으로 돌아가는 것 같다고. 사진까지 찍혀 도하에게 보고가 되었다면 그는 이제 고은이 서울로 올라올 일만 남았다고 생각했을 것이다. 그런데도 그는 그녀가 정리를 마쳤다는 문자를 남길 시간조차 허락하지 않은 채 눈앞에 나타났다.

"친구 만나고 왔어요."

고은은 그저 덤덤하게 말했다. 더 이상 그를 감정적으로 대할 필요성을 찾지 못했다. 수없이 생략된 말과 오해 속에서도 어느 한 사람 먼저 나서서 해명하지 않았다. 그런 지독한 침묵과 무시를 고은은 이미 첫 번째 결혼에서 경험했었다.

"할머님한테 같이 인사드려요."

도하가 그걸 기다린 사람처럼 그녀에게 다가왔다. 가까이에서 본 그는 깔끔하게 슈트를 차려입고 있었다. 이런 쇼까지 완벽하게 마무리해야만 우리의 새로운 연극이 제대로 시작될 것이라 여긴 걸까.

고은은 아무래도 상관없었다. 그녀는 그를 따라 1층 집 안으로 들어섰다. 은금은 두 사람이 함께 들어오자 놀란 듯 보였지만 곧 상황을 눈치채고는 들뜬 표정을 지었다.

도하는 은금에게 정식으로 인사를 드리겠다며 큰절을 올렸다. 고은은 예의 바르게 행동하는 도하의 모습을 그저 표정 없이 지켜볼 뿐이었다.

"내 이럴 줄 알았어. 진짜…… 잘됐어."

은금은 소파 아래에 무릎을 꿇고 앉은 도하의 곁으로 다가가 그의 손을 붙잡아 주었다.

"부족하지만…… 꼭, 고은 씨 행복하게 해 주겠습니다."

도하가 다시 한번 은금에게 고개를 숙였다. 더 이상 감정이랄 게 생기지 않을 줄 알았던 고은은 갑자기 울컥하는 마음에 두 사람을 등지고 섰다. 눈물을 훔치고 있는데, 도하의 손이 그녀의 어깨에 닿았다. 고은이 돌아섰다. 그가 다정하게 손을 맞잡았다. 그러다 고은의 손에 껴진 반지를 눈치채고는 해맑게 웃었다.

"왜 자꾸 울어요."

"……."

"좋은 일인데."

그가 고은의 눈가를 훔쳐 주었다. 그 모습을 할머니 은금이 지켜보고 있다는 걸 알기에 고은은 그를 내칠 수가 없었다. 도하가 하는 대로 가만히 있으며 그녀는 그를 올려다봤다. 행복하게 웃어요. 지금은 그래야 해요. 도하가 눈으로 그렇게 말하는 것만 같았다. 고은은 그의 연극에 동참하듯 입가에 미소를 그렸다.

〈2권에서 계속〉

이혼 후 처음

1판 1쇄 찍음 2022년 6월 30일
1판 1쇄 펴냄 2022년 7월 8일

지은이 | 이윤정
펴낸이 | 정 필
펴낸곳 | (주)뿔미디어

기획·편집 | 심은지, 권자영
표지 디자인 | 우 물

출판등록 | 2002년 9월 11일 (제1081-1-132호)
주소 | 경기도 부천시 소향로17, 303(두성프라자)
전화 | 032)651-6513 팩스 | 032)651-6094
E-mail | dahyangs@naver.com
블로그 | http://blog.naver.com/dahyangs
비북스 | http://b-books.co.kr

값 9,000원

ISBN 979-11-6895-560-8 04810
ISBN 979-11-6895-559-2 04810 (세트)

※파본은 구입하신 서점에서 교환하여 드립니다.

※이 책은 (주)뿔미디어를 통해 독점 계약되었습니다.
저작권법에 의해 보호를 받는 저작물이므로 무단 전재와 무단 복제를 엄금합니다.